楊照談
村上春樹

以愛與責任
重建世界

楊照 著

日本文學名家十講
10

目次

總序

用文學探究「日本是什麼」

文／楊照

就像吉朋（Edward Gibbon）在羅馬古蹟廢墟間，黃昏時刻聽到附近修道院傳來的晚禱聲，而起心動念要寫《羅馬帝國衰亡史》，我也是在一個清楚記得的時刻，有了寫這樣一套解讀日本現代經典小說作家作品的想法。

時間是二〇一七年的春天，地點是京都清涼寺雨聲淅瀝的庭園裡。不過會坐在庭園廊下百感交集，前面有一段稍微曲折的過程。

那是在我長期主持節目的「台中古典音樂台」邀約下，我帶了一群台中的朋友去京都賞櫻。按照我排的行程，這一天去嵐山和嵯峨野，從天龍寺開始，然後一路到竹林道、大河內山莊、野宮神社、常寂光寺、二尊院，最後走到清涼寺。然而從出門我就心情緊繃，因為天公不作美，下起雨來，氣溫陡降，而且有幾個團員前天晚上逛街走了很多路，明顯腳力不濟。我平常習慣自己在京都遊逛，合理的做法應該是改變行程，例如改去有很多塔頭的妙心寺或東福寺，可以不必一直撐傘走路，密集拜訪多個不同院落，中午還可以在寺裡吃精進料理，舒舒服服坐著看雨、聽雨。但配合我、協助我的領隊林桑告訴我帶團沒有這種隨機調整空間，我們給團員的行程表等於是合約，沒有照行程走就是違約，即使當場所有的團員都同意更改，也無法確保回台灣後不會有人去觀光局投訴，那麼林桑他們旅行社可就吃不完兜著走了。

好吧，只好在天候條件最差的情況下走這一天大部分都在戶外的行程。下午到常寂光寺時，我知道有一、兩位團員其實體力接近極限，只是盡量優雅地保持正常的外表。這不是我心目中應該要提供心靈豐富美好經驗的旅遊，使我心情沮喪。更糟的是再往下走，到了門口才知道二尊院因為有重要法事，這一天臨時不對遊客開放。在當時的情況下，這意味著本來可以稍微躲雨休息的機會被取消了，別無辦法，大家只好拖著又冷又疲累的身子繼續走向清涼寺。

清涼寺不是觀光重點，我們去到時更是完全沒有其他訪客。也許是驚訝於這種天氣還有人來到寺裡拜觀吧？連住持都出來招呼我們。我們脫下了鞋走上木頭階梯，幾乎每個人都留下了溼答答的腳印，因為連鞋子裡的襪子也不可能是乾的。住持趕緊要人找來了好多毛巾，讓我們入寺之前可以先踩踏將腳弄乾。過程中，住持知道我們遠從台灣來，明顯地更意外且感動了。

入寺內在蒲團上坐下來後，住持原本要為我們介紹，但我擔心在沒有暖氣仍然極度陰寒的空間裡，住持說一句領隊還要翻譯一句，不管住持講多久都必須耗費近乎加倍的時間，對大家反而是折磨。我只好很失禮地請領隊跟住持說，由我用中文來對團員介紹即可。住持很寬容地接受了，但接著他就很好奇我這位領隊口中的「せんせい」會對他的寺廟做出什麼樣的「修學說明」。

我對團員簡介清涼寺時，住持就在旁邊，央求領隊將我說的內容大致翻譯給他聽，說老實話，壓力很大啊！我盡量保持一貫的方式，先說文殊菩薩仁慈賜予「清涼石」的故事，解釋「清涼寺」寺名由來，接著提及五台山清涼寺相傳是清朝順治皇帝出家的地方，是金庸小說《鹿鼎記》中的重要場景，再聯繫到《源氏物語》中光源氏的「嵯峨野御堂」就在今天清涼寺之處。然後告訴大家這是一座淨土宗寺院，所以本堂的布置明顯和臨濟禪宗寺院很不一樣，而這座寺廟最難能寶貴的是有著絹絲材質製造、象徵內臟的木雕佛像，相傳是從中國浮海而來的。著名的佛教藝術史學者塚本善隆晚年在此出家。最後我順口說了，寺院只有本堂開放參觀，很遺憾我多次到此造訪，從來不曾看過裡面的庭園。

說完了，讓團員自行拜觀，住持前來向我再三道謝，竟然對於清涼寺了解得如此準確；接著轉而向我再三致歉，我一時不知道他如此懇切道歉的原因，靠領隊居中協助，才弄清楚了，住持的意思是讓我抱持多年的遺憾，他今天一定要予以補償，所以找了人要為我們打開往庭園的內門，並且準備拖鞋，破例讓我們參觀庭園。

於是，我看著原未預期能看到的素雅庭園，知道了如此細密修整的地方從來沒打算要對外客開放，那樣的景致突然透出了一份神祕的精神特質。這美不是為了讓人觀賞的，不是提供人享受的手段，其自身就是目的，寺裡的人多少年來，幾十年甚至幾百年，日復一日毫不懈怠地打掃、修剪、維護，他們服務的不是前來觀賞庭園的人，而是庭園之美自身，以及人和美之間的一種敬謹的關係。那一絲不苟的敬意既是修行，同時又構成了另一種心靈之美。

坐在被微雨水氣籠罩的廊下，心裡有一種不真實感。為什麼我這樣一個台灣人，能在日本受到尊重，取得特權進入凝視、感受著這座庭園？為什麼我真的可以感覺到庭園裡的形與色，動中之靜、靜中之動，直接觸動我，對我說話？我如何走到這一步，成為這個奇特經驗的感受主體？

在那當下，我想起了最早教我認識日語、閱讀日文，卻自己一輩子沒有到過日本的父親。我想起了三十年前在美國遇到的岩崎春子教授，彷彿又看到了她那經常閃現不信任、懷疑的眼神，在我身上掃出複雜的反應。

我在哈佛大學上岩崎老師的高級日文閱讀課，是她遇到的第一個台灣研究生。我跟她的互動既親近又緊張。親近是因她很早就對我另眼看待，課堂上她最早給我們的教材都立即被我看出來處。一段來自村上春樹的《聽風的歌》，另一段來自海明威《在我們的時代》小說集的日文翻譯。她要我們將教材翻譯成英文，我帶點惡作劇意味地將海明威的原文抄了上去。她有點惱怒地在課堂上點名問我，剛發下來的幾段還有我能辨別出處的嗎？不巧，一段是川端康成的掌上小說，另一段是吉行淳之介的極短篇，又被我認出來了。

從此之後岩崎老師當然就認得我了，不時和我在教室走廊或大樓的咖啡廳說說聊聊。她很意外一個從台灣來的學生讀過那麼多日文小說，但另一方面，她又總不免表現出一種不可置信的態度，認為以我一個台灣人的身分，就算讀了，也不可能真正理解這些日本小說。

每次和岩崎老師談話我都會不自主地緊繃著。沒辦法，對於必須在她面前費力地證明自己，就是令我備感壓力。她明知道我來修這門課，是為了不要耗費時間在低年級日語的聽說練習上，我的日語會話能力和我的日文閱讀能力有很大的落差，但她還是不時會嘲笑我的日語，特別喜歡說：「你講的是台灣話而不是日語吧！」因此我會盡量避免在她面前說太多日語，但又堅持用英語與她討論許多日本現代作家與作品。

她不是故意的，但是一個台灣學生在她面前侃侃而談日本文學，往往還是讓她無法接受。愈是感覺到她的這種態度，我就愈是覺得自己不能放鬆、不能輸，這不是我自己的事了，對她來說，我就代表台灣，我必須替台灣爭一口氣，改變她認為台灣人不可能進入幽微深邃日本文學心靈世界的看法。

那一年間，我們談了很多。每次談話都像是變相的考試或競賽。她會刻意提一位知名的作家，我相對提出我讀過的這位作家作品，然後她像是教學般解說這部作品，我卻刻意地鑽找縫隙，非得說出和她不同，卻要能說服她接受的意見。

這麼多年後回想起來，都還是覺得好累，在寒風裡從記憶中引發了汗意。不過我明白了，是那一年的經驗，在日本殖民史的曲折延長線上，我得以培養了這樣接近日本文化的能力。我不想浪費殖民歷史在我父親身上留下，再傳給我的日文能力，更重要的，我拒絕因為台灣人的身分，而被視為在日本文化吸收體會上，必然是次等的、膚淺的。

於是那一刻，我得到了這樣的念頭，要透過小說作家及作品，來探究日本，如此之美，卻又蘊含如此暴烈力量，同時還曾發動侵略戰爭的複雜國度。這不是一個單純的「外國」，而是盤旋在台灣歷史上空超過百年，幽靈般的存在，一直到今天，台灣都還依照看待日本的不同態度而劃分著不同的族群、世代與政治立場。

在清涼寺中，彷彿聽到自己內心的如此召喚：「來吧，來將那一行行的文字，一個個角色，一幕幕情節，一段段靈光閃耀的體認，整理出意義來吧。不見得能得到『日本是什麼』的答案，但至少得以整理出叩問『日本如何進入台灣集體意識』的途徑吧。」我知道，毋寧是我相信，我曾經付出的工夫，讓我有一點能力可以承擔這樣的任務。

回到台北之後，我從兩個方向有系統地以行動呼應內在的召喚。一是和麥田出版合作，選書主編了「幡」書系，那是帶著清楚的日本近代文學史概念，針對台灣引介日本文學作品的混亂偏食狀況，特別找出具備有日本近代文學史上的思想、理論代表性的作品，希望讓讀者在閱讀中藉此逐漸鋪畫出日本文學的歷史地圖。

另外，先後在「誠品講堂」和「藝集講堂」連續開設解讀現代日本小說作品的課程。必須誠實地說，我對台灣一般流通的現代日本小說譯本，以及大部分國人所寫的解說，不得不抱持保留態度。最嚴重的問題顯現在：第一，完全不顧作品的時代、社會背景，將小說架空地用自己主觀的心情來閱讀。最誇張的，例如翻譯、解說遠藤周作小說，可以對基督教神學完全無知，也不去查對《聖經》和天主教會固定譯名，而出於自己望文生義臆測。這樣一來，讀者讀到的怎麼可能還是虔信中與信仰掙扎的遠藤周作作品呢？

第二，翻譯者、解說者無法察覺自己的知識或感性敏銳度，和原作者到底有多大的差異。這在川端康成的作品中表現得最明顯，光從字面上去翻譯、閱讀，不能找到方式試圖進入從極度纖細神經中傳遞出來的時序與情懷交錯境界，那就錯失了川端康成文學能帶給我們的最重要感動了。

第三，讀者囿於一些通俗的標籤，產生了想當然耳，而非認真細究的閱讀印象。例如台灣有一陣子突然流行太宰治的「失格」、「無賴」文學；一陣子又轉而流行谷崎潤一郎的「奇情」文學，但對於「無賴」或「奇情」到底是什麼意思沒有認識，對於太宰治與谷崎潤一郎的完整文學風貌也沒有進一步的興趣。如此讀來讀去，都只停留在感受「無賴」或「奇情」而已，無從讓太宰治或谷崎潤一郎的作品豐富讀者自身的人生感知。

在「誠品講堂」與「藝集講堂」的課程中，我有意識地採取了一種思想史的方式來面對這些作家與作品。簡而言之，我將每一本經典小說都看作是這位多思多感的作家，在自己所處的時代中遭遇了問題或困惑，因而提出來的答案。我一方面將這本小說放回他一生前後的處境來比對，另一方面提供當時日本社會、時代脈絡來進一步探詢那原始的問題或困惑。如此我們不只看到、知道了作者寫了什麼、表現了什麼，還可以從他為什麼寫以及如何表現的人生、社會、文學抉擇，受到更深刻的刺激與啟發。

另外我極度看重小說寫作上的原創性，必定要找出一位經典作家獨特的聲音與風格。要綜觀作家大部分的主要作品，整理排列其變化軌跡，才能找出那條貫串的主體關懷，將各部小說視為這主體關懷或終極關懷的某種探測、某種注解。

在解讀中，我還盡量維持作品的中心地位，意思是小心避免喧賓奪主，以堆積許多外圍材料、高深的說法為滿足。解讀必須始終依附於作品存在，作品是第一序、首要的，目的是藉由解讀，讓讀者對更多作品產生好奇，並取得閱讀吸收的信心，從而在小說裡得到更廣遠或更深湛的收穫。

我企圖呈現從日本近代小說成形到當今的變化發展，考慮自己進行思想史式探究可能面臨的障礙，最後選擇了十位生平、創作能夠涵蓋這時期，而且我還有把握自己能進入他們感官、心靈世界的重要作家，組構起相對完整的日本現代小說系列課程。

這十位小說家，依照時代先後分別是：夏目漱石、谷崎潤一郎、芥川龍之介、川端康成、太宰治、三島由紀夫、遠藤周作、大江健三郎、宮本輝和村上春樹。

這套書就是以這組課程授課內容整理而成的，每位作者我有把握能解讀的作品多寡不一，因而成書的篇幅也相應會有頗大的差距。川端康成和村上春樹兩本篇幅最大，其次是三島由紀夫，當然這也清楚反映了我自己文學品味上的偏倚所在。

雖然每本書有一位主題作家，但論及時代與社會背景，乃至作家間互動關係，難免有些內容在各書間必須重複出現，還請通讀全套解讀的讀者包涵。另外因為源自課堂講授，有些延伸的討論或戲說，我還是保留在書裡，乍看下似乎無關主旨，然而在認識日本精神的總目標上，或是對比台灣今天的文學現象，應該還是有其一定的參考價值。

從十五歲因閱讀《山之音》而有了認真學習日文、深入日本文學的動機開始，超過四十年時間浸淫其間，得此十冊套書，藉以作為台灣從殖民到後殖民，甚至是超越殖民而多元建構自身文化的一段歷史見證。

前言

沒有終點的歷程——破解村上春樹的小說世界

文／楊照

談村上春樹的這本書，是「日本文學名家十講」系列中的最後一本，不過書中有一小部分內容，卻是我最早就動筆的。

三十多年前，從一九九〇年開始，我在當時的《中國時報·開卷版》寫一個專欄，討論一些值得注意的暢銷書與出版現象。我記得在那個專欄裡寫過黑柳徹子的《窗邊的小荳荳》，寫過黃仁宇和「戰爭機器」（還有人記得這是什麼？），也寫了正在台灣開始流行的村上春樹。為了寫那篇文章，我將中山北路的「永漢書店」裡能找到的村上春樹原文書，再加上一部份中文譯本都讀了，形成了我最早對這位從日本紅到台灣的作家的作品意見。

之後村上春樹持續書寫，我也持續閱讀他的新作，愈來愈驚服於他旺盛的創作力量，以及堅忍琢磨鋪陳小說深厚底蘊的強大意志。十多年後，當我在「誠品講堂」開設「現代經典細讀」長期課程時，我已經明確認定，村上春樹的書，他那獨具風格的寫作手法，必然形成現代經典，於是也就將出版沒有多久的《海邊的卡夫卡》選入了「現代經典」分析講授的書單中。

再到二〇一〇年，我將誠品講堂課程內容整理擴充，以《永遠的少年：村上春樹與《海邊的卡夫卡》》的書名出版。書還沒正式出版，我已經知道那會是一本未完之書，因為就在書稿最後整理階段，村上春樹的《1Q84》第三冊問世了，我當然來不及將這部篇幅龐大的小說新作相關解讀放入《永遠的少年》書中，但我又很明白，在《1Q84》中，村上春樹不只是再度突破了自己，而且他又寫了一本高度考驗讀者耐心與專注力的作品。這種作品的特性就在於讀者愈是有耐心與文本周旋，愈是專注看待各種細節，會在閱讀過程中得到愈高又愈深的滿足。這種作品豈不也正是解讀者最該面對最值得面對的挑戰嗎？

出版前夕，我只能勉強以附錄的形式多塞進一篇文章，概要地討論《1Q84》。然而如此一來卻又打破了我原本自己對《永遠的少年》這本書的設定——聚焦細讀《海邊的卡夫卡》，盡量將《海邊的卡夫卡》裡所藏的諸多典故、互文有憑有據、條理清晰地鋪陳出來。如果不以《海邊的卡夫卡》為限，那麼不只是《1Q84》，村上春樹之前的幾部長篇小說，也有很多值得討論值得破解的地方啊！

那幾年我總想著要以什麼樣的方式來補足對村上春樹的認識與解說，然而也在那幾年間，村上春樹繼續猛進，以不同形式又交出了更多精采的成績。更進一步，那幾年間，村上春樹的國際影響力不斷水漲船高，真正的重點不是他獲得諾貝爾文學獎的呼聲居高不下，而是走到世界各大城市的主要書店裡，幾乎都找得到以那個地方的語言翻譯的村上春樹作品，而且到處吸引了數量眾多的讀者。

《沒有色彩的多崎作和他的巡禮之年》德文版上市時，我剛好在德國，見證了德國廣播電台第一時間將書稿製播成節目，每天早晨按時連載播放，書店裡一位年紀較大的顧客在收銀檯前和年輕的店員熱情地交換他們天天聽書的心得。

一直到二〇一八年，我才終於有機會在「藝集講堂」對感覺上闕漏愈來愈多的村上春樹理解做一些補償。我先用了五堂課解讀當時新出版的《刺殺騎士團長》，因為講課中不斷提到這本新作與《1Q84》之間的關係，經學員反覆要求，於是再用六堂課回頭完整解讀了《1Q84》。

擺在大家眼前的這本《以愛與責任重建世界：楊照談村上春樹》收錄了之前講《海邊的卡夫卡》的內容，再加上二〇一八年對於《1Q84》的解讀。因為這兩部分加在一起，就已經有十五萬字左右的篇幅，為了顧及讀者閱讀所需的心力投入，本來已經整理為文字的《刺殺騎士團長》課程內容就沒有再放進來了。

事實上我私心以為可以放進來、該放進來的內容還有更多更多。去年（二〇二二年）連續看了濱口龍介的兩部電影，先是對《偶然與想像》視為天人，讓我重拾了年少時看完電影可以將每個鏡頭詳記重述的樂趣；接著則是對《在車上Drive My Car》產生了複雜衝突的觀影感覺。《在車上Drive My Car》仍然是一部好電影，可以卻明顯比不上村上春樹的小說原著。不是說電影非得依照小說複製村上春樹所寫的意念、情感，然而要改編，應該要改得比小說更有電影性、電影感，不然就改得更深刻、更廣袤，但濱口龍介的改法卻顯然是沒有能充分掌握、展現村上春樹更深刻、更廣袤意念、情感的結果。

不見得是對濱口龍介的失望，毋寧是更增加了對村上春樹的佩服，也增加了對於讀者經常不能讀到他作品最深刻、最廣袤處的遺憾。我不知道今年七十三歲的村上春樹是不是還會再交出令人眼界大開的作品，但我確知我自己對於村上春樹作品的解讀還離終點很遠。不只是他有一些精采的短篇小說（例如〈Drive My Car〉）也值得被用最認真的態度仔細領略，他早期的長篇小說都留藏了許多很少被好好挖掘的曖曖內含光。

例如將最早的三部作品——《聽風的歌》、《一九七三年的彈珠玩具》和《尋羊冒險記》放在一起當作三部曲來讀，和單獨看其中任何一本，境界與意趣完全不同。要是再將隔了許多年才寫的《舞．舞．舞》放進來成為第四部，突然之間，原本三部曲中極其濃厚的悲哀之感獲得了紓解，反而化為某種抗拒無奈的力量。別忘了，還有收錄在《麵包店再襲擊》短篇集子中的〈雙胞胎與沉沒的大陸〉也是從《一九七三年的彈珠玩具》裡延續出來的啊！

類似卻性質不同的相關性還發生在：短篇〈螢火蟲〉是長篇《挪威的森林》的前身；短篇〈發條鳥與星期二的女人們〉是長篇《發條鳥年代記》的前身；而《麵包店再襲擊》和《電視人》兩部小說集裡看似完全不相干的短篇小說，卻幾乎每篇都有一個叫「渡邊昇」的角色，不只是他們彼此之間有什麼關係嗎？而且他們跟《挪威的森林》裡的那位「渡邊君」也有什麼關係嗎？

太多太有趣的線索與謎，還在等著我們接受村上春樹的召喚勇敢地前往探尋。

第一章

村上春樹的創作背景

複製村上春樹

三十多年來，我持續閱讀村上春樹，大概他在台灣出版的中譯本都看了，還有一些原本以為台灣不太可能會有譯本，也就多花一點時間直接讀了日文版。例如他寫音樂的文章，關於爵士樂和古典音樂。

讀村上春樹最大的樂趣，在於書中藏著的各種「下一步做什麼」的暗示、甚至指令。這裡出現一段音樂、那裡出現一本書，於是一邊讀著一邊就想：「嗯，那就去把舒伯特找出來聽聽吧！」或「等我讀完這段就來讀讀《魔山》吧！」

那是一種奇特的閱讀經驗，和平常讀書，專心從第一行讀到最後一行的經驗不太一樣，毋寧比較像是在書中遊逛，逛到這裡會分心想去做點別的事，一面一面的大櫥窗展示著不同的物件，讓你猶豫思考，是要繼續走下去，還是停下來走進這個店家？

而且我清楚知道這種分心，是村上春樹書中本來就內建的邏輯，不是因為我這個讀者特別不認真，也不是因為他這位作者缺乏能力寫出讓人認真讀下去的文字。他的小說，站在這樣的遊逛式基礎上，因而很不一樣。

不過讀村上春樹的小說，也會有特別的困擾。

其中一項困擾，是他的小說在台灣曾經有過眾多模仿者。尤其是一九九〇年代初期，突然冒出來一大堆當時被稱為「新人類小說」的作品，裡面充斥了「贋品村上」。很明顯地，這些作者都讀村上春樹，被他小說中的氣氛、腔調吸引了，所以下筆一寫就寫出這樣的東西。

可是他們的「贋品村上」，很容易讓人看破手腳，馬上明白了他們是怎麼讀村上春樹小說的。他們似乎都可以不去注意到村上小說裡藏著的各種暗號、暗示，從來不走進村上小說大街上開設的種種商店，去看看裡面究竟真的擺放了些什麼；他們輕易就被大街上一種燈光氣氛眩惑了，將櫥窗裡展示的，不管是舒伯特、戴維斯、錢德勒或湯瑪斯．曼，都當作只是這氣氛的道具，就這樣走過大街，然後回家在自己的書桌上幻想複製一條那樣的大街。

他們是村上春樹太認真又太草率的讀者。太認真，因為他們很用力地閱讀村上寫出來的文字；太草率，因為他們沒有興趣追究村上鋪陳的各種符號的確切內容。因而他們自己搭蓋出來的大街，如此扁平，像是電視劇裡的拙劣道具布景，街道兩邊的櫥窗都是假的，隨便貼幾張照片，連櫥窗中的物品都不堪細看，當然就更沒有可以供人進入遊逛的店家了。

我極度厭惡這樣沒有景深的小說作品，早在一九九一年，就寫了文章批判這種現象，於是很長一段時間，很多人的印象裡，總以為我是討厭村上春樹的。

不，我沒有討厭村上春樹。比較接近事實的是，村上春樹對我，一直是困惑的謎題，吸引著我不斷思考、不斷試圖解題。

最暢銷的小說——《挪威的森林》

《挪威的森林》會是村上春樹最暢銷的小說，一點也不令人意外。但是《挪威的森林》在日本一上市大賣幾百萬冊，累積至今超過了一千萬冊，卻無可避免在我心中引發了問題：「為什麼一本如此哀傷的小說，可以在一個逃避哀傷的時代裡，變得如此熱門？」

《挪威的森林》小說一開頭，鋪陳完了飛機上的回憶情景後，立即出現的，是一口井。「井在草原盡頭開始要進入雜木林的分界線上。大地忽然打開直徑十公尺左右的黑暗洞穴，被草巧妙地覆蓋隱藏著。周圍既沒有木柵，也沒有稍微高起的井邊砌石。只有那張開的洞口而已。」

這是真正的開端，也是整部小說的核心隱喻。我們的人生，至少是小說主角們的人生，就是一段走在有著一口隱藏的井的草原上的旅程。他們之所以成為小說的主角，之所以一起發展他們的愛情故事，因為他們都在無從防備的情況下，掉入了那可怕的井中。

直子形容了掉入井中的可怕：「如果脖子就那樣骨折，很乾脆地死掉倒還好，萬一只是扭傷腳就一點辦法都沒有了。儘管大聲叫喊，也沒有人聽見，不可能有誰會發現，周圍只有蜈蚣或蜘蛛在爬動著，周圍散落著一大堆死在那裡的人的白骨，陰暗而潮溼。而上方光線形成的圓圈簡直像冬天的月亮一樣小小地浮在上面。在那樣的地方孤伶伶地逐漸慢慢地死去。」

這其實也就是直子自己生命的描述。在她無從防備的情況下，青梅竹馬的情人キズキ突然自殺了。沒有遺書、沒有解釋，就這樣死了。直子被拋入那大聲喊叫也不會有人聽見的井裡。她僅有能夠得到的一點安慰，是同樣因為キズキ之死大受打擊的渡邊君。他們兩個人的愛情，是困守在井底的愛情，從一開始就充滿了絕望的哀傷。

玲子姊是另一個掉入井裡的人。她比直子幸運又比直子不幸。幸運的是她曾經從井裡被救上去過。她遇到一個單純的人，單純到想和她「共同擁有心中一切」的男人，她能夠重新過正常的生活。不幸的是，一次被救上來，無法保證不會第二次再掉下去，又是在無從防備的情況下，玲子栽在一個邪惡的小女孩手中，又掉入那可怕的井裡。

在這樣的核心角色之外，村上春樹又加上了一個冷酷、現實、算計，根本無法或不願體會人間愛情的永澤，和永澤身邊偏偏沒有辦法算計、沒有辦法背叛自己愛情感受的初美姊，兩個人之間無望的糾結。

小林綠的勇氣

這些人物構成的關係，為什麼能吸引那麼多人來讀，為什麼他們不會在閱讀過程中，被那深深的哀傷凍傷，至少沒有被逼退繼續閱讀下去的欲望？顯然很多人讀下去，而且還願意口耳相傳鼓吹別人也來讀，這本書才成為一個社會現象，乃至於社會事件。

難道是因為小說中另外一個角色，那個常常瘋瘋癲癲做著大膽行為，講著別人不一定能理解的話的小林綠？只有她，身上沒有沾染那份莫名其妙掉入井中的慌亂、失序與哀涼。

然則，在這樣一群陷入井中掙扎著的人之間，小林綠是什麼？或說，她有什麼力量，不只介入他們的世界，進而改變了這個世界原本的架構呢？

我相信書中有一段話，藏著重要的答案，那是收到玲子姊告知直子狀況惡化的信之後，渡邊在心中對著死去的朋友說的：

喂！キズキ，我想。我跟你不一樣，我是決定活下去的，而且決定盡我的力好好活下去。……為什麼呢？因為我喜歡她（直子），我比她堅強。而且我以後還要更堅強，而且更成熟。要變成大人喏。因為不能不這樣。我過去曾經想過但願永遠留在十七或十八歲。但現在不這麼想了。我已經不是十幾歲的少年了噢。我可以感覺到所謂責任這東西。キズキ你聽好噢，我已經不再是跟你在一起那時候的我了。我已經二十歲了噢。而且我不得不為了繼續活下去而付出代價。

「我可以感覺到所謂責任這東西。」這正是看來瘋瘋癲癲的小林綠身上最珍貴的東西。她從來沒有逃避過活著應該要承擔的責任，不管這責任看來多麼不吸引人。她和姊姊兩個人輪流看店、照顧病中的父親。她很累、也很寂寞，會對渡邊說：「我，現在真的累得要命，希望有人在旁邊一面說我可愛或漂亮，一面哄我睡覺。只是這樣而已。」但她沒有逃避，也不是要逃避，「等我醒過來時，就會恢復得精神飽滿，再也不會任性地要求你做這種無理的事了。」

相較於小林綠，小說中的其他角色，都缺乏這份活力、這份勇氣，這份認定並選擇堅強活下去，願意為了活下去而付出代價的精神。這份精神感染了渡邊，應該也就是這份精神撐住了這部哀傷的小說，讓讀者能不絕望地，保持興味地一直閱讀下去吧。

《挪威的森林》結束在這樣一句話上：「我正從不能確定是什麼地方的某個場所正中央繼續呼喚著綠。」

我們誰都不能確定生命走到這一步，究竟是哪裡，沒有把握下一步會不會就掉進那個草原的井裡。我們需要勇氣，我們也就自然地羨慕像小林綠這樣理直氣壯堅決活下去的人。《挪威的森林》寫出了我們的懦弱，以及我們想要呼喚的勇氣對象。

活下去的責任

並不是一開始，我就能夠在《挪威的森林》裡清楚讀出這樣的訊息。而是穿越三十年的時間，穿越許多村上春樹的作品，讓我對於小說中的關鍵字愈來愈敏感，也愈來愈有把握。

「我可以感覺到所謂責任這東西。」尤其是活下去的責任，以及對抗命運條件的責任，這是三十年來沒有從村上春樹的小說追求中須臾離開的主題。他在不同的小說中，用不同手法，探索這個主題的不同面向。我們對於自我行為的責任、對於過往記憶的責任、對於依照命令從事的責任、對於幻想、夢想的責任，乃至於對於命運與宿命態度的責任。

最直接、明確展開這項責任主題的小說，是《海邊的卡夫卡》。《海邊的卡夫卡》的小說概念，建立在葉慈（W. B. Yeats）一句詩上：「責任始自夢想。」對村上春樹而言，不是you are what you eat，不是you are what you did，重要的是you are what you think of，甚至是you are what you dream of。你做什麼樣的夢，你懷抱什麼樣的夢想，比其他一切更真實地決定了你是一個什麼樣的人，因而，你就不能只是為自己的所作所為負責，必須進一步為自己所夢想的負責。

而且唯有願意為自己的夢想負責，人才能勇敢地、強悍地決定自己是誰，是個什麼樣的人。

三十多年讀下來，我很確定：村上春樹是個死心眼的小說家。不管他寫什麼樣的小說題材，一旦被他寫了，那小說就帶有濃厚的「成長小說」性質。不過，他寫的，不是少年如何在社會中成長，懂得如何活在社會裡；毋寧是少年如何對抗社會而成長，認知自己的夢想，以及願意為這夢想承擔責任、付出代價。

所以他的小說裡，會一直出現「勇氣」、「強悍」這樣的字眼。在《海邊的卡夫卡》裡，烏鴉如此不容商量地告訴田村卡夫卡：「要做全世界最強悍的十五歲少年。」

這種勇氣、強悍的追求，是成長的關鍵，村上春樹如是堅持，而且堅持：這種勇氣、強悍的追求，是人生唯一最重要的事，至少是小說碰觸人生唯一最重要的主題。

寫了四十年的小說，也就重複寫了四十年少年成長的考驗。在大長篇《1Q84》裡，村上春樹寫的，還是青豆和天吾這兩個人的成長，如何找到足夠的彼此信念，勇敢、強悍地將自己從惡夢中解救出來。那個青豆，當她放棄自殺，決心一定要帶著天吾離開那個惡夢世界時，她身上流著的，也就是和小林綠一樣的血液，就算注定要掉進井裡，都不會輕易放棄自己活著的責任。

村上春樹真正創造的奇觀，不是那些幾百萬、幾千萬的銷售數字，而是不懈、不停地書寫了四十年成長奮鬥經驗，始終在少年與成人的邊境上徘徊，拒絕正式進入成人的領域，一個執迷於要勇敢、強悍活著的永遠的少年。

大學時期的社會氛圍

村上春樹已經超過七十歲了，對我來說，這真是件難以接受的事實。在我的印象中，村上春樹一直都很年輕。

他出生於一九四九年，一九六八年進大學，當時他十九歲，比正常的情況晚了一年進大學，進入「早稻田」大學念書。「早稻田」在日本是除了「慶應」以外，另一所重要的私立大學。日本的帝國大學系統是公立的菁英學校，例如最有名的「赤門」東京大學，主要目標在於培養政府官僚人才。從「赤門」畢業的學生，最優秀的通常選擇進入外務省或通產省，類似台灣的外交部、經濟部，那是東大畢業生的正常出路。私立大學和公立大學培養人才的走向很不一樣，慶應大學是培養企業界人才的重鎮；而早稻田大學則歷來是文藝氣息最濃的一所學校。

村上春樹本來想念法律，想要考東大法律系，但是考壞了沒考上，一年之後，他改變主意，進了早稻田念戲劇系。他進早稻田的那年，是日本戰後發展的關鍵時刻，他入學沒多久，就遇上日本戰後最激烈的學生運動事件——一九六九年的「安保鬥爭」。

一九五五年，美國結束了長達十年對日本的占領，美軍總部退出日本。一方面，制定了「五五年體制」，開始了日本自由民主黨維持數十年的一黨執政，另一方面，美國和日本簽定了《安保條約》。《安保條約》主要的內容，是由美國負責保護日本的安全，因為第二次世界大戰日本投降時，已經同意「永久解除武裝」。一直到今天，日本名義上沒有軍隊，不可以建立軍事化部隊，只能設立「自衛隊」。

日本曾經為了要不要參加聯合國「維和部隊」，國內吵成一團，根本原因也就在憲法上規定的「永久解除武裝」與「自衛隊」的定義。一部分的人主張：「自衛隊」只能用於自我保衛，絕對不能有別的其他用途，更是絕對不能離開日本國土。派遣「自衛隊」去別人的領土上「維持和平」，當然是違憲的。可是也有另一部分人主張：憲法的精神是阻止日本將武力用於攻擊，但日本還是有「自衛隊」，表示武力用於維護和平是憲法所允許的，參加「維和部隊」並不違憲。

就是在日本不得武裝的背景下，產生了兩次「安保鬥爭」。第一次「安保鬥爭」，發生在《安保條約》簽定時；第二次，則發生在條約到期，要換約續約時。這兩個時刻在日本社會都掀起了強烈的抗議活動。抗議的對象是美國；抗議的立場，是《安保條約》讓美國得以在日本駐軍，破壞了日本的和平中立角色，日本變成了美國和蘇聯冷戰對抗的棋子，明顯違背了戰後日本要徹底「非事軍化」的承諾。

這個立場後面有更複雜的情緒。《安保條約》使得日本繼續維持作為美國從屬國的位置，到了第二次「安保鬥爭」，戰爭已結束超過二十年了，日本卻還無法擺脫美國控制、取得獨立國家地位，這當然是一件令日本人——尤其是戰後才成長的日本年輕人——覺得愈來愈難接受的事。

第二次「安保鬥爭」鬧得比第一次凶，正因為抗爭的主體是這批年輕的大學生。還有一項重要原因：日本經濟已經復甦重建了，也就取得了比以前更高的自信，對於國家獨立地位的要求聲浪，隨而升高。

西化與反美的矛盾

我們也不能忽略，日本的學生運動和六〇年代歐美學生運動的連動關係。在美國，五〇年代富裕環境中長大的一代，對年長一輩的保守、封閉展開了強烈的批判、反抗，從〈修倫港宣言〉（The Port Huron Statement）開始，大學校園就成了青年憤怒革命運動的中心。在歐洲，學生運動則是延續了對於社會公平議題的關懷，和工人組織以及社會黨、共產黨保持密切互動。

在歐美社會，都是二十歲上下的年輕人，站在最前端，發出最激烈的聲音，將整個社會搞得天翻地覆。這樣的外在環境大大刺激了日本青年。不過日本青年的抗爭，比美國、歐洲要複雜、曖昧一些。他們不只要反抗掌握權力的上一代，還要連帶反抗在自民黨背後，掌握更大權力、真實權力的美國。極度矛盾與弔詭的是，美國既是他們要抗爭打倒的對象，卻同時也是他們汲取反抗精神資源最重要，甚至唯一的來源。

日本經歷了長久的軍國主義統治，哪有什麼反抗傳統？再往前一點，雖有明治維新的年輕志士們為了「王政復古」而拋頭顱灑熱血，然而「安保鬥爭」那一代的大學生，對維新歷史根本沒有什麼認識。美軍占領期間，將「武士道」視為是軍國主義的根源，小心翼翼將所有和「武士」有關的內容排除在教育與媒體之外，甚至連武士道的精神象徵——富士山——都絕對不能夠在電影裡出現。今日我們熟知的武士小說、維新小說，都是美國人離開後才陸續寫作、流行的。

那一代的日本青年，身上帶著嚴重的精神分裂，一方面熱切地擁抱美國、學習美國，一方面將從美國那裡學來的反抗精神，用來反抗美國。這樣的抗爭，因而不會是單純向外發洩的，必然帶有反省內在、自我矛盾、乃至自我對抗的部分。

諾貝爾文學獎得主大江健三郎的年紀比村上春樹大一些，不過他同樣是這種矛盾精神的產物。大江健三郎所寫的日文，一般日本平民百姓是讀不懂的，讀來像是某種外文勉強、拙劣的翻譯。大江的法文非常好，此外他還能讀英文、德文、甚至俄文，從這方面看，他是一個在思想上高度西化的人。可是這樣西化的人，卻又要參與反對西化力量主要的來源——美國，這是他們生命中最根本的困惑與困擾。

在這樣西化力量矛盾糾纏的「安保鬥爭」中，村上春樹又有他自己曖昧的特殊情結。村上春樹進大學沒多久，「安保鬥爭」爆發，在校園堂皇登場。他是校園裡的新鮮人、菜鳥，加上帶著慵懶、被動的個性，他並沒有真正參與革命鬥爭。「安保鬥爭」是村上春樹那個世代日本人一生所遭遇最狂熱的一場集體盛會，他就在現場，卻又沒有真正參與。他的情況有點像年紀比我小七、八歲的一群台灣青年，他們進大學的時候，碰到了「九〇學運」或是「九〇學運」剛剛結束。他們在時代現場，卻又錯過了運動，甚至因為在場，而更感覺到自己錯過了。

安保鬥爭的局外人

這種人有幾項特色：第一，他見過大場面，對於革命熱情爆發的狀況，留下了深刻印象。「安保鬥爭」比台灣的「九〇學運」更激烈，持續時間更長，影響力更大。他們的運動包括了學習、模仿西方所傳入的鬥爭策略，包括封鎖教室、強迫罷課，乃至於攻占行政中心，和鎮暴警察對峙等等校內衝突，也包括上街頭透過多重動員，形成足可以包圍首相府的行動。這些，村上春樹都親身看過、經歷過。然而，第二，在眼前轟動展開的革命激情和他沒有直接關係，他從來沒有作為局內人參與其中，他都是局外人，在場的局外人，這場運動在他心中刺激出了一份渴望，或許也有一份羨慕。

不過作為局外人，等到革命快速退燒時，因為他身上沒有染上革命的英雄風華，沒有參與在革命中留下最激情、最了不起、最浪漫的記憶，所以他可以很快地看出、承認革命的徒勞無功。活在革命風華記憶中的當事人，很難承認革命只是一時的，革命就這麼消散了。

作為革命的邊緣旁觀者，村上春樹懷抱著特殊的感慨。他是一個湊巧在場的局外人，如果時間早一點或遠一點，例如大江健三郎已經脫離了學生身分，就算在革命當下很投入地支持這些學生，都沒有辦法取得那種臨場感，也不會有革命結束時的無奈感慨。

儘管年紀比較小，村上春樹卻比大江健三郎早十年、早二十年就看出革命的徒勞。他就在那裡，感受了所有的理想與熱情，而且直接看到、甚至承受了革命的後果。作為一個在場的局外人，如此貼近革命的旁觀者，最沒有自欺、否認的空間。你確切看到所有那些參與革命的學長、朋友們在革命中去了哪裡，做了什麼。革命時他們在你身旁，革命後他們也還在，你近距離地看著他們、感受他們，當然不可能再將他們當作英雄，也就不可能再將他們所做的事情當作英雄事蹟來理解、來記憶。

因為他和這一場革命的關係，村上春樹內在對於日本、對於那個時代，抱持著強烈的疏離感。我希望大家每一次讀村上春樹，不管讀的是他的哪一部作品，都能記得這個背景。村上春樹從一九七九年的《聽風的歌》開始，一路走來四十多年，這個背景從來沒有離開過，在這個背景之上，他建立了貫穿他的小說的幾個主題。

第二章

村上春樹三大核心元素——讀《電視人》

自由、疏離與拼貼

村上春樹創作歷程中，他的所有小說中具有三個共同的、重要的核心元素。我在這裡先提出來，後面會接著繼續說明。

第一，人與自由的關係。取得自由之後要如何運用自由，這不是件簡單的事，很多時候甚至是件恐怖的事。

第二，人與人之間的疏離。人活在一個我們無法追究，永遠莫名其妙的世界裡，這個世界逼迫我們採取一種疏離的、慵懶的生存態度或生存策略。

第三，雙重、乃至多重世界的並置、拼貼，而且用這種手法來彰顯我們所存在的具體世界。四十年來，這些主題維持著驚人的連續性。為了證明村上春樹小說的主題一直都在那裡，沒什麼改變，我從書架上找出了一本我自己印象最薄弱的，而且應該也是很少人讀過的，很少人有印象的村上春樹作品。這本書的日文版是在一九九〇年出版，算是村上中期作品的一個短篇小說集，日文書名叫做《TVピープル》，早先皇冠版中文版譯為《電視國民》，時報出版取得版權後，重新出版改名為《電視人》。

關於這本《電視人》，讓我簡單地談一下最前面的三篇短篇小說。從第三篇講起，這篇有一個很奇怪、很不像小說標題的標題——〈我們那個時代的民間傳說〉而且還有副標——〈高度資本主義史〉。小說一開頭就先提示：「這是真實的故事同時也是寓言，同時也是我們生存的一九六〇年代的民間傳說。」接下來故事、寓言、傳說開講的第一句話：「我生於一九四九年，一九六一年進中學，一九六七年上大學，然後在那個混亂的環境中迎接二十歲的來臨。」這樣的年代、經歷和村上春樹自己幾乎完全符合，引起我們的好奇，這是不是一個自傳性的回憶呢？

不過在繼續描述情節之前，小說作者或敘述者發了一大段議論，談論什麼叫做「在我們那個時代」。「我們那個時代」是六〇年代的末期。那個時代有「像把望遠鏡倒過來所看到的宿命式的焦慮」，有「英雄與無賴、陶醉與幻滅、殉道與得道、結論與個論、沉默與雄辯、以及無聊的等待」等等……。

這些東西，只有六〇年代有嗎？不是，但是，所有的這些東西，在「我們那個時代」，一個一個地以伸手即可取得的形式清清楚楚存在著，一個一個都好好的放在架子上。

他說，六〇年代不像一九八八、一九八九年。那個時候，無論是「英雄與無賴、陶醉與幻滅、殉道與得道……」都清清楚楚，不會附隨著誇大虛偽的廣告，不會奉送有用的相關資訊或是折扣優待券。到了一九八八、一九八九年，他寫這篇文章時，世界變得複雜了，會有一大堆複雜的事物一個接一個地向你逼近。在「我們那個時代」，沒有多得不得了的各種說明會，這是初級使用的說明書，然後還有中級、高級、應用篇，加上如何升級和機種連結的說明書……。

在「我們那個時代」，人們就只是很單純的伸手去拿自己想要的東西，把它帶回家就是了，就像在市場買小雞一樣，很簡單也很粗魯。然而，「我們的時代」是適用這種簡單形式的最後一個時代。村上春樹用這個方式形容他成長的六〇年代末期。

我們那個時代

接下來解釋副標〈高度資本主義史〉。在高度資本主義發展之前的最後一段時光，人還用乾淨、簡單、粗魯的方式活著，沒有那麼多和商業、廣告有關的刻意複雜、圍繞我們生活囉囉嗦嗦的東西。在那樣的時代裡，有一個男生和一個女生。男生是敘述者的高中同學，成績很好、運動也很拿手、待人親切又隨和，還很有領導能力，就是那種樣樣都好的優等生。而且他還會唱歌，也很會說話，辯論比賽時他永遠都當結辯，生活又有規律、守規矩，也很有女生緣，女生有不懂的數學問題，第一想到的一定是去問這個男生。

這個男生的人緣比敘述者「大概好上二十七倍」。這是標準村上春樹式的用法，「二十七倍」，不是二十六倍或三十九倍。接著敘述者說：站在個人立場，他並不喜歡這種人，他跟這種人合不來。他比較喜歡那種不完美、更具有真實感的人。

不是他會喜歡的這種人，那為什麼會特別記住呢？因為這個男生後來交了女朋友，是別班的女生。這個女朋友也是長得漂亮、成績好、運動又拿手、領導能力也很強的女生，辯論賽中她也是總是當結辯。這是兩個同樣的人，同樣優秀傑出的人。兩個同樣的人成了男女朋友，給敘述者留下最深刻印象的，是他們兩人在一起，就是一直聊天一直聊天一直聊天。讓他覺得很驚訝：這兩個人怎麼會有那麼多話好說？

兩個人一直聊天一直聊天，有一大部分是因為他們都很清純吧？他們和敘述者這種一般的高中學生很不一樣。敘述者喜歡和其他一群男生混在一起，厚著臉皮跑到藥局去買保險套啦，練習怎樣用一隻手把女生的胸罩脫掉啦，做這些充滿了「性」的想像與冒險的事。對他來說，那兩個清純的、一直聊天一直聊天的男女朋友，真的是很遙遠的、很難理解的奇特現象。

高中畢業之後，經過了一段時間，敘述者本來已經忘掉了這個「優秀」的同學，然後在奇特的情境下，義大利中部的一座叫做盧加（Lucca）的小城裡兩人重逢了。一起吃飯、一起喝酒，那個「優秀」的同學開始回憶高中時和那個女友之間的事。

兩個人很要好，的確每次見面都在聊天，不過別人沒看到的，是他們常常在沒有大人在的女孩家裡，親吻、愛撫。不過僅止於用手愛撫，沒有再進一步。男生當然會覺得不滿足，會想要真正做愛，可是藤澤小姐，他的女朋友卻一再拒絕：「我沒有辦法，因為我要保留作為一個處女，一直到結婚。」這對她來講是那麼重要、那麼堅持的事。

他們高中畢業上了大學，男生去東京念了東大，女生則留在神戶念女子大學。大一暑假，男生回到神戶見到女生，強烈地要求：「我一個人在東京待了那麼久，一直想妳，我實在太愛妳了，不論我們相隔多遠，我對妳的感情永遠不變，因此我希望我們之間有一個明確地結合為一體般的關係。」接著，他又說：「我希望即使隔得再遠，我們仍擁有結合為一體的把握。」

但是女孩還是拒絕了：「我不能把自己的處女之身給你，這個是這個，那個是那個，只要我做得到，我什麼都可以給你，只有那個不行。」男生就說：「那我們結婚好了，還是我們訂婚好了，如果妳怕我不負責任的話。我願意負責任，我已經考上很好的大學，將來我有希望進入一流的公司或政府機構服務，我什麼都做得到。」

然而女孩還是拒絕，告訴他說：「你不明白，我和你不一樣，我是女生。」說完了女生哭起來，一直哭一直哭，哭過後說了一段奇怪的話，她說：「如果，我是說如果，我和你分手了，我還會永遠記得你，我真的好愛你，你是我第一個愛上的人，而且只要和你在一起我就覺得很快樂，希望你了解這一點。可是那個和這個是兩回事，如果你希望我保證對你的愛，那我們就在此約定，我會和你上床，不過現在不行，等我跟哪一個人結了婚之後，我就會跟你上床，我不騙你，我保證。」

多年之後，在義大利小城回憶這段過去，這個男生還是不明白女孩當時那段話究竟是什麼意思，「老實說我當時震驚得連話都說不出來」，那個男生這麼回憶著。後來這兩個大學生繼續維持相隔兩地的情況，過沒多久，就分手了。和那個女孩分手後，男生在東京交了新女友，兩個人很快就同居了。男生大學畢業之後進入職場，一直很忙很忙，畢業後過了五年，他聽到消息說，原本的女友結婚了。

女生結婚沒多久，兩人二十八歲時，男生這個時候在事業上陷入低潮，突然接到女生的電話，她竟然對他的事業、生活瞭若指掌。而她呢？她的先生大她四歲，在電視公司上班，是個導演，還沒有生小孩，因為先生忙得連生小孩的時間都沒有。接下來，女生突然要他到她家去：「你現在就可以過來，我丈夫出差去了。」他立刻理解了她在說什麼，這正是女孩子當年給他的承諾。他猶豫了一下，甚至不太了解自己為什麼猶豫，然後去了女生住的地方。

我們當然很好奇在女生家發生了什麼事。不過在繼續說下去之前，我想先提一下，這個男生在義大利小城裡曾說過一段話：「很久以前我曾經看過一篇童話，我忘了童話的內容，可是我記得那個童話的結尾，是這樣寫的，寫說：『當一切事情都結束之後，國王和侍從們都捧腹大笑。』」他說：「我怎麼樣也想不起來童話的內容，我只記得那個結尾。」

去到女生家，兩人互相擁抱但沒有做愛。「我沒有把她的衣服脫掉，我們像以前一樣，只用手愛撫，我想那是最好的，她似乎也認為那是最好的方式。我們什麼話也沒說，只是愛撫了很長的一段時間，我們應該理解的事情是，那種只有『那樣做』才能彼此了解的事。不過，那一切都已經結束了，那是已經封印，已經凍結了的事情，誰也無法再將那個封印撕開來了。」

「待了一個多小時之後，我對她說了再見就走了，她也對我說再見，於是那就是最後的一次的再見了，我了解這一點，她也了解那一點。」走出來之後，這個男人到街上找了妓女，那是他人生中第一次召妓的經驗。

被突破的模範框架

村上春樹開頭就說，這是「我們那個時代的民間傳說故事」。那麼，這個「民間傳說故事」究竟要對我們傳遞什麼訊息？或說，更根本一點的問題：為什麼這叫做「民間傳說故事」？還有，這個「傳說故事」和「我們的時代」中間的關係又是什麼？

這真的很有意思。同樣的意念、同樣的訊息會一再在村上春樹的小說裡出現。他一直被六〇年代末期曾經存在過的巨大的解放、巨大的光芒，以及這巨大的解放光芒帶來的恐懼籠罩著。我們看他描寫「傳說故事」裡的那個男人，小說中他自己說：「以前我一直認為自己是一個很無趣的人，從很小的時候起，我就是一個規規矩矩的小孩，我總覺得自己的周圍彷彿有個無形的框框，我一直小心翼翼地生活，不敢超越那範圍。」這個小孩，是個日本式拘謹的模範小孩，然後他碰到了另一個日本式的模範小孩，兩人像孿生兄妹一樣，過著很日本的生活。

這種很日本的生活，應該也留有村上春樹的記憶吧！前面特別提了。他本來要是考東大法律系的。「傳說故事」裡的這個男生，恐怕比小說裡的敘述者更接近村上春樹的真實經驗吧？村上春樹其實不是一開始就如此和別人不一樣，更不是一開始就很叛逆的。

這小說在寫「模範日本小孩」遇到的誘惑，一種打破框架獲得自由的誘惑。那個女孩身上最大的框架，是她的處女身體。這個框架她無法打破，綁著她、限制著她。她知道的、她想像的，是只有靠結婚才能打破處女身體那個框架，給她自由。那個社會給予處女的解放、讓處女變成不是處女的辦法，只有結婚，所以她的自由，包括為愛情奉獻的自由，反而只有在她結婚之後才能獲得。

當然她不可能沒有意識到：結婚、婚姻生活、家庭生活，是另一個框架，甚至是更大、更緊密的框架。解放了處女身體的婚姻，只是讓她進入另一個框架。所以結婚不會是自由的來源，即使和自己喜歡、自己所愛的人結婚，也是如此。那麼自由到底在哪裡？在結了婚之後，可以和丈夫以外，從前的愛人，「我第一個愛上的人，而且只要和你在一起我就覺得很快樂」的那個人上床做愛。

二十八歲那年，這種條件終於到來了。但是小說講的卻是：當「自由」到來時，你不必然就會用來追求原本沒有自由時所渴望的東西。真的沒有了框架，不再受限於處女之身，那種情境比原來背負著框架時想像的自由景象，要複雜得多。在缺乏自由的情況下去想像自由，相對是簡單的，因為那時很清楚自己當下的匱乏。沒有錢的時候，想像自己中了樂透，覺得當然明白錢要怎麼用。但一旦真的手上突然有了幾千萬，看到的、想到的，會比沒有錢時複雜、困難得多。

村上春樹在那場革命的過程中，很早，而且可能過早地，得到了真正的人生洞見。他看到了同一代的年輕學生，在那麼短的時間中，用那麼戲劇性的方式，拿掉了他們身上的框架。結果他們卻都不是依照自己原來想像的方式，去運用自由，以自由去追求本來想要的東西。

這是個極其龐大的主題。人一旦真的得到自由，會如何對自由反應？如何對待自由？這個「民間傳說故事」，不過就是可能有的一種反應。自由來了，你卻發現，沒有辦法去拿你原來想要的東西，因你不再想要了。在自由的前後產生了微妙的變化，當限制不再，不再有處女情節卡在兩個人中間時，他突然覺得親吻愛撫所能得到的，比起他原來熱切渴望的「完整的結合」，反而更重要。親吻愛撫中保存的是兩個人所熟悉的，有著兩個人真切、無可取代的回憶。

因此，村上春樹的小說一直在問：「人一旦被解開了框架與拘束之後，他會做什麼？」

自言自語之詩

《電視人》書中的第二篇小說，也有奇怪的篇名，主標題叫做〈飛機〉，副標題卻是〈或者他怎麼像是在念詩般自言自語呢〉。

小說裡的敘述者一開始就明白交代：他二十歲，遇到了一個二十七歲的女人。這個二十七歲的女人住在一間有電車會從旁邊經過的房子裡，已經結婚了，也有小孩。二十歲的男人成了二十七歲女人的婚外情，常常到女人住的地方去和她偷情。然而對二十歲的男人來說，二十七歲的女人就像「月球背面的東西」。月球繞著地球轉，有一面永遠面對地球，另一面永遠背對地球，在地球上無論如何都看不到另一面。這個女人對他是像月球背面一樣的存在。

這個二十歲男生每一次到女人家裡，那女人幾乎每次都會哭，可是他卻從來不知道她為什麼哭？那個二十七歲的女人還會反覆對他說，她的婚姻很好，沒有問題。男人當然也疑惑：「妳的婚姻沒有問題，那妳幹嘛跟我上床？」不過他沒有將這個問題問出口。女人每次都一定會哭，哭完之後，他們就上床做愛。做愛的時候，女人會習慣性地看床頭的鬧鐘，因為她必須要知道小孩從幼稚園回來的時間到了沒有。

女人的丈夫在旅行社工作，喜歡聽歌劇，這個男生從來沒有遇見過。有一次他照例去她家，照例她哭了，照例兩人做愛，做完愛之後，男生去洗澡，洗完澡出來，女人突然問他：「你是不是從以前就有自言自語的習慣？」他嚇了一跳，第一個反應以為自己在做愛過程中自言自語。女人說不是，他只是在平常的時候自言自語。

男生完全不知道自己有這樣的習慣。女人就說起往事：「我小時候也喜歡自言自語，可是媽媽不讓我自言自語，她會懲罰我。有的時候我自言自語，她會把我關到衣櫥裡面，衣櫥裡面太黑了，所以我就養成習慣，以後想到什麼就把它嚥下去，不說了。」男生忍不住問女人：「那麼我自言自語到底講什麼？」女生的回答：「你簡直像在念詩一般的自言自語。」說完這句話，女人臉紅了。男生覺得很奇怪：我像念詩般自言自語，為什麼她會覺得不好意思呢？

女人拿了一張紙，將她聽到男生自言自語的話寫下來。男生一邊洗澡一邊自言自語的是：「飛機／飛機在飛／我，飛機上／飛機／是在飛著／可是，即使在飛著／飛機在／天上嗎」。話語內容中有一種奇特的催眠般的氣氛。之後，她啪的一聲將原子筆擱在桌子上，抬起頭靜靜地望著他。兩人沉默了好一陣子，時間在沉默中流逝，電車通過軌道往前飛馳，他和女人在想同樣的事——飛機的事。他在心靈深處製造著飛機，那一架飛機究竟有多大？有什麼形狀？……。不久，女人又哭了，她在一天之中哭了兩次，這是過去從未有的事，也是以後不會再有的事。

村上式的詩意

讀過村上春樹的人立刻可以辨識這是典型的村上春樹式小說與小說敘述。什麼樣的典型呢?村上春樹的小說中,有一種莫名其妙,尤其在描述人與人的互動時。所謂的莫名其妙指的是裡面有很多不解釋、而且不追究的東西。這和我們一般讀到的小說很不一樣。

例如,二十歲的男人說,二十七歲的女人是「像月球背面的東西」,很大的原因來自於他都不去問、不去探究,那女人在他生命中是個有限的存在,他也不好奇。村上春樹小說裡的角色,常常不好奇到不合理的地步。

就連表面上看起來,應該是要去追尋、探究的小說,像是《尋羊冒險記》,尋找了半天、冒險了的結果,都還是不會有明確的、對的答案。到底那個「羊男」是「羊」還是「男」都搞不清楚,又怎麼可能有對的答案?自己也不可能有我們本來預期的交代浮現出來了。村上小說裡的角色看到的世界,如果用一般的常識標準來衡量,是很神奇的。那裡容許有一個一個不被追究的謎團飄浮著。

二十七歲的女人說她的婚姻沒有問題,在旅行社工作的先生沒有問題,卻又一直跟一個二十歲的男生上床,做愛之後要看一下鬧鐘,看時間是不是到了。這裡面應該有很多需要被說明、或者需要在小說中被認真想像的東西。例如她到底如何對待自己的婚姻?當她在做愛後查看鬧鐘時，心中有沒有罪惡感？二十歲的男生不會在意她看鬧鐘的動作嗎？……然而在村上春樹的敘述中，這些都被視為可以不追究的問題，可以理所當然地記錄下來。

村上春樹的角色有一種最特別的能力，就是容忍莫名其妙，對莫名其妙的現象如實接受，既不驚訝，也不追問。容忍莫名其妙的現象，製造了特別的效果。這些角色身上都帶有一種自我選擇的疏離。他自我選擇沒打算要了解這個女人，這件事情很特別。一方面我們看到了這個二十歲男人對二十七歲、跟他上床的女人缺乏好奇心，另一方我們很快得到了答案，或許說答案的暗示。為什麼可以容忍這樣莫名其妙？很簡單，他因為連自己是什麼都不太明白，自己就是一團莫名其妙。他不會知道自己自言自語，不會知道自己用詩一般的語言在自言自語，這不是很奇怪嗎？在如此不了解自己的情境中，又如何、又為什麼要對別人好奇，對周遭世界好奇呢？村上春樹小說中有很多這種角色。

有人讀過另外這一篇小說嗎？有一個人下班回家，發現一隻巨大的青蛙坐在他家客廳裡，他問：「你為什麼要來我家？你要幹嘛？」然後這個青蛙老弟就告訴他：「請你跟我一起去解救全東京的人。」這個人沒有驚慌，雖然他覺得有點困擾，卻沒有強烈的意外感覺。沒有任何事情對村上春樹創造的角色是意外的。

照理說，這種對各種莫名其妙現象都能容忍的角色，應該會讓我們感到不可信，甚至不可忍耐。那是個多麼麻木的人，以至於回家看見一隻大青蛙坐在家裡客廳，都不會驚訝、不會跳起來、不會奪門而出！但村上春樹的一項巨大本事，或者該說他一直努力在做的事，就是讓這種麻木變得可愛，變得有說服力。我們不會討厭他們，因為我們從村上的語言與描述中感覺到：他們有比我們更強壯的神經，面對這個世界各種可能性時，有比我們更巨大的包容力，所以他們不會對那麼多事情驚訝，也不會一定要去探究月球的背面到底是怎麼一回事。

從這種謎團、莫名其妙與對於莫名其妙的高度包容中，產生了一種特殊的詩意，特殊的詩學。這是我們在眾多村上春樹的小說中，發現的第二個共同主題——人與人之間的疏離、莫名其妙，以及莫名其妙中所透顯出來的一種生命情感。

闖入家中的電視人

《電視人》的第一篇小說，就叫〈電視人〉。星期天的黃昏，有一個人坐在房子裡面，然後呢，突然有三個「電視人」跑到這個人的家裡來。他沒有特別驚訝，沒有驚訝到去報警，甚至沒有驚訝到問那些「電視人」是怎麼跑進來的。

他很冷靜，很盡責地向我們形容電視人的模樣。電視人比一般人矮小一點，就像將一般人按比例縮小為七成的模樣，不像侏儒也不像小孩，因為侏儒或小孩跟大人的比例不太一樣，電視人卻完全按照正常比例，就是變小一點。為什麼叫電視人？因為他們將電視扛到他家裡，先將他家弄得亂七八糟，然後將電視插上插頭，架起了天線竿子。

在這個過程中，這個敘述者一直看著他們，心裡竟然只是嘀咕著：「糟了，你們把我太太的雜誌亂翻，那些地方不可以翻的，她不准我動這些地方。完了，我太太回來一定會把我罵死，她一定會罵說，『我禮拜天出去一下，你就把家裡搞成這樣。家裡本來沒有電視，怎麼會突然多了電視呢？』」但是接下來他太太回來了，卻並沒有如他擔心地那樣破口大罵，她好像完全沒有發現家裡變了一個樣子，也沒有發現家裡多了一台電視。

再接下來，他到了販售家電的公司上班，大家正在開會，突然間那三個電視人又出現了。大刺刺地抬了一臺SONY電視——他們公司的敵對品牌——就進入辦公室，在那裡安裝電視。他想：你們怎麼可以這樣子呢？覺得很受不了，他就跑到洗手間尿尿，剛好另外一個同事也在旁邊尿尿，他若無其事地提了一下那幾個搬電視的人，結果他的同事竟然完全沒有反應，轉水龍頭把水關掉，從架子上拉了兩張紙巾來擦手，擦完以後，紙巾揉成一團丟進垃圾桶，連看都沒看他一眼。搞不清楚同事到底有沒有聽見他說話，在當時氣氛下，也不適合再追問。

又回到家裡，他就將電視打開，發現電視上並沒有影像。時間愈來愈晚了，太太卻沒有回來，電話答錄機裡面也沒有留言。通常只要超過六點鐘不能到家，他太太都會打電話回來的。太太不見了。等著等著，他迷迷糊糊睡著了，似夢似醒，發現沒有畫面的電視裡出現了電視人，電視人從電視裡爬出來。一個電視人告訴他：「我們正在坐飛機。」電視上就出現了森林深處幾個電視人在坐飛機，還討論著關於飛機的事。這時候，在客廳裡的電視人突然對他說：「你太太不回來了。」他嚇一跳，聽不懂電視人的意思，電視就再次說：「你太太已經不回來了。」「為什麼？」他問：「因為你們之間已經完了，所以她不回來了。」

另外一個世界的存在

這篇小說展現出另一項村上式的特色，那就是在一個空間裡，在一個人的生命中存在著超過一個以上的不同世界。不同世界的交錯並存，往往被用來對稱、映照人與人之間的疏離。電視人進到他們家，他腦袋裡想的，其實都是他和他太太生活上的差距。差距早就在那裡，被闖入的電視人凸顯了，或說被電視人闖入這件事映照出來，無法繼續隱藏著了。

奇怪的電視人，原本不存在這個世界的奇怪東西，從另外一個世界介入，因為另一個世界的交錯、介入，才讓我們能真切了解這個世界？村上春樹的小說經常有這種不同世界並存並置的情況，讓他的角色穿梭進出不同的世界。

這些角色用一種慵懶的方式進出不同的世界。他們不會大驚小怪說：「啊，這是個奇怪的地方，我怎麼會跑到這種奇怪的地方來了！你們看到這個那個奇怪的事情了嗎？」不，村上春樹的不同世界，突然之間就來了，來了也沒有辦法準備，就在那裡，有這樣的另外一個世界在那裡。

有了另外一個世界和原來的世界並置、拼貼（collage）在一起，於是產生了對於原有的、我們原本視之為理所當然的唯一的世界，不同的認知、不同的理解。

村上春樹是一個始終如一、很固執的摩羯座。他如今七十多歲了，還可以堅持跑馬拉松。四十多年來，他一直在寫小說，寫了那麼多小說，然而隨手翻開一本《電視人》，看看最前面的三篇小說，竟然也就能夠整理出他所有小說中共同的三個核心元素。讓我們複習一下，這三項核心元素是：

第一，人與自由的關係。取得自由之後要如何運用自由，這不是件簡單的事，很多時候甚至是件恐怖的事。

第二，人與人之間的疏離。人活在一個我們無法追究，永遠莫名其妙、模糊一團的世界裡，這個世界逼迫我們採取一種疏離的、慵懶的生存態度或生存策略。

第三，雙重、乃至多重世界的並置、拼貼，而且用這種手法來彰顯我們所存在的具體世界。

環繞著這三項核心元素，村上春樹花了四十年的時間建構起他自己的一套小說系統。有興趣的讀者可以依照這三項元素去遊逛、去分類村上的小說，應該八九成都能夠被歸納進去。有些小說是第一項加第二項，有的小說是第一項加第三項，有的是第二項，有的是三項都有。基本上，他維持著很明確的主軸堅持地寫著他的小說。更有意思、更重要的，從這三大核心要素去看，我們就發現村上春樹的小說和其他傳統的、現代的日本小說相較，真的有很大的差距。

脫離日本傳統文學

依照村上春樹小說內部提供的文本證據，我完全相信他自己的說法：在四十歲之前，他沒有讀過日本文學。他的小說和日本文學傳統的確大異其趣。日本文學從平安朝一直到現代，一直到川端康成，有一個關懷貫穿其中，是村上春樹作品中所沒有的。

日語中對於小說的傳統稱呼，寫成漢字是「物語」，就是《源氏物語》、《竹取物語》的「物語」。密切跟隨著「物語」名稱的，有「物之哀」的觀念。

「物之哀」是個複雜的概念，構成了平安朝文學的基礎。「物之哀」包含幾層不同的意思。第一，萬物皆有其哀。萬物之所以必然會有一種悲哀，來自於時間。沒有任何東西在時間的淘洗中，可以完全不變。但萬物難道沒有其樂嗎？對於平安朝的人來說，萬物不斷地老化和衰頹，所以樂是短暫的，哀是必然的，哀是長遠的。這是第一層意思。

第二層意思是，最純粹的感情、最美的感情來自於「哀」。川端康成有一本小說，書名叫做《美麗與哀愁》。從平安朝貫串到川端康成的文學中，哀愁與美麗，是同一回事，只有哀愁中才能展現出美麗。唐納德．基恩（Donald Keene）曾經試圖用希臘悲劇中「昇華／淨化」的概念，來解釋「物之哀」的這層意思。

為什麼悲劇的位階比喜劇高？因為喜劇是現實的東西，你在喜劇中能得到的，只是一些現實的混亂。而希臘悲劇意味的是，當你面對已知的、比你強大的命運，你還要去對抗它。這種文學上類似的作用，也表現在「物之哀」上。什麼時候我們可以感受到美？什麼時候我們可以超越有限的、凡俗的生命，而進入到美的境界？那就是當我們沉浸在哀愁裡的時候。哀愁使我們認知到自我的限制，哀愁也使我們理解到我們和外界一種深刻的關係。所以最純粹的感情，來自於哀愁。唯有能夠描寫哀愁、捕捉哀愁，我們才能了解人間之美。

「物之哀」的第三層意思是，我們可以去領受、賦予萬事萬物所無法表達的哀愁。也就是說，世界上的所有東西都有其感情，可是只有人有這個能力去同情、哀憐，我們和周圍所有的物之間，沒有一個絕然的距離與分別。

人什麼時候會覺得與物同一？人什麼時候會覺得和大自然、萬事萬物萬象最接近？在浪漫主義的傳統底下，他們選擇的答案很可能是寂靜、寧靜。可是平安朝的日本人所選擇的是，當我感到悲哀、看到悲哀的時候。也就是說，當我感受到象徵著時間的河流，不斷地在向前奔流的時候，我感覺到那種一去不復返的衰頽、永遠無法再回頭的情緒與現象的那個時候，人覺得自己和大自然、萬事萬物萬象最接近。我悲憫、哀憐那些河川裡被沖刷的石頭，在那個時候我就和那些石頭有了關係。這就是「物之哀」的另一層意義。

過去、現在與未來

然而村上春樹身上、他的小說裡沒有這種「物之哀」。所以說，村上春樹七十歲了，讓我覺得難以置信。不是因為他還能跑馬拉松，外表看起來比實際年齡年輕得多，主要是由於他作品傳遞出來一種很特殊的永恆（ageless），沒有年紀，也沒有時代。在原本對時間性最敏感的文化、國度裡，出了一個再醒目不過的怪胎，這個怪胎的作品裡沒有時間的流逝，沒有時間流逝所產生的深刻哀傷、痛苦、掙扎。

村上春樹的小說有另外的掙扎，但很少是針對最奇特的時間這個題目，他的小說沒有和時間之間的密切關係。讀村上春樹小說蠻好的一點，就是可以錯覺年紀不存在。

回想一下曾經讀過的《挪威的森林》，回想一下讀《挪威的森林》時的感覺。有誰讀到書中描寫的大學生活、男女愛情時，意識到：《挪威的森林》的作者村上春樹當時已經快四十歲了？沒有吧？在行文、敘述中，完全沒有流露出一點點藏不住的感慨，那種由四十歲的現在，回頭看二十歲的青春會有的感慨。

讀《挪威的森林》時，誰都不會想到，村上春樹當時寫這本書時已經是一位年近四十歲的作家。

村上春樹的小說，包括《海邊的卡夫卡》，帶著強烈的「共時性」特質。所有事情都發生在同樣一個時間平面上，少有「貫時性」的延宕。「貫時性」必然引發「物之哀」，必然會有時間流逝產生的變化。然而，《海邊的卡夫卡》中，即使小說牽連到第二次世界大戰時發生的事，那個古老的事件卻不是以時間的形式存在的，它是以一個雖然發生在過去，卻會和現在時間重疊的另外一個世界，出現在小說中。

村上春樹如何塑造小說中永遠不老的強烈共時性？其中一種手法，就是將發生在不同時代的事情，放入多重交錯的架構裡，讓從前的、現在的，甚至未來的，原本時間的線性排列，前後接連發生的事混合起來。過去以另一個世界的存在形式，浮在現實中或疊在現實上。

諸多時間疊合、並置，這中間具備了「後現代」的意味。「後現代」的一項價值根源就在：相信該有、會有的事之前都發生過了，時間到這裡不會再有發展了。因而我們能做、該做的，不是勉強繼續去發展新的東西，而是將過去曾經出現過的不同風格，找出不一樣的方式予以並置、拼貼、連結起來。從這一點、從這個定義來看，村上春樹是一個標準的「後現代小說家」，他發明並嫻熟地運用了這種特殊的共時拼貼方式，取消了原本強大、強悍的時間感。

符號神話與資本主義

還有第二項重要的手法。日本舊有文學傳統帶有濃厚的「物之哀」，其基礎當然就是「物」，不論是有生命或無生命的「物」，會隨時間而衰老、磨損、消逝的「物」。村上春樹之所以能夠讓時間消失，讓人不去感受物與時間之間的哀傷關係，那是因為在他絕大部分的小說作品中，用別的東西取代了世界裡的「物」，那必然要經歷並飽含時間折磨的「物」。他用來取代的「物」的是「符號」。村上春樹的小說中充滿了大量的符號，而且往往是具有高度異國風的符號。不妨想像一下，讀過的村上春樹小說裡的主角，他長什麼樣子？他過什麼樣的生活？最先浮現上來的，幾乎都是各種「符號」。

任何一個村上春樹迷都應該很容易回答得出這樣的問題。村上春樹的主角早餐吃什麼？他平常最愛喝什麼？他聽什麼？他穿什麼？他做什麼運動？……。不管哪一部小說，不管主角叫什麼名字，我們會記得他從冷凍庫裡拿出來冰塊，削成一個圓球，放入杯子裡，然後將威士忌倒上去。他聽爵士樂，聽艾靈頓公爵（Duke Ellington）、桑尼・羅林斯（Sonny Rollins）和史坦・蓋茲（Stan Getz）。他穿RALPH LAUREN的polo衫，他早上給自己做三明治來吃，早餐絕對不會是白飯配味噌湯，中午就煮一大鍋水，下義大利麵，卻一定不會說：「啊，來烤一條秋刀魚吧！」

小說中充滿了各式各樣生活的記號。這些記號有什麼作用？標示了主角身上的異國性。他不是一般日本人。村上春樹筆下的這些人，雖然活在日本社會，但毋寧以一種「異己」，近乎外星人的方式存在的。在那個具體、現實的環境中，他們很明顯地格格不入，是被各式各樣「非日本」的符號所包圍、所定義的「異己」。眾多異國風的符號阻擋了我們平常閱讀小說現實描述時，必定油然升起的時間感。

《電視人》的第三篇小說特別標舉「高度資本主義前史」，什麼是「高度資本主義」？村上春樹有很清楚的說法——「高度資本主義」的象徵就是那些無窮無盡的說明書，不再有簡單的事情，每一件事情、每一樣東西上面都附加了一大堆繁複的標籤。「物」會老，你們家用的那台SONY電視會壞，可是SONY這個符號卻一直存在，沒有年紀、沒有時間。「物」會老，但將每一台電視串聯起來的SONY這個符號不會。

高度資本主義所創造的，就是這種「符號的神話」，SONY永遠不老，永遠在那裡，這台那台電視會壞，更有可能是還沒壞就被換掉，然而標記在電視上的SONY永遠不會壞。通過SONY，我們碰觸了「無時間」。通過SONY發明的CD，我們碰觸到了永恆。CD剛發明時，給人們的宣傳就是：人類發明了一種永久保存音樂的方式，那裡藏著永遠不壞的音樂。於是我們買下了人生的第一張CD，小心翼翼拆封打開，摸到那個金屬的圓形薄片，真的覺得自己摸到了永恆。

同樣那個時代，美國太空總署發射了探測太陽系的無人太空船，「領航者一號」、「領航者二號」。其中一艘太空船在探測過幾個行星後，將會一直不斷地飛行，往太陽系外飛出去。朝宇宙一直飛一直飛出去，永遠飛行下去。四十年後，我不在了，「領航者」還在飛。百年後你們都不在，「領航者」還在飛。四十億年之後，太陽不見了，「領航者」還在飛。地球不見了，我們的銀河系不見了，「領航者」都還在飛。或許會有莫名其妙的外星人在我們永遠不會知道的時候、在我們永遠不會知道的地方，將「領航者」捕捉了。他們會在太空艙裡發現一張上面錄了各種地球聲音的CD。哇！何等神奇！CD也是一個符號，一個新的神話，這個神話和現代性中對於時間的高度敏銳，徹底逆反，背道而馳。

村上春樹很在意小說裡面的符號，這些符號像在一個地圖模型上，插了很多玻璃管子或玻璃箱子。閱讀村上春樹時，如果你對那些符號沒有特別感應感覺，符號就產生了隔離時間與變動的效果，那裡由符號構成了一個模型般的世界，和我們的真實世界相對照，卻不像真實世界那樣不斷變動。

然而若是你對其中某個或某些符號有所理解，那你就看到了透明管子、透明箱子裡裝的東西，於是小說的意義，至少是部分的意義就被你透過符號看到、感受到的訊息、刺激給改變了。

第三章

村上春樹的互文叢林——讀《海邊的卡夫卡》

關於卡夫卡的三棵大樹

對於從來不聽爵士樂的讀者而言，村上春樹作品中那麼多爵士樂手的名字和樂曲名稱就只是一連串重複的符號而已。但對於熟悉爵士樂的讀者來說，或者會特別用心去讀村上春樹寫的《爵士群像》的人，那些符號就承載了不同東西，為什麼在這個時刻聽這段音樂，成了小說內容的一部分，有時甚至是非常重要的部分。

一邊讀小說，一邊將兩冊《爵士群像》放在旁邊，小說中出現任何一個爵士樂手名字，查特．貝克（Chet Baker）、或者是艾靈頓公爵、或者是邁爾士．戴維斯（Miles Davis），就立刻查查《爵士群像》如何描述這個人。突然之間，穿插在文章裡的人名，就開始對你說不一樣的話，彰顯不一樣的意義了。

這就是村上春樹小說的「互文」結構。每一個符號都是或大或小的互文可能性，他的小說就是靠各種互文可能性仔細搭蓋起來的。這樣一個有毅力的小說作者，村上春樹持續擴張著他的互文世界，愈後來的作品建構了愈龐大且愈複雜的互文叢林。所以我們讀村上春樹的小說，基本上有兩種讀法，也是兩種走法。第一種走法是看著眼前的路，順著那條最明顯的路走下去，走進去再走出來。但還有另一種走法，是意識到這森林中每一棵樹的存在，不只是看被樹圍出來的那條路，而去問：為什麼要在這裡長一棵樹？那是棵什麼樣的樹？這樹和前面遇到的另一棵樹有什麼關係？

如果只是走過那條不長樹也不長草的道路，我們走完了村上小說森林，卻很可能沒有真正讀到村上春樹。因為他的互文、典故安排都被忽略了，那就失去了村上小說最大的特點與魅力。

讀《海邊的卡夫卡》，我們至少要追究三棵大樹，也是三個大典故。第一，田村卡夫卡為什麼要離家出走？其根本原因不是寫在這部小說裡的，而是來自於古遠的希臘神話、希臘悲劇。第二，小說的主角為什麼給自己取了一個名字叫做「田村卡夫卡」？為什麼他身邊一直有一個名叫做「烏鴉」的少年？「卡夫卡」是什麼？「烏鴉」又是什麼？第三，田村卡夫卡離家出走接受那個神祕的召喚，他知道他應該要去一個地方，為什麼後來是去了四國？為什麼那另一個世界藏在四國的森林裡面？

這是三棵巨大得不得了的大樹，這是讀《海邊的卡夫卡》時無法迴避的三棵大樹。我們一定得好好看看這三棵大樹，將它們搞清楚。在觀察這三棵大樹的過程中，或許我們也就能開始養成習慣去看看其他沒有那麼大的樹，然後一直看到枝幹、樹葉，乃至於森林地上的一些玻璃瓶、一些紙屑，可能都有道理。

這是我讀村上的方法，並且多年來從中得到特殊的樂趣。很少小說經得起這種追究互文典故方式的閱讀，然而村上春樹大部分的小說都可以這樣讀。他喜歡藏典故，而且他藏的典故，幸好都是我還有能力解開的。他對美國、美國文學很熟，翻譯過瑞蒙・錢德勒（Raymond Chandler）、瑞蒙・卡佛（Raymond Carver）和史考特・費茲傑羅（F. Scott Fitzgerald）的小說。他認定全世界最偉大的小說是杜斯妥也夫斯基的《卡拉馬助夫兄弟們》。他聽爵士樂，他雕冰塊喝威士忌，這些都跟我沒有那麼遙遠，所以有機會將他設下的陷阱找出來。他是個愛設陷阱的人，那麼我們就應該用找出陷阱、拆除陷阱的態度，來享受他的小說。

《伊底帕斯王》（一）

讀《海邊的卡夫卡》，不能不了解沙孚克里斯（Sophocles）的《伊底帕斯王》（Oedipus Rex）

這部古希臘悲劇的經典傑作。

《伊底帕斯王》全劇開始於底比斯城的王宮前面，有一群人聚集在那裡，向國王請願、求救。當時底比斯城的國王伊底帕斯（Oedipus），聽到了門前的騷動，他從裡面走出來，問：發生了什麼事？

人群中走出一個祭司，代表向伊底帕斯王說：「底比斯城內正在流行瘟疫，大批的人感染瘟疫死去，包括了還來不及出生的小孩，都被瘟疫奪走了性命。十年前，你曾經幫助我們逃過、克服重要的劫難，那個時候底比斯的城門口來了可怕的人面獅身怪獸（Sphinx），是你的智慧在那時候救了我們，現在我們需要你再度挺身而出，從瘟疫大難中解救底比斯。」

伊底帕斯聽了，回答說：「我早已知道這個狀況，特別請了我的大舅子克里昂（Creon）去求取阿波羅（Apollo）的神諭了，他應該馬上就回來了，希望他能帶回我們需要的答案。」克里昂就是伊底帕斯妻子的哥哥。

接著，他們看到克里昂來了，他的臉上透露著一點笑容，給大家帶來希望。克里昂到了宮前，迫不及待地說：「我已經得到神諭了，伊底帕斯王。你要我進去講給你聽，還是在群眾的面前告訴他們？」伊底帕斯王就說：「我們沒有任何事情要隱瞞的，請你直接說吧！」

克里昂說，阿波羅的神諭很直接明白：底比斯城被汙染，所以會流行瘟疫。底比斯城受了怎樣的汙染呢？底比斯城原來有一個王，名叫作萊瑤斯（Laius），他死了十年，卻遲遲沒有人去找出殺他的凶手，幫他復仇。這座城被那椿褻瀆的弒王行為，以及那個身帶罪行的弒王者汙染了。阿波羅的神諭就是：「去找出凶手來，將他驅逐出城，瘟疫就會消解，大家可以回復平安生活。」阿波羅的神諭指示了解決瘟疫的方法，因此克里昂的臉上也露出了安心的笑容。

聽了神諭，伊底帕斯王說：「這件事情我不了解，我來到底比斯時，老王萊瑤斯已經不在了，他是什麼時候死的？又為什麼你們都沒有追索凶手，替他報仇呢？」

這得話說從頭。十年前，萊瑤斯是在前往德爾菲（Delphi）神廟的路上，被強盜殺了的。那時候，底比斯城陷入一片恐慌，萊瑤斯就是為了試圖解決當時降臨在底比斯的巨大災難，才前往德爾菲神廟求助的。災難的來源，是一隻可怕的怪獸——人面獅身獸，站在底比斯城門口，對城裡城外經過城門的人問問題。他問：「什麼樣的動物小時候用四隻腳走路，長大了用兩隻腳走路，老的時候用三隻腳走路，而且牠只有一個聲音？」這動物會變形，但只有一個聲音，所以不會是青蛙。只要有人答不出來或答錯了，人面獅身獸就將他吃掉。底比斯人等於就被人面獅身獸關在自己的城裡了。因此萊瑤斯前往德爾菲神廟求助，卻不幸地在路上遭遇強盜送了命。

當時底比斯人自顧不暇，如何能找到那強盜為萊瑤斯報仇！後來人面獅身獸的危機是如何解決的呢？有一個外地來的人，從科林斯來的一位王子，經過底比斯城，面對人面獅身怪獸的問題，毫不遲疑給出了答案：「人」，人面獅身獸因而大受刺激，羞愧而死，解決了災難。這位科林斯來的王子，就是伊底帕斯。

災難解決了，可是老國王萊瑤斯死了，底比斯不能沒有新的王，於是底比斯人就推舉替他們解決災難的伊底帕斯來當底比斯的新王。伊底帕斯同意了，而且他還娶了原來的王后、萊瑤斯的太太為妻。顯然在這一連串的重大變化中，大家就忽略了該要尋找凶手、替萊瑤斯復仇的事了。

劇中這段往事是由祭司和合唱團（Chorus）一搭一唱說明的。聽完了說明，伊底帕斯表達了他的強烈決心：「我們一定要救這座城，既然阿波羅神諭要求找出凶手來，我對你們發誓，你們也要對我發誓，任何人都不能有一點點隱瞞，我們要找出這個凶手來，把他放逐到城外去。所有人要發誓，沒有人會窩藏這個凶手。任何人知道任何線索，請你們一定都要告訴我。」以合唱團為代表，全底比斯城的人都發誓了。

《伊底帕斯王》（二）

但是從何去找十年前的一場路上命案的凶手呢？凶手是萊瑤斯遇到的強盜，誰又可能知道十年前的強盜現在在哪裡？

當然，神一定知道。但人無法強迫神說出答案來，而且阿波羅神諭責成底比斯人自己去找出凶手，才能躲避瘟疫的傷害。那怎麼辦？到哪裡去找到線索呢？伊底帕斯說：「別擔心，克里昂有一個好建議，我們問不到神給的答案，可以去找能力只比神差一點的人，克里昂知道一個了不起的瞎眼預言家叫提瑞西亞斯（Tiresias）。」

提瑞西亞斯這時候應該有一百多歲了，底比斯建城的時候，他就已經是一位預言家了。底比斯建城時，提瑞西亞斯就預言：這座城將來會出一位偉人。如果不能讓神來幫忙找出凶手，至少還有提瑞西亞斯。

提瑞西亞斯來了。這位百歲以上的瞎眼老人來到伊底帕斯面前。然而，一聽伊底帕斯問：「請你告訴我，到底是誰殺了萊瑤斯？」提瑞西亞斯就發出了哀鳴，他說：「怎麼會有這種事？為什麼我的智慧要帶來如此深刻的悲哀？」伊底帕斯聽不懂他在講什麼，就再問了一次：「如果你知道，請你告訴我誰殺了萊瑤斯。」提瑞西亞斯回答：「請你不要再問了，我不會講的。」伊底帕斯很驚訝：「你怎麼可以不講？」他說：「不管你用什麼方法問，我就是不會說。」

伊底帕斯大怒，說：「我剛剛才和這個城所有的人結下盟誓，若是知道有關萊瑤斯的事，都要來告訴我，我必須盡快找到殺害萊瑤斯的凶手，才能夠解救這座城。城裡上上下下每一個人都發了誓，不會有所隱瞞，你卻要隱瞞嗎？」提瑞西亞斯竟然回他：「對，你發脾氣也沒有用，我就是要隱瞞。」伊底帕斯更氣了，氣得口不擇言，說：「那我知道了，我知道是誰殺了萊瑤斯，那就是你，你就是那個凶手，所以你不講。」

提瑞西亞斯被伊底帕斯的話激怒了，他就說：「我不願意說，因為我要說的真相沒有人能夠承受。但既然你用這種方式汙衊我，我就只能將這個話還給你，殺了萊瑤斯的人就在我面前。」

伊底帕斯氣得快昏倒了，說：「你再說一次！」提瑞西亞斯就真的說了，而且說得明白：「我說殺萊瑤斯的人就是你。」伊底帕斯說：「你連續侮辱我兩次，你連續侮辱我兩次！」提瑞西亞斯繼續說：「這還不是全部，除了殺害萊瑤斯之外，你還幹下了更可怕的事。」

一個盲眼的預言家在所有人面前指責伊底帕斯，說他就是殺萊瑤斯的人，他就是使得底比斯被汙染、陷入在瘟疫中的禍首，還說他做了比殺害萊瑤斯更可怕的事，對伊底帕斯來說，這真是「是可忍，孰不可忍」啊！在憤怒中，伊底帕斯腦中閃過了一個念頭，他大聲地問提瑞西亞斯：「是克里昂教你這樣講的對不對？這是你們的陰謀對不對？我了解了，難怪克里昂建議要找你，你跟克里昂勾結了要把我趕走。這是政變，這是叛變，你們兩個陰謀叛變要謀殺、要陷害你們的國王！」

一旁代表群眾的合唱團連忙安撫相勸：「別再生氣了，你已經氣到不知道自己在說些什麼了？請你不要生氣了，我們還是要尊重這個預言家，雖然他說的話可能是錯的。」盛怒中，伊底帕斯將提瑞西亞斯趕走：「你不要出現在我面前，你趕快走，你給我離開！」

《伊底帕斯王》(三)

提瑞西亞斯離開後，克里昂來了。克里昂氣急敗壞地跑來：「聽說我的國王指控我，在沒有任何證據的情況下，指控我要謀害他！這是件可笑、荒謬、不可忍受的事！」聽到克里昂來了，伊底帕斯站在他面前，不客氣地說：「你還有臉站在我面前？你竟然敢用卑鄙的手段試圖推翻我！」兩個人吵起來，愈吵愈氣，伊底帕斯甚至說出了氣話來：「我就是要你死！」

克里昂說：「你不只要我被趕走，還要我死！可是你有什麼依據，顯示我要害你、要推翻你？」一旁的合唱團就勸伊底帕斯：「你至少要聽聽他怎麼說。」伊底帕斯質問克里昂：「你說提瑞西亞斯是個預言家，能夠預見未來，也能看到很多我們看不到的事情。那我問你：十年前萊瑤斯被殺時，他不就已經在這裡了嗎？十年前他不就已經是一個預言家了嗎？那為什麼十年前他不告訴大家到底誰殺了萊瑤斯，今天卻要在我面前侮辱我，說是我殺了萊瑤斯！」

克里昂很無辜：「我也不知道為什麼！但我絕對沒有指使他，請你告訴我，在這座城裡，我的妹妹是誰？」伊底帕斯說：「你妹妹是我的妻子，她在這個王國裡和我一樣重要。」克里昂再問：「那我和我妹妹相比呢？」伊底帕斯回答說：「你還好意思問我！我視你妹妹和你跟我自己一樣重要，在底比斯城，我身上有多少權力，就分給你妹妹、分給你同樣多的權力。」

克里昂就說：「是啊！難道我是個笨蛋嗎？我實質上擁有和你一樣多的權力，而且我不用負擔責任，有任何事情人家就找你。現在這個城陷入恐怖、危險狀況中，我卻莫名其妙設計要推翻你，這意味著我去追求自己其實已經擁有的，同時去找來我根本不想要的，這個說法合理嗎？」伊底帕斯無法理性分析思考了，他說：「我不知道你在講什麼？但不管你怎麼辯解，提瑞西亞斯就是證據，你就是想要推翻我。」

兩個人吵得不可開交的時候，眼看局面無法收拾，一旁的合唱團說了：「幸好，王后來了，柔卡絲塔（Jocasta），我們的王后來了，希望我們的王后可以平息這場爭議。」

王后進來問怎麼回事？兩人又爭吵起來，柔卡絲塔只好勸她的哥哥克里昂先離開，才能問伊底帕斯：「為什麼要這麼生氣？」伊底帕斯說：「我當然生氣！一個預言家，一個能夠看見過去現在未來，我們所看不見東西的人，在這個節骨眼上，在我面前指控我殺了你的前夫、原來的國王萊瑤斯，我怎麼可能不生氣？」柔卡絲塔就安慰他：「啊！如果是為了這個生氣，那太不值得了。我可以明白地說，預言沒有那麼了不起，我就知道一個預言不準確的例子。」

「萊瑤斯年輕時，有一次到阿波羅神殿去，得到了一個非常恐怖的預言。」柔卡絲塔說：「我不敢說是阿波羅本身，但我至少可以說是阿波羅神殿的祭司，給了一個這麼可怕的預言：萊瑤斯將來會死在親生兒子的手裡。現在，萊瑤斯已經死了，他死在一群強盜手裡。這不就明明白白告訴我們，預言是不準確的嗎？我自己的親身經歷最清楚明白，萊瑤斯並沒有死在他兒子的手中，光是這件事情就應該可以說服你。何必對一個瞎眼預言家講的任何事情，發那麼大脾氣？」

王后接著說：「看看萊瑤斯，他就是相信了那可怕的預言，因此當年我生下了兒子，萊瑤斯馬上在那嬰兒的腳踝上釘了一根釘子，命令僕人將他帶走，送到喀泰戎山（Cithaeron）上殺死。我的兒子已經死了，當然不可能再回來殺害萊瑤斯。萊瑤斯是在往德爾菲神廟的路上，在一個三叉路口被一群強盜殺死的。」

《伊底帕斯王》（四）

柔卡絲塔說這些話是為了要讓伊底帕斯安心，的確，伊底帕斯的臉色和緩了，心裡想著：是啊，萊瑤斯何必要在意預言講什麼？然而聽到後來，卻有其他理由讓伊底帕斯又再度神色緊張。他問柔卡絲塔：「請再說一次，萊瑤斯死於何處？」柔卡絲塔重複說了：「在那個三岔路口。」伊底帕斯接著問：「那是幾年前的事？確切的時間妳記得嗎？」她說：「就是你來到底比斯城的幾天前，你幫我們趕走人面獅身獸的前幾天。」

接下來他又問：「萊瑤斯長什麼樣子？」她說：「萊瑤斯長得和你有幾分相似，但他的頭髮是銀白色的。」他急忙又問：「萊瑤斯是自己一個人嗎？還是身邊有其他人？」她回答：「最前面有一個斥候，後面還有四個人跟在身旁。」伊底帕斯這樣問：「那些跟著萊瑤斯的人，他們都死了嗎？」柔卡絲塔說：「只有一個人生還，只有一個僕人活著回來。他回來時，知道你已經成了這座城的王，他就要求我讓他離開，去到城外，到底比斯最偏遠的地方去牧羊。」

伊底帕斯腦袋裡一片混亂。他誠實地告訴柔卡絲塔：「我來到底比斯之前，就在妳剛剛說的那個三叉路口，碰到一個斥候，那個斥候傲慢地叫我讓路。他說後面有重要的人要來，一定要我讓到路邊去，我不肯，就跟他起了衝突，後來他口中的重要的人來了，在衝突中我把他們都殺了。」

柔卡絲塔之前從來沒聽過這件事，簡直不知該如何反應，只能反覆說：「不可能，不可能是你，應該不會是你。」伊底帕斯盡量保持冷靜，他問：「我記得妳說萊瑤斯是被一群強盜殺了，對嗎？」柔卡絲塔趕緊回答：「對，那個生還回來的牧羊人是這樣說的，而且不只對我說，所有人都聽到他說是『一群強盜』。」伊底帕斯說：「這是我唯一的希望，可不可以去將這個牧羊人找來，如果他看到了是一群強盜殺了萊瑤斯，那當然就不會是我。」柔卡絲塔說：「那當然，一定不會是你，你只有一個人，你不可能是一群強盜。」

於是他們吩咐了僕人，趕快去把那個生還的牧羊人找來，要弄清楚到底是一個人，還是一群強盜殺了萊瑤斯。

等待牧羊人到來的過程中，宮廷的門口來了一位信使（messenger），他正在問路：「可不可以帶我去找底比斯王，誰知道底比斯王在哪裡？」宮廷外的人告訴他：「這就是底比斯的王宮，我們的王就在裡面。」信使說：「我需要見你們的王，有非常重要的訊息要傳達。」

柔卡絲塔剛好出來在宮門前，旁邊的人就對信使說：「他們的王在宮裡，不過我們的王后來了。」信使對王后說：「我有一個非常令人興奮，但同時又會引人悲傷的消息要告訴你們。」柔卡絲塔說：「什麼消息，就趕快告訴我吧。不過請先說你從哪裡來的？」信使回答：「我從科林斯來的。值得興奮的消息是，你的丈夫他現在不只是底比斯的王，同時也是科林斯的王了，因為他的父親、科林斯的王波利布斯（Polybus）剛剛去世了，他應該趕緊回到科林斯繼承王位。」

這就牽涉到伊底帕斯的來歷了。伊底帕斯原本是科林斯的王子，有一次在宴會當中，一個喝醉酒的客人說醉話，指著伊底帕斯說：「你不是這個城的王子，你根本不是王的兒子。」這件事引發了科林斯城內各式各樣的傳言，懷疑伊底帕斯的出身背景。伊底帕斯當然覺得很困擾、很痛苦，他就去神殿問阿波羅：「我到底是不是科林斯王波利布斯的兒子？」然而，阿波羅神諭沒有回答他問的問題，卻告訴他：「有一天，你會殺死自己的父親，而且會娶你的母親為妻。」

這是什麼樣恐怖的預言！伊底帕斯就是為了逃避這個預言，才離開科林斯，也才來到底比斯，落腳在底比斯的。他認為，只要他不在科林斯，就不可能殺死父親；只要他不在科林斯，就不可能娶母親為妻，所以他要遠離科林斯。這是他的來歷。

聽了信使的消息，柔卡絲塔興奮地叫喚伊底帕斯出來：「你聽聽看這個信使要告訴你的事。」信使說：「那我再說一次，你的父親、科林斯王波利布斯已經死了。」柔卡絲塔馬上接著問：「他怎麼死的，有人殺了他嗎？」信使回答：「到了一定年紀，死亡來得很容易，只要一點點不對勁，人就過去了，波利布斯是病死的。」

確認波利布斯是病死的，是的，他是病死的。柔卡絲塔鬆了一口氣，對伊底帕斯說：「難道我們還要再相信預言嗎？預言不是說你會殺死你的父親嗎？你的父親死了，但他顯然不是你殺的，難道你殺了他嗎？」伊底帕斯說：「除非他是因為過度想念我而死的，那可以間接算是我殺的，否則我不可能殺他。」

《伊底帕斯王》（五）

這時信使催促伊底帕斯：「快點動身吧！你要不要直接跟我回科林斯去繼承王位？」伊底帕斯猶豫了，想了一下說：「我不能回科林斯。」柔卡絲塔勸他：「你應該回去。」信使覺得莫名其妙，伊底帕斯現在是科林斯的王了，如果他不回科林斯，難道要讓科林斯沒有王嗎？伊底帕斯猶豫的理由是：「母親還在啊！那個可怕的預言還有一半，這是我更不能想像的，我不能想像我娶母親為妻，所以我無法回科林斯城去。」

聽伊底帕斯這樣說，信使笑了，他安慰伊底帕斯：「你確定是因為這件事情不能回科林斯？那太容易了，沒有人比我更有資格幫你解除這項疑慮。你相信我絕對沒有錯。你不用擔心你會娶你的母親為妻，因為科林斯的那個王后，根本就不是你的母親。」伊底帕斯很驚訝，他問這是什麼意思？信使解釋：「為什麼派我來告訴你這個消息呢？因為在科林斯，我認識你最久。是我親手將你抱去送給波利布斯的，你不是他們的兒子，是我把你送給他們的。」

伊底帕斯聽了更驚訝、更困惑了。他問：「你的意思是，我其實不是波利布斯所生的，但他把我親為兒子一樣疼愛。」信使說：「對啊！因為他們沒有小孩，就將我送給他們的這個小孩，視為再珍貴不過的寶物。」伊底帕斯又問信使說：「那我是你兒子嗎？」信使立刻否認，信使說：「我當時是個牧羊人，有人到我牧羊的地方將你交給我。他說你是一個可憐的小孩，父親母親不只不要你，而且希望你死掉，叫他將你殺了，他實在下不了手，所以把你交給我。反正我會將這個小孩帶到科林斯去，沒有人知道這小孩還活著，環繞著這個小孩身上所有其他的事情，應該都會在他離開了底比斯之後就失效了吧。」

信使對伊底帕斯繼續說，「我從他手裡把你抱過來，想起了我的主人，我的國王和王后他們夫妻沒有小孩，他們多麼希望能有一個小孩啊！雖然你的腳有問題，你的腳受過傷，你的腳踝無法正常彎曲，但他們還是很疼你。也因此你叫做伊底帕斯 Oedipus。」希臘文伊底帕斯的原意，指的是腳是硬的，無法正常柔軟地彎曲走路。信使說：「他們是這樣疼你啊！但這無法改變事實，這兩個人不是你的親生父母，因此你不用擔心那個預言。」

伊底帕斯再問：「那意味著我出身微寒，來自於一個牧羊人家庭嗎？到底我生於什麼樣的家庭呢？你還認得把小孩送給你的那個人嗎？」信使說：「我當然認得，他就是萊瑤斯的僕傭，你現在可以叫人去找他，一定找得到。」伊底帕斯又大吃一驚，回頭問旁人：「他說的這個人你們認識嗎？」在一旁的合唱團回答：「我們都不知道啊！」

這時，柔卡絲塔說話了：「不要再問了，你不需要知道這些。」伊底帕斯不解：「我當然要問，就算出身寒微，不配做一個王子，我還是得要知道我的身世，我要弄清楚到底從哪裡來的。」柔卡絲塔說：「不會是你想像的那樣，請你不要再問了，請你不要知道。」伊底帕斯說：「就算這個悲劇再悲慘，一個人必須要了解他的來歷，必須要承認、必須要接受他自己的來歷。」

柔卡絲塔勸他，伊底帕斯卻不為所動。他說：「讓那個人來吧。」柔卡絲塔轉頭進去了。萊瑤斯的那個僕人來了，科林斯的信使和他打招呼：「好久不見，你還認得我吧？」那個人看著信使說：「我不認得你，你是誰啊？」信使敘述了當年的種種事情，那個人堅持說不記得，一點都不記得。

信使聽了很不高興，說：「當時就是你把那個小孩交給我，他現在長大，就在你前面。」那個人還是說：「有這回事嗎？」換伊底帕斯問：「你看著我，請你告訴我，那個小孩從哪裡來的？」那個人說：「我不能說，我不要說。」伊底帕斯說：「我非得要知道我自己的身世不可。」那個人就告訴他說：「你不會想要知道的，請你不要知道。」伊底帕斯於是命令兩個人將那個人綁起來帶到後面去，強迫他講。

那個人不得已，說了：「那個小孩是萊瑤斯的兒子。因為神諭告訴萊瑤斯，他將來會死在他兒子的手裡，而且他的兒子會娶媽媽為妻。所以這個小孩一出生，萊瑤斯和柔卡絲塔就在他的腳踝上面釘了一個釘子，將他交給我，要我殺死這個小孩。我下不了手，所以就將小孩送給了我認識的唯一一個科林斯人。」

聽到這裡，伊底帕斯當然懂了，他說：「我清楚了，在我眼前的所有事情我都明白了——你們也都明白了。」說完他走了進去。

《伊底帕斯王》（六）

接下來，另外一位信使從王宮裡面出來，面色凝重，聲音再悲慘不過，告訴所有底比斯的人：「在我們王國發生最悲慘的事，我不想讓你們知道，但你們非知道不可。」於是底比斯人知道了這整件事的來龍去脈，他們知道：伊底帕斯不是科林斯的王子，他其實是萊瑤斯的兒子，他一出生就被送走了，卻陰錯陽差地回到底比斯城。在回底比斯的路上，殺了他的父親，回到城裡之後，娶了他的母親，生下了兩個兒子、兩個女兒。所以那兩個兒子和那兩個女兒，是他的小孩，同時是他的弟妹；他的妻子同時是他的母親。這是最恐怖的事。

信使宣布：「還有更悲哀的事情，我不能不告訴你們。」他描述柔卡絲塔進入皇宮之後，就將自己鎖了起來。等伊底帕斯明瞭了事情始末，去找柔卡絲塔，用盡全力將門撞開，柔卡絲塔已經上吊身亡了。伊底帕斯把柔卡絲塔的屍體放下來，拿起柔卡絲塔的胸針，猛力地刺自己的眼睛，一刺、再刺……他的兩隻眼睛充滿了血跟淚，他憤怒地對自己的眼睛說：「平常的時候，為什麼你們什麼都沒有看出來？」

伊底帕斯必須依照自己之前立下的命令，依照他自己的誓約，將自己放逐出去。將自己從底比斯逐出前，他先毀了自己的雙眼，全身是血，站在宮廷外面哀號，他無法原諒他自己。克里昂跑來拉著他：「讓我們關起門來，到宮廷裡解決吧。」伊底帕斯說：「沒有辦法，這事情是無法解決的，我必須要離開。我知道你應該會善待我的兩個兒子，但是那兩個女兒，安蒂岡妮（Antigone）和伊絲敏（Ismene），她們從來沒有一頓飯沒跟爸爸一起吃，我只希望再摸她們一下，讓她們在我身邊一下。」

兩個女兒來到他身邊，他對她們說：「這些事情妳們無法理解，我只能先向妳們道歉。因為我，妳們將遭遇許多困難。將來沒有人敢娶妳們，誰敢娶一個身上充滿這種詛咒的人？爸爸對不起妳們。」克里昂一直要他回到宮裡，伊底帕斯不肯，他非走不可。但是最後關頭必須要離開了，他忍不住哀號地說：「不要把女兒從我的身邊帶走！」克里昂不得不無情回應他：「你已經不是王，你還能下命令嗎？」

這整齣戲結束在兩個女兒被帶走，剩下孤伶伶的伊底帕斯，他要開始悲痛、恐怖的放逐生涯了。這齣戲如此緊湊，戲開場時，這個人什麼都有，戲結束時，他什麼都沒有了。而且不只什麼都沒有，他的身上背負著人類能夠想像的、最可怕的悲哀和痛苦。

全世界最強悍的十五歲少年

費了那麼長的篇幅介紹《伊底帕斯王》，包括其中若干細節，因為這齣戲本身是如此精采的經典之外，更重要的，因為《伊底帕斯王》是《海邊的卡夫卡》整部小說成立的前提。不了解、不能感受沙孚克里斯所寫的悲劇的強度，我們恐怕連《海邊的卡夫卡》開頭的第一段話都讀不下去。

《海邊的卡夫卡》一開頭講什麼？一開頭是烏鴉少年在對主角「十五歲的少年」說話。烏鴉少年講得最精采的，是這段話：

> 有時候所謂命運這東西，就像不斷改變前進方向的區域沙風暴一樣。你想要避開它而改變腳步，結果，風暴也好像在配合你似的改變腳步。你再一次改變腳步。於是風暴也同樣地再度改變腳步。好幾次又好幾次，簡直就像黎明前和死神所跳的不祥舞步一樣，不斷地重複又重複。你要問為什麼嗎？因為那風暴並不是從某個遠方吹來的與你無關的什麼。換句話說，那就是你自己。那就是你心中的什麼。所以要說你能夠做的，只有放棄掙扎，往那風暴中筆直踏步進去，把眼睛和耳朵緊緊遮住讓沙子進不去，一步一步穿過去就是了。那裡面可能既沒有太陽、沒有月亮、沒有方向、有時甚至連正常的時間都沒有。那裡只有粉碎的骨頭

般細細白白的沙子在高空中飛舞著而已。要想像這樣的沙風暴。

這其實就是村上春樹對《伊底帕斯王》這部經典的精到評論，同時又是在小說一開始，就毫不保留地揭示了整本小說的主題。《伊底帕斯王》談的是「命運」，毫無疑問。「命運」是無法違抗的，命運無所不在。萊瑤斯和柔卡絲塔一開始就知道了命運的安排，早就得到了警告，因而他們想盡辦法逃避命運，當機立斷把這個將會弒父娶母的小孩丟棄、殺死。伊底帕斯長大後，也被告知了將會弒父娶母的命運，於是他匆忙地離開了科林斯，也是為了要逃避命運。我們很容易對這齣戲留下強烈的印象，那就是這齣戲傳遞了這個訊息：命運如此強大，命運鋪天蓋地而來，作為一個人，你非但無法抵抗，甚至也無法逃脫。

然而以《伊底帕斯王》故事為底本的《海邊的卡夫卡》，書一開始，卻是烏鴉反覆訓誡著，要主角田村卡夫卡做一個「全世界最強悍的十五歲少年」。什麼是「全世界最強悍的十五歲少年」，烏鴉講得清楚明白，就是明知命運，卻不逃避，明知風暴要來，卻不繞開，而是直直地走進風暴裡去。

村上春樹對《伊底帕斯王》有一個特殊的看法，或說他對這齣戲有一件根本上不同意、無法同意的事：戲中這些人都試圖逃避命運，他們都做了想像自己正在遠離風暴的決定，往風暴之外的方向走，以為這樣可以躲過風暴。可是他們沒想到，從萊瑤斯、柔卡絲塔到伊底帕斯，他們所做的每一項逃避命運的決定，反而都一步一步將他們拉回到前定的命運裡。

從《伊底帕斯王》出發，村上春樹要在《海邊的卡夫卡》裡寫出一個徹底的翻轉：脫離命運控制唯一的方式，就是面對命運，勇敢地走進命運風暴中，不管那風暴多強多可怕，唯有如此才能擺脫命運的全面控制。《伊底帕斯王》戲裡的每一個人都只想逃避命運，沒有勇氣對抗命運，他們沒有那種「強悍」。

往命運的沙風暴中直直走進去，這叫做「強悍」。

底比斯建城的傳說

伊底帕斯與底比斯的故事，在古希臘其實有更早的原型存在。伊底帕斯的故事為什麼發生在底比斯？這牽涉到關於底比斯建城的傳說，而伊底帕斯的故事是這段傳說的變形。

希臘神話中有一個叫做阿哥斯（Argos）的地方，阿哥斯國王只生了一個名叫達妮（Danae）的獨生女，但達妮一出生就受了詛咒，說她將來生下來的兒子將會殺死外公，也就是殺死達妮的父親。知道這個詛咒的人，就勸阿哥斯國王，趕緊將女兒殺了，女兒死了自然就不會生小孩，也就自然破解了那道詛咒。

可是阿哥斯國王捨不得殺他的女兒。他想了另一個辦法，在地下挖一個深坑，地面上只留一點讓陽光和空氣可以進去的洞，將達妮放在地底下，不讓她跟任何人接觸。然而達妮長大後，天神宙斯（Zeus）就化成金色的雨，從小洞中鑽進地底，使得達妮懷孕了。達妮還是生了兒子，名叫柏修斯（Perseus）。

知道了這件事，阿哥斯國王很傷心，他還是狠不下心殺害達妮和柏修斯母子，於是他造了一個木箱子，讓達妮和剛出生的嬰孩坐上去，派人將他們拖到海上漂流。阿哥斯國王說：「我不能親手殺妳，但只要妳回不來，我就知道妳一定死了。」

然而事情當然不會照他想像的發生。在海上，達妮和柏修斯被一個叫迪克提士（Dictys）的漁夫救起來了。迪克提士所在的王國有一個暴君，看上了達妮，一定要娶達妮為妻。他喜歡達妮，卻很討厭達妮的拖油瓶兒子，就對柏修斯說：「我要娶你媽媽為妻，讓她和你都能過好日子。但首先我們要能說服這個王國的人都喜歡你媽媽，都佩服你媽媽。我希望在我們的婚禮上可以有一件特別的禮物，讓國人高興。我們附近的海上有一座奇怪的小島，島上住了三個會作怪的女妖，我希望你能將三個女妖的頭取回來，當作是我和你媽媽婚禮的禮物。」

柏修斯很爽快地回答：「這有什麼難的呢？」希臘神話裡，有太多這種衝動善闖禍的年輕人了！小島上的三個女妖有一項神奇、可怕的本事，可以將任何看到她們的人化成石頭。顯然，這個暴君打的算盤是要柏修斯一到島上，就變成了石頭再也回不來。然而他的設想落空了，他不曉得柏修斯其實是宙斯的兒子，他會得到其他天神的協助、保護。

結果柏修斯真的將三個女妖收拾了，把她們的頭帶回來。本來要將女妖頭當作婚禮禮物的，卻發現根本沒有婚禮了。原來達妮無論如何不願嫁給暴君，就和原本救他們的漁夫一起逃走了。柏修斯提著三個女妖的頭，進了暴君的宮殿，那女妖的魔力還在，於是宮殿裡的人，包括那暴君，一瞬間就都化成了石頭。

柏修斯將母親和漁夫找回來，讓漁夫迪克提士當了國王，達妮成了王后。達妮很想念她的父親，於是就帶著柏修斯回去阿哥斯。到阿哥斯才發現父親已經不在那裡了，有人搶走了王位，將她的父王趕走了，不知去向。就在這時，他們聽說旁邊另一個島上正在舉辦運動會，年輕、衝動的柏修斯當然想去參加：「我要去，沒有人比我更有力氣了。」去到會場，運動會正在進行，比賽項目是擲鐵餅，但是柏修斯他搞錯了，以為是要比標槍，立刻拿了標槍，「咻！」地就丟出去了。然而射出標槍的那一剎那，他眼睛瞥見別人手裡都拿著鐵餅，一分神，標槍就射歪了。射歪了的標槍，射中了旁邊的觀眾，站在那裡被射中、不支倒地的，恰巧就是他的外公。

柏修斯是個大力士，他們的家族出了很多大力士，他的曾孫是所有大力士中力氣最大，足可以抬起地球來的赫丘力斯（Heracles），而底比斯城就是赫丘力斯所建造的。赫丘力斯也有他的故事，他的悲劇是他殺了太太和三個兒子。

神諭與自由意志

讓我們對照一下希臘神話和希臘悲劇。

為什麼有希臘神話?或者該問，為什麼希臘會有如此豐富的神話故事?主要源於希臘人習慣用神話來解釋這個世界上的現象，尤其是他們無法清楚歸納、解釋的現象。為什麼會有季節變化?為什麼會有太陽的起落?為什麼有雲?為什麼有海浪?為什麼船隻在海上航行會翻覆?……。

人面對這個世界，有一種最難解釋、卻又最難忍受的現象，那是「偶然」。「偶然」是最不容易理解的，因為偶然意味沒有特別的原因，事情就這樣發生了。例如，你走出門，莫名其妙跌了一跤，現在的我們可以接受莫名其妙跌跤是意外、是偶然。可是對從前的人來講，需要思考與理解上的強大力度才有辦法接受無解釋、不需解釋的偶然。

希臘神話的好處是，將世界上所有事情解釋為天神意志介入的產物。希臘神話的前提是，在我們可見可感的這個世界之外，有另外一個世界，那是在奧林匹亞山上由天神們所構成的世界。神和人有何不同?神的能力大多了，可以創造、製造出各種人無法操控的現象。任何不是由人製造的，都可以解釋為出於神的操控。

既然神有這麼大的本事，那神也必然可以操弄人。有人一輩子做好事，卻活得痛苦;有人一輩子壞到了極點，卻平平安安壽終正寢，這種明顯的不公平，對每一個文明都是考驗，要如何解釋？有所解釋，社會才有辦法站在這個解釋的基礎上組織起來，也才能夠運作下去。

希臘人的解釋是：這來自於天神們的操弄。早期先民們引用神的世界、神的意志來解釋人間不合理的現象，因而他們所想像出的神的世界，必定是不合理的。希伯來人想像的上帝，隨時可能發怒，非常任性、激動，簡直無從理解無從猜測，事實上，上帝也就根本拒絕、禁止人對祂的猜測與理解。希臘的神也同樣任性。不同的是，希臘不只有一個神，奧林匹亞山上有很多神，祂們彼此之間會吵架，吵一吵往往就用整人的方式出氣。

但很奇怪的是，祂們吵架關人什麼事？為什麼是人要倒楣呢？然而這樣的神話世界觀可以解釋：為什麼很多與我們無關的事，卻會落到我們頭上來。所以希臘神話講的不只是神的世界，更重要是講神與人的互動。神人互動中，「神諭」扮演了關鍵角色，面對未知但卻龐大的神的意志，人必然有一種焦慮，很想知道神到底在想什麼？在幹嘛？所以人類發明了神的世界，這是一個超越人間世界，而且控制人間世界的另外一個存在，除此之外，希臘人另外發明了一個很重要的東西，就是我們前面一再提到的「神諭」。

「神諭」幫助人了解神的想法，但神諭既然是由神告訴人的，它就必然帶著極其曖昧、古怪的性質。如果人知道了神諭，可以改變神所預示、訂定的結果，藉著知道神諭趨吉避凶，那神諭豈不就失靈了？然而，若是人知道了神諭，卻終究無法改變神諭所彰示的結果，那知道神諭豈不就毫無意義，為何還要求問神諭呢？知道神諭有什麼好處？知道神諭只是增添自己痛苦而已，不是嗎？

希臘人的神話原型裡，就清楚地表明了命運不可違逆。然而到了沙孚克里斯寫伊底帕斯的故事時，關於命運的思考更深邃、更複雜，同時也更豐富了。在這裡探觸到了人的自由意志、自由行為，與神諭不可改變這件事之間所產生的衝突，這正是希臘悲劇最核心的關懷。拿掉了命運這回事，希臘悲劇就不成立了。

對抗命運的責任

希臘悲劇是什麼？一般常識概念裡的悲劇（tragedy）是一回事，古希臘人意念中的悲劇是另外一回事。譬如說，你們家的狗死了，that is a tragedy，那是一般會讓你感到悲傷、悲哀的事，但那不是希臘悲劇。希臘悲劇一定牽涉到人與神之間的角力，一定牽涉到命運。希臘悲劇展現出來的是人如何和命運掙扎。

人和命運掙扎有很多種不同的形式。《伊底帕斯王》是其中的一種形式，是人無論如何掙扎都克服不了命運的悲劇、巨大的悲劇。戲裡每個人都想盡一切辦法，努力掙扎，最後都還是被命運收服了。伊底帕斯終究按照命運的安排，殺了他的父親，娶了他的母親，做了他自己絕對不願意做的事情。

然而，不要忘了，希臘悲劇還有另外一種精神，用另一種形式顯示人與命運的衝突。那就是，雖然命運必然將你帶到它的腳下逼你屈服，人之所以為人最大的特色卻在於：就算提早知道結局，人還是會掙扎；就算明知掙扎不會有效，仍然無法不去掙扎。

《伊底帕斯王》是沙孚克里斯寫的「底比斯城三部曲」的第一部。接下來另外有一部《安蒂岡妮》。安蒂岡妮是伊底帕斯的女兒，伊底帕斯自我放逐前最捨不得的就是他的兩個女兒。大女兒叫安蒂岡妮，小女兒叫伊絲敏。

《安蒂岡妮》是伊底帕斯悲劇的延續。伊底帕斯和柔卡絲塔生了兩個兒子、兩個女兒。兩個兒子後來卻在複雜的情況下兄弟相殘，雙雙身亡。繼承伊底帕斯成為底比斯王的克里昂對這件事作了評斷：兄弟中有一個人應獲得正常的葬禮，但另外一個，犯下錯誤導致悲劇發生的，則必須曝屍荒野，以示公懲，誰敢去為他收屍，等同死罪。

《安蒂岡妮》的戲一開頭，天還沒亮時，安蒂岡妮去找妹妹伊斯敏，特別將她帶到王宮門外庭園裡，避開別人。安蒂岡妮問：「你願意和我一起去嗎？」伊絲敏說：「去哪裡？」「去收屍。」

即使必然要死，即使違背克里昂的命令，安蒂岡妮都要去收屍。整齣戲環繞著安蒂岡妮的意志，她明明知道有明確的規定不該違背，也有明確的現實條件，她根本無力改變，但她就是不能不去違背規定，不去挑戰現實。

安蒂岡妮成了希臘悲劇精神的重要象徵，她的作為、她的決定彰顯了希臘人認定什麼是人的標準，並指示了為什麼希臘人覺得悲劇具有昇華、淨化的效果。這是一場很重要的戲，因為那是希臘悲劇的另一種精神。人不是神，不具備神的操控能力，然而有時候，人卻可以比神更有尊嚴。神永遠沒有辦法取得這份人的尊嚴，即使是宙斯，即使是雅典的守護神，雅典人最喜歡的雅典娜，都沒有辦法達到這種悲劇的境界。正因為神太自由了，祂要怎麼樣就可以怎麼樣。

人的尊嚴來自於人的不自由，人的尊貴來自於即使明知不自由，卻還是掙扎著去開拓自己的自由，去試探自己的自由，就算因此得到悲劇的下場，也在所不惜，這叫做人。一開頭就接受了：我應該接受擺弄，可以不自由、不求自由地走下去，和努力掙扎不斷對抗，就算兩者的終點完全一樣，其意義就是天差地別。人在明知不自由卻不放棄求取自由中，取得了尊嚴與尊貴。這就是像《安蒂岡妮》這樣的希臘悲劇提出的人的定義。

明知有悲慘結局，還是堅持對抗，終於走入悲慘結局，這種「人的態度」最核心的觀念，就是村上春樹在《海邊的卡夫卡》中要處理的，也就是「責任」。一個抗拒命運的人，即使他最後失敗，但是他為自己做了決定，並為自己的決定負責，而不是不負責任地將自己交給命運控制。

換句話說，結局的那個悲慘下場，因而有了不同的意義，那是和神、和命運對抗付出的代價，換來的結果。不是神任性主觀規定的，而是他的對抗和反抗帶來的懲罰。那意味著，這個人所得到的和他的行為中間有著相應的責任關係。而隨波逐流走到最後，卻還是完蛋的人，最大的問題就是，他人生沒有任何承擔、沒有任何責任。

田村卡夫卡的疑惑

村上春樹在《海邊的卡夫卡》一開頭，就寫了一段對於《伊底帕斯王》的評論，後面到了下冊，他又寫出了一段評論。村上春樹能作為一個優秀的寫作者，因為他先是一個敏感、善於思索的閱讀者。他讀到我們一般在閱讀《伊底帕斯王》時，不一定會讀到的重點。

伊底帕斯還是殺了他的父親，娶了他的母親，但這些行為都沒有意義，對他自己個人沒有意義，那只是命運的操弄，命運以他作為工具實現出來。伊底帕斯最大的悲哀，正在於他是無辜的，他殺了萊瑤斯，娶了柔卡絲塔，但他是不知情的、他是無辜的。這是我們一般讀到的訊息。然而村上春樹不停留在這樣的訊息上，他不放過，他要繼續追究、思考：弒父娶母的行為，真的和伊底帕斯自己沒有關係，他真的是無辜的嗎？他用小說，尤其是小說中的母子關係情節，頑固地思考這個問題。

十五歲的少年田村卡夫卡必須要離家，因為他心中帶著一份解不開的疑惑與痛苦。離家時，他帶了一張照片，照片裡是他四歲時和母親、姊姊的合影，這是他的母親離開他前拍攝的照片，他的疑惑與痛苦是：為什麼母親要遺棄他？姊姊不是母親親生的，可是她卻帶著姊姊離開，將他拋下了。就算媽媽真的那麼受不了這段婚姻、這個家庭，為什麼不帶他走？為什麼卻帶了姊姊走？這個十五歲少年經歷的一切，主要來自於這份深刻的疑惑與傷痛。他確確實實，完全無法自欺地被母親捨下了，有什麼如此重要的理由使得媽媽非得拋棄他不可？他要探問，他非知道這個答案不可。

聚焦在田村卡夫卡的疑惑、傷痛上，村上春樹刺激我們，提醒我們想想伊底帕斯故事的另一個面向。這兩個人，一個是萊瑤斯，一個是柔卡絲塔，面對命運威脅時，他們表現得如此理所當然，把一個剛出生的小孩腳踝打上釘子，就送他去死。他們甚至沒有像神話原型中阿哥斯國王表現出的捨不得，沒有嘗試要讓這小孩活著。這樣對嗎？他們憑什麼可以如此理所當然拋棄自己的親生兒子？伊底帕斯後來知道了他自己是這樣被拋棄，他做何感想？戲中他沒有來得及表達。

村上春樹不放過這一點。他的小說似乎就是從戲劇結束後，所延續出去的一條線上開始的。刺瞎自己雙眼，將自己放逐出城，孤單地走在黑暗中的伊底帕斯在想什麼？他難道不會想：為什麼你們那麼容易就放棄我？為什麼你們那麼容易就決定讓我去死？換成從這個角度看，伊底帕斯弒父娶母的行為，就有了不同的意義。萊瑤斯和柔卡絲塔是純粹無辜的嗎？他們只是逃不過命運擺弄的可憐蟲嗎？他們選擇逃避，可是逃不過命運，難道他們不需承擔逃避命運的責任嗎？

命運來自於神諭，然而想要逃避命運而將親生兒子拋棄的決定，卻是萊瑤斯和柔卡絲塔自己。在戲裡面沒有講到這一點，村上春樹卻在《海邊的卡夫卡》小說中，費了很多篇幅，花很大力氣討論這件事。從這個角度讀《海邊的卡夫卡》，讓我常常覺得很不忍。到底是什麼樣的人，經歷過什麼樣的人生，會從伊底帕斯的故事中挖出這樣的關懷，會想出田村卡夫卡這樣的懷疑與傷痛，這純粹是出於小說家優異的想像能力嗎？

村上春樹從來不提他的父親，他結了婚卻不養小孩，這裡有他拒絕和讀者溝通、分享的生命祕密。我只能說，我也不想知道那個祕密究竟是什麼，因為光是小說裡寫出來的懷疑與傷痛就已經夠可怕、夠讓人難過了。

知其不可而為之

除了希臘悲劇表現對命運的反抗精神之外，我們不妨看看東方世界，距今兩千多年前的孔子如何看待命運，如何看待人的角色。

長期以來，我對孔子抱持著強烈的義憤感受。他是個真正了不起的人，然而卻受到很不公平的誤解，而且往往愈是推崇他的人，愈是不了解他。在他所處的春秋時代環境中，孔子其實非常叛逆。今天被當作陳腔濫調的「朝聞道，夕死可矣」，仔細想想，那是多麼熱情、激昂的宣告。回到孔子原始情境裡，他要表達的是什麼？那是如此簡單、如此直截了當，人世間還有一種東西，只要得到了，當下死去都了無遺憾。

這就是西方浪漫主義走到最高峰，詩人拜倫的基本精神：在人的熱情追求中，有一些目標是超越於生命之上的，正是這種目標才刺激我們的熱情，才值得我們去追求。孔子經常、持續地談這種超越生命的目標。

孔子生命價值的另一個重點是「知其不可而為之」。他不是個不了解現實的人，他對於現實的觀察既認真又敏銳，對他所要追求的目標在那個時代實現，他並沒有不切實際的幻想。他更從來沒有幻想，靠自己一個人的力量，就可以成功扭轉時代。後世那些將他刻畫成「素王」的說法，完全偏離他的自我認知。他特別強調「知其不可而為之」，就是明明知道不會有結果，但還要做，這必定是非常熱情的人才講得出的話。

孔子的大弟子子路也是個熱情、衝動的人。子路只比孔子小九歲，兩人關係其實介於師友之間。在《論語》，還有後來的《孔子家語》中，留有很多對於子路個性的紀錄。子路從來沒有對老師講過任何一句阿諛諂媚的話，他最常講的，是對於老師的質疑、不以為然，甚至嘲笑。

一直到生命的最後，子路都保持了這樣的衝動和真性情。衛國大亂，衛國國君父子互相爭奪王位。在動亂中，就連孔子一個很忠厚老實的弟子子羔，都要從衛國逃出來，他離開衛國時，卻遇見了正要闖進衛國去的子路。子羔勸子路不要進去了，但子路不聽，因為他當時是衛國大夫的家臣，衛國有難他非去不可，那是他的原則。

孔子後來知道了這件事，驚惶地說：「柴也其來，由也死矣」，柴指的是高柴，也就是子羔，由則是仲由，也就是子路。子羔回來了，那子路完了！果然，子路在這次衛國動亂中被殺了，他在死前最後做的一件事，是將打鬥中斷掉的帽帶重新結好，他說：「君子死，冠不免。」坦然面對死亡，這是多了不起的事！而且將禮儀看得比生死更重要。還有，子路藉著這樣的動作，直到死前都在表現對於殺他的人的睥睨，諷刺他們不懂禮，以至於父子兵戎相見、爭奪王位。那一年，子路六十三歲，其實已經是個應該待在家裡安養天年的老人了，但他還是那麼衝動，那麼充滿熱情。

孔子及其弟子有股強烈的精神，信守一些基本原則，不去在意信守原則可能帶來的結果。信守原則本身是目的，不是手段，不是為了求取什麼結果才信守原則。

現代的新儒家將這種精神稱為「道德自主性」。我們無法確定道德的結果，然而道德的動機，信守道德的原則，卻是別人干預不了的，是人完全可以自己做主的。「信守原則，不計後果」、「知其不可而為之」，這是從春秋時期原始儒家一直到今天還留著的重要精神。這種精神的內在，尤其透過子路之死來看，顯現出一份悲壯，然而這份悲壯，和希臘的悲劇不一樣。

為什麼有悲壯，沒有悲劇？因為孔子從一開頭就排除了考慮結果，不要讓結果干擾對於是否信守原則、如何信守原則的決定。意思就是：知道結果，我會這樣做；不知道結果，我還是會這樣做。知道最後我的心願會達成，我會這樣做；知道結果無論如何達不到我要的，我還是這樣做。孔子很不願意談「命」，這剛好和希臘悲劇中「命運」、「宿命」扮演如此重要的角色，形成強烈對比。子路衝進衛國時，心底沒有去想結局會怎樣，自己是否會因此喪命，他只在意這是原則上該做的事，那裡面充滿悲壯，卻不是希臘式的悲劇。

無能為力的恐怖

對應中國古典的悲壯，我們可以進一步確認，村上春樹是用希臘悲劇的方式，引用伊底帕斯故事來作為《海邊的卡夫卡》的潛在背景的。借大島先生之口，村上春樹寫了這樣一段話。大島先生直望著田村卡夫卡的眼睛，說：

> 你注意聽噢，田村卡夫卡老弟。你現在所感覺的事情，很多都變成希臘悲劇的主題。並不是人選擇命運，而是命運選擇人。這是希臘悲劇根本的世界觀。而這悲劇性——這是亞里斯多德定義的——與其說由啼笑皆非的事情或當事人的缺點所造成，不如說是依據優點為槓桿所帶來的，我說的你懂嗎？人不是因為缺點，而是因為美德而被拖進更大的悲劇裡去的。沙孚克里斯的《伊底帕斯王》就是顯著的例子。伊底帕斯王的情況，不是因為怠情和愚鈍，而是因為勇敢和正直為他帶來悲劇。其中不可避免地產生了irony，命運的嘲弄。

這是希臘人的世界觀中，真正最特別的一點，從他們獨特的神人二元結構，神可以任意干預人世想像來看，這和孔子不在乎結果的態度很不一樣。希臘人相信，或至少是希臘悲劇中不斷呈現：人的主觀往往會帶來相反的客觀結果。想要做好事的努力，經常是惡事真正的根源，人的主觀擺脫不了命運，只是命運的工具。人努力了半天，最後只是證明了命運無可抗拒。

希臘的悲劇更慘烈些。他們的「知其不可而為之」是知道命運那麼嚴密，還是要反抗。《伊底帕斯王》最深刻的悲劇性在哪裡？在於戲開始之前，神諭對於伊底帕斯的預言已經實現了。他已經在十年前那個三叉路口殺了他爸爸萊瑤斯。同樣在十年前娶了他的媽媽柔卡絲塔。換句話說，這齣戲的重點不在於伊底帕斯被命運所拘執，命運已經發生、實現了。光是從命運的角度來看的話，太陽神早就證明祂是對的，神諭早就操弄了這些人，讓他們努力要逃避命運，想要避免悲劇的發生，結果反而恰好掉進悲劇裡。

如果不是講命運的操控，那《伊底帕斯王》到底在講什麼？它要講更殘酷的東西，伊底帕斯已經陷入命運安排裡了，戲中發生的，是命運要在他眼前揭曉。那是天啟（revelation），一件祕密的事情被打開來，揭示出來。最深刻的悲劇不在伊底帕斯弒父娶母，而在於因為他的勇敢跟正直，他認為有責任要將瘟疫從底比斯城趕走，結果給自己招惹來最大的痛苦。

他知道了自己弒父娶母這件事，雖然命運操弄的這件可怕的事，在十年前就已經發生了。但是最沉痛的悲哀畢竟是來自於知道自己竟然做了這樣的事，知道自己及相關的人，花了這麼大的力氣還是逃不過命運。這是希臘人對於命運與人的關係的一種奇特的理解。

對希臘人而言，最恐怖的詛咒是讓你知道自己在命運中，卻徹徹底底逃脫不了。命運不只要操控，還要向你揭曉：命運是這麼一回事。希臘神話中有幾項很有名的懲罰，例如薛西弗斯（Sisyphus）的懲罰；他被處罰不斷把巨石推到山頂上，但是巨石到了山頂卻一定會掉下來，他只好再重來一次，從山腳再把巨石推上去。和薛西弗斯類似的，還有普羅米修斯（Prometheus）受到的懲罰。普羅米修斯因為盜火，把火偷給了人類，所以被宙斯懲罰。老鷹會不斷的啄他的肝，把他的肝吃掉，可是他的肝立刻又會復原長好。因而那被啄食的痛不斷循環反覆，不會結束。

還有特洛伊國王的女兒卡珊卓（Cassandra），卡珊卓受到的懲罰是什麼？阿波羅喜歡卡珊卓，送她一份大禮物，給她只有神才能擁有的能力——準確地預知未來。但她沒有接受阿波羅求愛，阿波羅一怒之下，再送她另一份禮物，當然是一份恐怖的禮物——卡珊卓還是會準確預知未來，她講出來的每一個預言都是對的，但沒有人願意聽她的，沒有人會相信她。

最可怕的不是神祕、未知，而是被告知了我們完全無能為力的事，讓你知道事情就是如此，但你完全沒有辦法逃脫。就像卡珊卓她講的每一個預言都沒有人相信，可是她卻完全無計可施，只能眼看著她預言的可怕事情發生。而類似這些故事其實都展現出同一種最悲慘的命運。所謂最悲慘的命運意思是說，神祕的東西不可怕，可怕的是什麼？可怕的是對我們揭曉而我們卻無能為力。這就是《海邊的卡夫卡》中出現的「伊底帕斯情境」。

不過，《海邊的卡夫卡》裡不只用到了《伊底帕斯王》，村上春樹還有其他東西，他還有卡夫卡。

卡夫卡的〈流放地〉

卡夫卡在《海邊的卡夫卡》的哪裡出現？為什麼要在這裡提到卡夫卡？這又是一個不能不碰觸的巨大問題。小說中最早出現卡夫卡的地方，也就是讀者第一次知道主角、敘述者叫做田村卡夫卡的時候。他碰到那件神祕奇怪的事情，不得已只好去向大島先生求救。他告訴大島先生他的名字，田村卡夫卡。大島先生說：「好奇怪的名字……。你可能讀過幾本法蘭茲．卡夫卡（Franz Kafka）的作品對不對？」

田村卡夫卡點點頭，表示：他讀過《城堡》、《審判》和《變形記》，然後又補了一句：「還有那出現奇怪行刑機器的故事。」大島先生知道，他說那篇小說是〈流放地〉（德文 *In der strafkolonie*，英文 *In the Penal Colony*，中文有〈流放地〉、〈在流放地〉或〈在流放營〉、〈流刑地〉等譯法）。

大島先生說：「那是我喜歡的故事，世界上雖然有許多作家，但是除了卡夫卡之外，誰也無法寫出那樣的故事。」田村卡夫卡同意，他說：「短篇裡面我也最喜歡這篇。」小說裡提示了：

在田村卡夫卡和大島先生的眼中，最足以代表卡夫卡的重要作品是〈流放地〉。村上春樹真會選，也真狠心，選了一個即使對熱愛卡夫卡作品、研究卡夫卡的人來說，都不得不承認很難懂的一篇小說。

〈流放地〉講的是一位旅行者去到流放地。在小說中的主角從頭到尾就叫「旅行者」，沒有其他名字，他最重要的就只有一個身分——從外地來的人。「旅行者」是一位法律考察專家，考察各地的法律風俗，顯然因此而來到了這個「流放地」。有人犯了重罪，被判處流放之刑，被從家鄉流放到偏遠的地方、流放到文明世界的邊緣，而流放這些人的地方，就是「流放地」。世界史上最有名「流放地」，就是澳洲，英國過去將許多重刑犯、那些應與正常社會隔絕的犯人，流放到他們能夠想像的最遠之處，即南半球的澳洲，眼不見為淨。

「流放地」的一項特徵，就是在世界的邊緣，至少是在文明的邊緣。這位旅行者到了流放地，他到達流放地的時候，這塊流放地剛剛經歷過了一場重大變化。老的司令官死了，換上一名新的司令官。新的司令官知道旅行者來訪，就邀請他參觀一次行刑，有一名犯人正要被處刑。

到了行刑的地方，旅行者發現那裡擺著一座奇怪的行刑機器。有一名軍官負責管理這部機器，另外有一名士兵在一旁服務，當然還有一名即將要被處刑的犯人。故事就發生在這幾個人之間。

掌管機器的軍官非常熱情，興奮地要展示給旅行者看，看看這部機器是何等神奇、何等完美。軍官還特別介紹：機器是老司令官發明的，老司令官費了很大的力氣設計、發明這部完美的行刑機器。接著他很驚訝地發現，新的司令官竟然沒有先向旅行者介紹這部機器，軍官忍不住抱怨起新司令官對這部機器太沒有感情了！

透過軍官的說明，讀者不妨想像一下這是一部什麼樣的機器。行刑機器分為兩層，下層是一張像床一樣的平板，犯人要被剝光了衣服，面朝下趴在那裡。和床平行的上層，則是一部奇特「繪圖機」，繪圖機下面突出了許多釘耙，就是用釘耙來「畫圖」。機器如何行刑？軍官的說法很簡單：你犯了什麼樣的錯，機器就會把你的罪名透過繪圖機所操縱的耙子刻寫在你身上。

顯然是基於法律專家的立場，外來旅行者好奇地問軍官：「這個要被處刑的犯人犯了什麼錯，是用什麼方法審判的？可以讓我知道嗎？」軍官很大方地回答：「當然，他就是由我審判的。這個犯人是個僕人，他的職責是每天要守夜。有一晚，他守夜時睡著了，被長官發現，長官就打他，他卻沒有乖乖地接受長官的責打，還拉住長官，甚至對長官語出威脅。他的長官告到我這邊來，我就判了他的罪名。他的罪名是什麼？是『要尊重你的長官』，這就是他的罪名。」

聽了覺得很不對勁：「可是你不必問一下犯人的說法嗎？你不必聽取一下別人的證詞嗎？只要聽長官的話你就可以作出判決了？」軍官理直氣壯地說：「如果去問這個犯人，他一定會否認，之後我還要花很大力氣去揭穿他的謊言，但不需要這樣做。」

旅行者心中生出了不愉快的感覺。他覺得這真是個落後野蠻的地方，或許因為在這裡都是被流放的犯人吧，法律程序如此草率。不過他並沒有將自己的想法說出來。軍官很興奮地提起以前老司令還在時，每次要行刑，附近所有的人都會來看。老司令官親自主持行刑，而且過程中，每一個人都看得津津有味。

軍官從機器上取了「繪圖」的圖版來，給旅行者看，問他：「你看得懂嗎？上面除了有字以外，還有很複雜的花紋。」旅行者看不懂，看不出來圖版上有什麼。軍官說：「沒關係，你等一下就會看到了。」圖版放回了機器，就要開始行刑了。不過就在這時，被綁到機器上的犯人突然嘔吐了，把機器吐得一塌糊塗。軍官氣得不得了，氣得大罵他的司令官：「我早就說過了，犯人在行刑之前不能吃東西。他不只要給他吃東西，還要同情他給他吃糖，所以就有這個結果！」

因為機器被嘔吐物弄髒了，無法馬上行刑，軍官只好用講的，描述給旅行者聽。行刑的過程一共要花十二個小時，前面六個小時犯人會很痛。釘耙持續刺在犯人的皮膚上，犯人背上流出血來，旁邊幫忙的人就要沖水，將血沖掉，讓犯人皮膚維持乾淨，然後繼續刻。在這極度痛苦的六小時，很奇特的是，犯人還會有食欲。所以準備了一個裝有稀飯的熱鍋在那裡讓犯人趴著吃。

公正的審判

六個小時之後就不一樣了。六個小時之後，犯人不痛了，轉而進入一種快樂幸福的狀態。為什麼他會感到快樂幸福呢？因為此時犯人理解了這整件事。犯人明白了，他所承受的痛苦，原來就是來自機器在他身上刻寫的罪名。於是犯人的心情進入新的階段，他開始努力想要解讀出背上正在刻寫的罪名。這樣又花了六個小時，終於犯人確知刻在背上的罪名了，那時行刑也就結束了。犯人既然死了，這個偉大、完美的機器會在十二小時行刑結束後，自動將犯人舉起來，丟進大籃子裡。

軍官熱心地說得口沫橫飛，旅行者心底大大不以為然：「我的老天！這是個什麼樣的野蠻刑罰！犯人沒有公平的審判，不管什麼樣的罪都受到同樣的刑罰，最後全部都死掉！」他暗暗下了決心，一定要去勸告司令官廢除這樣的作法。軍官好像看穿了他的念頭，對他說：「我知道為什麼我們的司令官要找你來。他想利用你的權威。我可以想見，他要把所有的人都召集起來，然後找你去，對所有人說：『我們請來了一位對世界各地法律與刑罰都很了解的專家，他參觀了我們這邊的法律跟刑罰，我們來聽聽他的意見吧！』然後你一定會說：『你們這裡的犯人沒有得到公正的審判，沒有得到正確的刑罰。』司令官就可以趁機宣布廢除這一套行刑作法。」

軍官很激動地拉著旅行者說：「可是你不了解，在老司令官仔細設計下，這部行刑機器是一樣多麼精巧、多麼棒的東西。以前行刑的時候，所有的人都要來看，看那個犯人到了最後臉上所呈現出來的幸福光芒。等你真正看了行刑的結果，你應該會支持我。」他還想出了一條巧計，「這樣吧，最好的方法是我們來演一齣戲，讓司令官誤以為你就如同他所想像的，很討厭這個行刑機器。到了那個關鍵時刻，當司令官問你覺得怎麼樣，你就很誠實地告訴他說：『這個行刑機器實在太了不起了！』」

旅行者拒絕了軍官的提議，也拒絕支持行刑機器。軍官再問一次：「你確定真的如此決定了？」旅行者說：「我確實決定這樣，我的看法是如此。」軍官突然說：「好，那時候到了，是時候了！」他叫犯人從機器上起來，說：「你走，你自由了。」軍官接著開始脫起自己身上的衣服，然後他拿了一張圖版給旅行者看，問他是否看得懂上面的文字？旅行者還是看不懂。軍官說上面寫的是「要公正」。

軍官將那張圖版放進機器裡，把自己剝光了，換成他去躺在行刑機器的床上，然後機器開始動了起來。軍官代替了犯人示範行刑機器，要讓旅行者看到行刑機器的神奇之處，而既然旅行者認定他在審判上不夠公正，所以他得到的罪名是：「要公正」。

機器開始運轉了，起初很順利，然後原本嘰嘰嘎嘎的聲音突然沒有了，接著一個齒輪「碰！」的一聲跳出來，再來，「碰！」的一聲又跳出另外一個齒輪。簡直像是卡通畫面，一個一個齒輪一直飛出來，一直飛出來，到最後整個機器瓦解了，兩根巨大的針將那個軍官釘死在床上，那是本來要到最後才降下來的大針，突然掉下來把他釘死了。

旅行者嚇了一大跳，可是也別無辦法。後來，旅行者匆忙離開了，在路上特別去看了老司令官的墳墓。老司令官的墳墓藏在一家店裡，還要把椅子挪開才看得見。然後旅行者跳上了船，離開了這個地方，小說就結束了。

真的就這樣結束了，因為〈流放地〉是卡夫卡生前就發表了的作品，顯然他當時認定這是一個完整的故事。

村上對〈流放地〉的解讀

這個故事在講什麼？為什麼要講這樣一個故事？有不同的人，提出過不同的解釋。真的，卡夫卡最大的魅力，他的文學地位的來由，就在於他提供了一種，在我們生命經驗裡面其實很重要，但大部分人很少感受到的「不懂的樂趣」。

閱讀時，我們習慣以為懂了才會有樂趣。卡夫卡的小說不斷地阻止你去「懂」，不讓你輕易可以回答：「這一大篇到底要講什麼？」絕大部分我們不懂的東西，包括像愛因斯坦的廣義相對論、狹義相對論，或者維根斯坦與羅素的數理哲學，我們頂多就是覺得崇拜而已，卻很難會感受到有什麼樂趣，更不會覺得受到吸引。

明明知道不懂，但是內心卻有一個聲音不斷對自己說：「嗯，我想再讀一點，再多給我一點吧！」這是卡夫卡作品很特殊的魅力。〈流放地〉就是這種讓人不懂，卻又讓人沒有辦法放下來的小說。幾十年來，應該有很多人寫過對〈流放地〉的解讀，不過我猜他們沒有一個人的讀法和村上春樹相同。村上春樹在《海邊的卡夫卡》裡，寫了一個對〈流放地〉的解讀，雖然不是那麼明白直接說的，但那些三言兩語的暗示，如果我們夠認真夠仔細去思考的話，還是會浮現出其意義的。

田村卡夫卡和大島先生討論〈流放地〉，他說：

> 與其說卡夫卡想說明我們所處的狀況，不如說是想將那複雜的機械做純粹的機械化說明。……也就是說，他藉著這樣做，而能把我們所處的狀況比誰都更生動地說明出來。不是藉著說明狀況，而是藉著述說機械的細部。

你們懂田村卡夫卡這段話的意思嗎？村上春樹覺得讀者不一定會懂，怕你不懂，所以隔了兩段，他讓田村卡夫卡再講了一次，換了一種說法：

> 關於卡夫卡的小說我的回答，應該是得到他的肯定吧。多多少少。不過我真正想說的話卻應該是還沒有傳達好。我那樣說並不是以對卡夫卡的小說的一般論來說的。我只是對非常具體的事物，做具體陳述而已。那複雜又目的不明的行刑機器，在現實的我們身邊是實際存在的。那不是比喻或寓言。不過不只對大島先生，不管對誰以什麼樣的方式說明，人家大概

都無法了解。

「不管對誰以什麼樣的方式說明，人家大概都無法了解。」這句話是挑釁，看看你們這些讀者，是否就是那無法了解的「人家」。既然一個作者用這種方式明白挑戰我們，作為讀者，我們別無選擇，不能隨隨便便退縮，直接承認：「你說得對，我就是不了解。」我們至少要好好試試，至少要回到〈流放地〉好好想想。

命運具備公正性嗎？

那個機器在現實裡，是在我們身邊實際存在的，它不是比喻。村上春樹透過田村卡夫卡表明他的看法：卡夫卡藉由描述這個機器，而不是描述狀況，反而更清楚說明了我們的處境。我們的處境是什麼？從伊底帕斯、命運一路讀下來，行刑的機器最有可能要講的是：在面對命運時，一般人我們在生命當中感覺與命運發生關係時，最具體的一種感受。換一種比較清楚的語言說：人的一生，不就都是努力想要知道，命運在我們背上究竟刻寫了什麼嗎？

然而，如何才能了解我們背上刻寫了什麼？唯一的辦法是經過長期的痛苦（suffering），只有在痛苦當中，才能慢慢理解究竟什麼東西被寫在我們生命裡。或者再用命運的語言來說：人一生當中，最重要的遭遇與經歷，就是不斷承受各式各樣的痛苦，掙扎著想要了解我們的命運。什麼時候我們會了解命運？等到一切都來不及改變的時候，你就知道命運是怎麼一回事了。這是〈流放地〉那個複雜但又不知用途的機器，最主要的象徵意義。

如此解讀流放地的行刑機器，我們可進而解釋〈流放地〉這篇小說可能的其他意涵。小說裡，新舊兩任的司令官，有不同的思考邏輯。老司令官的那一套邏輯，是一種「命運的邏輯」，人的生命整體的一種邏輯。而新的司令官，也包括這位外來的旅行者所抱持的信念，則是一種理性的邏輯系統。這兩套系統是無法並容的，兩套系統有完全不一樣的公正概念。

從「命運的邏輯」看，公正在哪裡？它唯一的公正就在於每一個人都有一個罪名，每一個人在那受刑的過程中都一樣，都是到了最後命運會向你揭露，你會在最後時刻了解你的命運。至於為什麼我得到這樣的命運，並不包括在公正概念之內。我們沒有辦法去和命運爭論，說為什麼我是這樣的命？你的命這樣那樣，無從討論公不公平，唯一公平，至少是平等的地方，就是你和所有的人都一樣，到了一切都來不及的時候，你就會知道你的命運是什麼。

新司令官和法學專家代表的，是世俗的、一般情境底下的邏輯。這套邏輯認定：有罪才有罰，什麼樣的罪就應該要有什麼樣相應的懲罰。決定罪與罰必須要有一個程序，罪跟罰之間的衡量才構成公正（justice）。

新舊兩任司令官他們所信仰，甚至說他們所關心、所談論、所彰示的罪與罰，是兩種完全不同層次的東西。我們很容易了解新司令官和外來旅行者的思考方式。是啊！莫名其妙，一個人沒有得到公開、正當的審判，怎麼就被架到機器上去！然而，那個把人架上去行刑的機器，本來就不是為了實現世俗的罪與罰。它象徵著，或者說它模擬的，是我們人生當中比所有外在機制，學校、法律、金錢、社會可能給我們的懲罰，更深刻、更關鍵、更根本的一套東西。

我們絕大部分的人，在絕大部分的時間中，只需要看世俗邏輯下的罪與罰。你付了錢進教室聽一門課，老師卻沒有來上課，如果不退學費，就應該補課，這是我們日常在意的公正，也是我們通常所理解的公正。絕大部分的時間裡，我們不會意識到，也就不需要去思考另一個層次的公正問題。或許該說，絕大部分時間裡，我們懂得如何欺瞞自己，假裝只有這套罪與罰，假裝生命當中最重要的就是這套罪與罰。這個人犯法了，把他抓起來，那個人殺了人，不讓他假釋。我們相信這是最重要的。

卡夫卡，或者是田村卡夫卡，或者說村上春樹透過田村卡夫卡看到了卡夫卡要說的另外一套東西。那是一旦認真追究，會讓我們很頭痛、很頭大的東西：為什麼我是這樣的命？為什麼我是這樣的一個人？更重要的是，在生命當中我承受的所有挫折、不幸、痛苦，公平嗎？有意義嗎？

痛苦的意義

村上春樹確實掌握到了卡夫卡作品中關鍵的訊息。卡夫卡的作品很大一部分在談人的痛苦。所謂「談人的痛苦」，並不是去描述人的痛苦，卡夫卡遠比描述痛苦更深刻。卡夫卡是個那麼敏感，又那麼疏離的人。活在二十世紀早期，現代環境快速變化的狀況下，卡夫卡他的作品裡，一直有一個隱約但是明確的主題，就是：我們所承受的痛苦，究竟有何意義？過去對於這個問題有現成的答案、最簡單的答案：這是果報，你的痛苦是你自己生命的懲罰，這個答案最容易理解，卻往往最經不起事實的考驗。

先別說自己，畢竟每一個人都是有私心的，常常覺得發生在你身上的懲罰是不應該的。那就看看別人好了。你認識的人當中，有幾個你覺得他在生命中所得到的，等同於他的所作所為？這麼爛的人卻當上司，每天吃香喝辣，不高興還可以亂罵人。這麼好的人，和我一樣好的人，卻要做他的部屬，每天看他臉色。要讓果報觀念有說服力，通常就要加很多複雜的成分。

所以印度人用輪迴，前世今生不斷的累積，來解釋一切。你今天為什麼這麼可憐？明明你沒有做什麼壞事啊！喔，原來是在你不知道、你不記得的時候，前一世、前兩世，你已經做過壞事了，今生的遭遇是前世帶來的果報，所以還是有道理的，還是公平的。為了保障果報的素樸公平性，輪迴是很有用的補充。

但輪迴不是西方人找到的答案。西方人最早找到的，長期以來最清楚接受的答案，是上帝的意旨。上帝可以有各式各樣的變形，不過沒有變的是，上帝決定了人的痛苦的意義，那意義上帝知道，人，因為我們不是上帝，所以不一定能知道，但是你必須保有信念，相信無所不在、無所不能、無所不見、無所不知的上帝一定知道祂的意旨。你的痛苦有時不完全來自於自己的行為，而是上帝另有安排、另有設計。

尤其是從猶太教到基督教，經過耶穌基督的轉化，痛苦取得了全新的定義，從而打開了另一個世界。耶穌基督因何受難？他為什麼被釘十字架？不是因為他自己做壞事，他是「無辜受難」，為了替所有人救贖。痛苦和救贖透過耶穌基督的例子連結在一起——每一個受苦的人都有福了。受苦意味著你正在累積贖罪的點數，你正在接近天堂的路上，在人的城市（city of man）裡過得愈痛苦就意味著有愈高的機會能進入永恆的上帝之城（city of God）。人的痛苦變得是有明確方向與意義的。

因此我們才能理解當年馬丁・路德（Martin Luther）為什麼要凸顯抗議「贖罪券」，為什麼新教改革的重點，會放在「贖罪券」上。因為教會賣的「贖罪券」違反了耶穌基督開啟的痛苦意義。「贖罪券」讓人不經痛苦、不受折磨，在人間之城盡情享受，只要付了錢就可以規避痛苦進到永恆的上帝之城。這是違背耶穌基督原始教義，是最嚴重的不公平。

要如何述說「無意義」

卡夫卡活在一個人不再能那麼信任上帝，也就不再能確知痛苦意義的時代。你沒有辦法繼續相信上帝，你沒有辦法相信上帝是無所不知，隨時在衡量、在記錄：啊！你今天受苦三十八分，隔壁那傢伙只有十二分，他現在比你舒服、比你得意，但沒關係，正因為如此，在前往天堂的路上，你就比隔壁那傢伙領先了二十六步。這個概念不再能夠維持了，相對地，人真實遭遇的痛苦並沒有減緩，並沒有因為我們不相信上帝了，就變得不痛苦。不相信上帝，不能繼續用那種方式信任上帝，人的痛苦就失去了緩衝，不再有意義的保證，因而在人心中產生了最大的迷惘。

卡夫卡和那個時代所有人，一同陷入在這迷惘中，而在處理這迷惘時，他有著超越一般人的勇氣。一般人都是在失去上帝後，很自然地尋找各式各樣的替代品。卡夫卡要寫的，他要彰顯的，他要揭露的卻是：或許痛苦真的就是沒有意義的。他一直用他的文字去碰觸這最難述說的訊息。請問：要如何述說「無意義」呢？

卡夫卡的文字難讀，因為根本上他要寫的東西和寫作本身的目的是背反的。寫作原本是為了彰示意義或建立意義，可是卡夫卡卻要藉由寫作打破我們相信、我們執守的意義，或是打破我們對意義的一些幻想，讓我們明白其中的無意義。要藉由他的小說去寫無意義，這當然很困難。沒有幾個作家寫得出像卡夫卡那麼神祕、那麼曖昧，但同時又那麼精準地觸動那個時代最深恐懼的作品。讀卡夫卡，愈讀我們真的愈不知道還能夠對於人的痛苦保持什麼樣的意義信仰。卡夫卡最大的特色在於他的勇氣，他敢於去面對，敢於去彰示這樣的無意義。

所以卡夫卡是現代主義的重要代表。他將走入現代之前許多我們以為能夠穩穩掌握的東西，都拿出來探索。用他的寓言進行各式各樣的探索，然後問：你還認為這是很有意義的嗎？我們不再確定，我們不再確知，我們只能一一地懷疑，一一地去處理自己內心內在的空洞。

卡夫卡另外還有一篇有名的寓言〈在法的門前〉（Vor dem Gesetz）。〈在法的門前〉講的是「法」，在中文裡有「法律」和「律法」兩層意義。卡夫卡是個猶太人，他有來自猶太人的強烈律法概念。〈在法的門前〉是一篇很短的寓言故事。有一個鄉下人來到了法的門前，在那裡東張西望，看到一名魁梧強壯的警衛，他就問警衛說：「我可以進去嗎？」警衛說：「你不可以進去，至少現在不可以進去，你如果要進去，我在這裡看守，你得闖過我，你可以試試看啊！那我告訴你，你如果闖過我了，後面還有一個警衛，後面還有一個警衛，最後面那一個警衛是連我都不敢正眼看他的，所以你不可以進去，但你可以試試看你可以闖，如果你要闖的話。」

那鄉下人又瘦又小，他怎麼敢闖呢？他就說：「好，我現在不能進去，那我將來可以進去嗎？」這個警衛就說：「也許將來有機會你可以進去，但你現在就是不能進去。」所以那個鄉下人就站在法的門前，從門底下門縫偷看門裡面到底是怎麼一回事，在那裡一直等、一直等、一直等。

他愈來愈老，等到他背都彎下去了，等到他身體都直不起來了，他發出很微弱的聲音去問那個警衛，他實在太衰弱了，很老了，警衛聽不到他講話，只好把身子低下來聽他講話。他對警衛說：「我想我快要死了，我大概沒有機會走進法的門了，可是在我死前有一個問題，可不可以請你回答我？」「你的問題是什麼？」他問：「法律適用於每一個人，不是嗎？然而我在法的門前等了一輩子，為什麼都沒有看到另外一個人，任何一個人走到法的門前要求進去呢？」那警衛回答說：「那很簡單，因為這個門就是專門為你設的，我現在要把門關起來了。」

故事結束了。我不解釋這故事說什麼，只是讓這故事進入你們的腦中。我相信任何人知道了這故事都會去想，都會有所疑惑：這是什麼？為什麼會有這樣的故事？而只要你開始想，你就進入了一個和之前不一樣的情境裡，不再能夠那麼簡單相信法律適用於每一個人，法律面前人人平等，這樣簡單而抽象的概念。

創造這種心理效果是卡夫卡的寓言最大作用。

「愛」是對世界的重建

《海邊的卡夫卡》裡，主角叫做田村卡夫卡，他碰到的佐伯小姐，年輕時寫過一首歌，歌名叫做〈海邊的卡夫卡〉。這首歌表達了佐伯小姐和她的男朋友如此要好、如此幸福、如此完美。

在完美的幸福中，佐伯小姐寫了〈海邊的卡夫卡〉。歌曲〈海邊的卡夫卡〉發行了單曲唱片，賣了兩百萬張，簡直是幸福的錦上添花。

然而在幸福的頂點上，竟然莫名其妙的，沒有任何道理，這個男孩在學校裡因為被誤認為別人，遭人活活打死了。那死亡沒有一點點道理，那個死亡更沒有任何一點點的價值。一個最高的幸福突然被折斷，才引發了後面所有事情，包括田村卡夫卡的身世與遭遇。和田村卡夫卡連在一起，或許會比較明白我為什麼用這種方式讀〈流放地〉。村上春樹認為卡夫卡在告訴我們：人生就像在行刑機器上的過程一樣，你一直解讀不出來設定了的罪名，一直到死去的前一刻，還沒有死，那就不會是命運真正的、最後的答案，一定要到了再也活不下去時，命運才完整揭示，在此之前，我們只能不斷猜測，卻無法知道究竟是否猜對了。

這是一個非常卡夫卡式，而且非常悲觀的故事；既是伊底帕斯、希臘式的悲劇，又是卡夫卡式的，關於人的痛苦沒有意義、沒有特殊道理的立場。《海邊的卡夫卡》建立在，第一層伊底帕斯，第二層卡夫卡這兩層基礎上，其核心的訊息沉重得不得了。

不過正如前面提到的，村上春樹在小說中嵌入了一個對於伊底帕斯故事的批判，指出了這個悲劇沒有被追究的一件事情，那就是父母的責任，難道如此輕易丟棄小孩沒有責任嗎？他們真的是無辜的嗎？針對卡夫卡，村上春樹也提出了他的補充或修正。中譯本第三百一十七頁，大島先生找到那一張他媽媽珍藏的〈海邊的卡夫卡〉唱片，交給田村卡夫卡，田村卡夫卡準備要放來聽時，大島先生和他有了一段對話。他們談到了幽靈。他們看見了十五歲的佐伯小姐出現在房間裡，因而忍不住問大島先生：有沒有生靈？是不是只有死了才會變成幽靈，還是會有活著的人，異於肉體之外的生靈？

討論中，大島先生兩度引用《雨月物語》裡兩個武士的故事。兩個武士約定好了要見面，但其中一個武士被關了起來，沒有辦法赴約。這個武士為了踐約，只好將他自己殺了，才能化成幽靈去赴約。大島先生用這個故事來表示，恐怕人還是得死掉才會變成幽靈。但有意思的是，大島先生接著補充說：

「人為了信義或親情或友情好像不太能變成生靈的樣子。在那樣的情況下死是必要的。人會為了信義或親情或友情而捨棄生命，化為靈魂。如果活著又要有可能化為靈魂，以我所知，還是只有從惡心，負面的感情出發。」

因為《源氏物語》裡有一個故事，講具有強烈害人意念的人，坐在房間裡，自己都沒有察覺的情況下，竟然就靈魂離竅去害人了。和《雨月物語》的故事對照，那好像是說好人不會化作生靈，壞人卻會。可是田村卡夫卡還在思考，大島先生又加了一句按語：

「不過正如你說的那樣，也許有人是從正面的愛而成為生靈的例子也不一定。我對這個問題並沒有深入研究。也許會發生也不一樣。」大島先生說。「所謂愛，是對世界的重建，因此什麼事情都有可能發生。」

從這裡我們知道了，村上春樹不會讓讀者絕望，這就是為什麼村上春樹會吸引讀者樂意讀下去，不管他寫再怎麼沉重的主題。給了這麼多卡夫卡之後，他在這裡下了一個精巧的修正，以人與人之間的愛來進行對於卡夫卡的修正。卡夫卡告訴我們人的痛苦是無意義的世界，村上春樹則補充說明：但有可能那個人類受苦經驗無意義的世界，不是唯一的世界，因為「所謂愛，是對世界的重建」，或許可以在這上面建造出一個完全不同的世界。

村上春樹似乎在指認：作為一個小說家，卡夫卡最大的問題在，他小說中呈現的世界，太有說服力，他的呈現方式很容易讓我們覺得那就是唯一的世界。

愛不會是沒有意義的

卡夫卡的作品中，最多人讀的應該是《變形記》（*Die Verwandlung*），或者譯為《蛻變》，講的是主角葛雷戈．桑姆薩一天早上醒來，發現自己變成了一隻蟲。葛雷戈．桑姆薩變成了蟲，雖然他還是他，只是換了一個大家不習慣、不喜歡的外表，但是突然之間，他作為一個人的價值與意義就全部改變了。

在卡夫卡的想像紀錄中，讓人格外印象深刻而且深覺難過的，是家人如何一步一步改變對待他的態度。剛開始時，很努力地試圖要幫他，試圖要了解到底發生什麼事。後來慢慢習慣他變成蟲這件事，接著發現他的存在很令人尷尬，更使人不方便，就盡量想辦法將他隔離起來，不要打擾到別人的「正常」生活。接下來，家人心中浮出了渴望，暗暗不能說出口的渴望——希望他最好消失，最好趕快消失。在這過程中，葛雷戈．桑姆薩身邊的家人，爸爸、媽媽和妹妹，一步一步將他們的愛從他身上撤回來，一步一步背叛了他。

葛雷戈．桑姆薩後來死了，他被不曉得是誰丟的蘋果，在背上砸了一個傷口，有一天他媽媽進去時，發現他已經死了。他不是因為背上的傷口而死去的，而是因為他已經無法繼續作為一個被愛的對象，徹底失去了活下去的力量。以《變形記》為例，那麼村上春樹的修正是有道理的。《變形記》裡所發生的事，不是必然的。葛雷戈．桑姆薩是先變成了一隻蟲，帶著蟲的外表經歷了這些。這不是人作為人的存在當中的必然，但因為卡夫卡寫得太精采、太傳神了，於是這個故事往往就被當作是關於人的存在的普遍寓言，也就是被看作代表了人的存在的必然，極度悲哀的必然狀況。

從一個角度看，我們可以說村上春樹比較俗氣一點，也比較知道如何賣書；換另一個角度看，他有他深刻的信念，至少是反覆努力希望說服他的讀者的價值觀，那就是人與人之間誠摯的愛，是有意義的，是會造成變化的。

《海邊的卡夫卡》小說的後半，村上春樹就是要描述一個藉由真愛而改變了的世界。為了追尋愛，進入到一個不應該進去的世界。這部分內容是個隱喻，其主軸精神，在對應伊底帕斯與對應卡夫卡時，已經提得很清楚了。他要對他們說：你們所彰示的世界之所以如此混亂，之所以受命運宰制，之所以痛苦全無意義，那是因為愛這回事被抽開了。

愛不會沒有意義的，至少他希望愛不會是沒有意義的。所以他要將愛放回伊底帕斯的悲劇裡，將愛放回卡夫卡的寓言裡，看看會發生什麼事。如果愛是重要的，重要到可以抵抗命運，那會怎樣？如果愛夠重要，重要到可以解釋我們的痛苦，那會怎樣？這部小說因而有了不同的痛苦，有了不同的色彩。它來自伊底帕斯的悲劇，又有卡夫卡的黑暗，可是我們讀的時候，得到的感覺和讀伊底帕斯不一樣，和讀卡夫卡也不一樣。

理解了村上春樹如何拼湊出這部小說，讓我們更清楚看出，村上春樹之為村上春樹的焦點：他可以如此明目張膽地採用別人寫來再俗爛不過的主題，從中寫出不一樣的內容。如果我一開始就告訴你：《海邊的卡夫卡》是一本告訴我們：「愛可以克服一切」的小說，你們會想要讀嗎？但是講了這麼多之後，我終究還是要告訴你這件事，這就是一本告訴你：「愛可以克服一切」的小說。

村上春樹為什麼做得到？因為他聰明地運用了大量的「互文」。其他的人想學他寫一個愛得死去活來的故事，不管是想學《挪威的森林》，或想學《海邊的卡夫卡》，都沒辦法真正學得到。那些模仿村上春樹者，他們沒有這些互文的資源，不懂得將這些深刻的東西加進來變成小說內容的一部分。這是關鍵的差距，也因此閱讀《海邊的卡夫卡》，我們所需要付出的努力與精神，絕對比讀其他同樣是談論「愛是偉大的」的小說多上好幾倍、甚至幾十倍。

大江健三郎與烏鴉

一百多年來，一共有兩個日本人得到諾貝爾文學獎，第一個是川端康成，第二個是大江健三郎。川端康成在一九六八年，是以其具有日本代表性的特質得獎的。在西方人眼中，他是最具備日本傳統之美的作家。川端康成也刻意配合營造這個形象。他在諾貝爾獎的頒獎典禮上面所發表的演說，叫做〈日本之美與我〉，差一點連多年來幫他翻譯作品的譯者都被難倒了。

川端康成在演講中大談特談從平安朝以降的日本之美，尤其是日本文學當中的美，引用了和歌、漢詩，以及各式各樣的典故。川端接受了西方人認定的角色，作為一個承擔日本之美的責任代表，利用諾貝爾獎的場合宣揚日本文化。

然而，後來大江健三郎在一九九四年得獎時，他的諾貝爾獎領獎演說詞，刻意呼應了川端康成，取了標題叫做〈日本的曖昧與我〉。這篇講詞有一部分其實是在批判川端康成的。在他看來，川端康成和日本的關係，遠比川端自己呈現的來得曖昧：第一，川端康成在本質上並不是一個傳統的日本作家，川端康成承襲、模仿了很多從十九世紀後期一直到現代主義西方文學的筆法。第二，川端康成描述的日本，由單純的日本之美所構成的，不是真實的日本，真實的日本是個極度曖昧的地方。

前面是川端康成，後面是大江健三郎，這兩個得獎的日本作家，還真是天差地別。川端康成寫的是極度漂亮、極度典雅的日文。然而大江健三郎的日文卻連日本人讀來都覺得吃力，而且是懂英文或懂法文的日本人，會覺得似乎讀英文、法文譯本還比較容易。大江健三郎很多作品很早就被翻譯成法文，在法國出版，讀者真的可以捨日文，改用法文來了解大江健三郎。大江健三郎如此高度西化，是在二次戰後日本被迫向世界開放的新環境底下長大的人。

一九六三年六月，當時二十八歲的大江健三郎生了第一個兒子。他的大兒子一出生的時候，他在新生兒病房裡第一眼看到他的兒子，頭上長了很大的一個瘤。醫生告訴他說非動手術不可。可是醫生在一開始就講明了，沒有把握開刀之後小孩可以活下來，就算活下來，說不定也會變成植物人，因為在腦部長了瘤，什麼都說不準。

那真是個慌亂的情況。他一方面必須去安排小孩動手術的事，擔心不知道這個小孩能不能活下去，活下去之後也不知道會變成怎麼樣；另外一方面，要在奔波中照顧他太太，幫助她接受生出一個畸形兒的事實，幫助她從產後的狀態中復原。於是他的媽媽就住到他家裡來幫忙。

過了一陣子之後，小孩的狀況還不清楚，他收到戶政事務所催促他去辦兒子出生登記的通知。要辦出生登記，最重要的，也是最麻煩的事，就是必須要取好名字。

那時候大江健三郎正在讀一位法國猶太裔哲學家西蒙娜・薇依（Simone Weil）的著作，書中提到了因鈕特人（Inuit），北極愛斯基摩人中的一族，他們的神話故事。故事裡說世界剛剛形成的時，大地上有一隻烏鴉，這隻烏鴉在撿拾地上的豆子吃，但是到處都是漆黑一片，很不容易找出豆子在哪裡。於是這隻烏鴉就想：「啊！如果這個世界有光，那我要吃豆子就方便多了！」牠這樣想著，突然世界就有光了。西蒙娜・薇依用這個例子來顯現：希望具備有多麼龐大的力量，因紐特人相信，就連光都是來自於一隻烏鴉單純的希望。

這時候，大江健三郎的媽媽問起要給小孩取什麼名字？大江健三郎告訴他的媽媽：「我在想可能會用一本書裡的典故幫小孩取名字。」他的媽媽問那書是誰寫的？他回答：「是一個法國的哲學家。」媽媽就點點頭說：「那也蠻不錯的。」此時大江健三郎突然開了很不合時宜的玩笑，對他的媽媽說：「所以我要將這個小孩取名叫烏鴉，大江烏鴉就是你孫子的名字。」大江健三郎的媽媽氣得不得了，掉頭走到樓上去不理他了。他很後悔，自己怎麼講出這樣的話。

第二天他要出發去戶政事務所了，他媽媽從樓上下來，主動跟他說：「唉！其實叫大江烏鴉也沒什麼不好。」他才趕快跟媽媽說：「不，不，我改變心意了，我決定了，這個小孩應該叫做大江光。」

動完手術之後，大江光活下來了，可是他的腦部發育不全，所以他看來就是個發展遲緩的智障兒。因而家中經歷了許多痛苦，許多困擾，包括安排讓大江光受什麼樣的教育等事情。

大江健三郎和大江光他們一家，生命當中最重要的轉折出現在他們居住在一座島上的時候。島上有很多鳥，經常可以聽到鳥叫聲。有一天大江光突然發出了一連串奇怪的聲音，像是在跟鳥對話一樣。之後大江光的聽覺快速成長，他愛上了音樂。在大江健三郎最要好的朋友之一，日本最了不起的現代作曲家武滿徹的協助下，大江光走上了音樂的路，也成了一位作曲家。聽懂了鳥的語言，開拓了大江光的生命。我在二〇〇三年去日本時，還曾躬逢其盛見到了大江光新作品發表的盛會。他就是差一點被叫成大江烏鴉的大江健三郎的兒子。

四國的森林

大江健三郎一九三五年出生於四國。日本包括四個主要的島嶼，本州、九州、四國、北海道，相對於其他三個島，四國應該是台灣人最陌生，也是最少去旅遊的，四國島在日本有著奇特的邊緣位置。

大江健三郎出生在四國島中部的愛媛縣喜多郡大瀨村。那個地方在哪裡呢？查一下地圖，四國有一條中央山脈，他的出生地就是中央山脈裡的一個村子。他出生後沒多久爆發了中日戰爭，後來又擴大成為第二次世界大戰。大江是戰爭中在山裡長大的，他對於森林有很深厚的感情。

他重要的代表作，也是諾貝爾文學獎給獎讚詞上特別提及的作品，《萬延元年的足球隊》，書裡有這樣的一段話，他形容：

林道在陰暗常綠樹林的牆壁環繞下，奔馳於深溝底；我們停在林道的一點上，頭上有條狹隘的冬日天空線條。午後的天雨鱉像水流的顏色逐漸變動一樣褪色，並且緩緩下降。晚上，天空像鮑魚殼蓋住肉一樣，關閉了廣大的森林。一想像它，就有封閉恐懼感。雖在這深幽的森林中長大，每次穿越森林回到自己的山谷，我就無法從那窒悶的感覺超脫出來。窒息感的核心糾纏著已逝祖先的感情精髓。他們長久以來不斷被強大的長曾我部追逐，一直退到森林深處，才發現稍微抵抗了森林侵蝕力的紡錘形窪地，而定居下來。

這是他對森林的描述，這段描述有幾個重點。第一，大江描述的地方，是傳統上的土佐藩，尤其是土佐藩的長宗我部。小說中要挖掘、連結的，就是藏在山中死去的祖先長宗我部的感情精髓。土佐藩的根據地，就在愛媛縣旁邊的高知縣。是的，《海邊的卡夫卡》小說中，大島先生帶田村卡夫卡去的那棟完全寂寞孤立的小屋，就在高知縣。

第二個重點，在大江健三郎筆下，森林中最特殊之處，就在於那是聚積祖先靈魂和祖先記憶的處所。森林是一個奇特的時空，在一般環境裡，我們理所當然認定，不加懷疑、不加思考的單線時間假定，進入森林中後，經常就有了戲劇性的改變。深入森林，很容易給人一種感覺，覺得那不只是一趟空間行程，而牽涉到了時間的交錯，時間在這裡，不是簡單地往前走，而是更複雜的方向。一般的村落生活中不會直接感受祖先的靈魂，但一旦走進那森林裡，就好像曖昧卻又具體地包圍上來。

大江健三郎寫過他祖母講的故事，說森林裡有那麼多樹，每個人都在森林中擁有一棵自己的生命樹。如果你碰巧走到了自己的生命樹下，就會遇到未來的自己。這故事一直在大江的腦中盤桓，小時候他常常想：「如果發現了生命之樹，在樹下遇到了一個老公公，那是六十年後的我，那我要跟這個老公公說什麼話？」他年紀大了之後，並沒有完全脫離這故事，而是倒過來想：「那麼等到我六十多歲了，來到自我之樹下，是不是就會碰到了六十年前，八歲的自己？我要如何面對他？要跟他說什麼？」

大江健三郎的小說一個重要的主題，就是時間——過去、現在、未來——會在森林中交錯。現在的自己會在森林中最特殊的一棵樹下遇見以前的自己，或者遇見以後的自己。

大江健三郎寫過他如何走上文學道路的起點。小學時，一位從外地來的老師，帶同學們去海邊遠足。查了地圖就會知道，愛媛縣離海邊有一段距離，他們走了一個小時左右才到。那應該就是《海邊的卡夫卡》小說中，中田先生和星野先生兩個人坐著看海的地方吧？

那是大江健三郎生平第一次看見大海。回來後老師要求大家將看到海的感覺寫成作文。大家小時候一定寫過類似的遠足、旅遊感想吧？還記得你們是怎麼寫的嗎？顯然，大江健三郎的寫法，和我們大部分的人都不一樣。

他寫說：「去到海邊，讓我很慶幸住在山裡面，如果住在海邊每天要聽海潮的聲音，那多麼吵鬧啊！」老師讀了他的作文很生氣，把他叫去訓話：「你這樣寫作文，對住在海邊的人很不禮貌吧？」然後老師更不客氣的告訴他說：「我從外地來到你們山裡，可一點都不覺得你們山裡面很安靜，我覺得你們講話好大聲好吵！」

這段話讓大江很疑惑，他一直以為山裡是很安靜的。於是在那幾天他特別認真地注意自己周遭的環境。他注意到其實山真的不是靜的，遠遠看覺得山一動不動，近看卻會發現森林一刻沒有停過，一直在動、一直在動。將視角從原本習慣的幅度拉近，愈拉愈近，他看到了樹枝上有一棵露珠，露珠中反射出一個微小但卻又似完足的世界。大受震動之餘，他提筆寫了生平的第一首詩。

戰爭的回憶

從一九三五年到一九四五年，大江健三郎在森林中度過了童年。住在山中，不太能夠感覺到戰爭。戰爭頂多就是有一些遠從陌生都市來的小孩，被疏散到這裡來，稍有一點變化。雖然沒有直接感覺到戰爭，卻逃不掉軍國主義的氣氛，老師每天反覆說著：第一，天皇多麼偉大；第二，如果戰爭繼續擴大，說不定有一天戰爭也會到這裡來。

然而小孩聽老師說有一天戰爭可能也會來到四國的山中，激起的感覺不是戰鬥、不是害怕，而是：「如果那樣，我們就不用再羨慕東京人了。我們就和他們都一樣，為天皇而努力過，為天皇而奉獻犧牲過了。」那是一份特殊的感覺，正因為看不到戰爭的殘酷，所以對待戰爭有一種浪漫的態度。

到了大江健三郎十歲時，一九四五年，戰爭結束了。日本從軍國主義侵略者，一下子變成被美軍占領的敗戰國。尤其在四國這個偏鄉的偏鄉，這個變化來得又快又劇烈。從來沒有人跟他們預告過日本有可能投降，更沒有人提過日本可能被美國人占領統治。

幾乎是前一天還聽著「玉碎」的宣傳，無論如何要反抗到底，直到剩下最後一個人，隔一天天皇的「玉音放送」就從收音機傳來，日本投降了。接著，沒多久後，美國占領軍來了，日本人竟然還熱情地接納、擁抱他們。

對大江健三郎這個十歲男孩來說，這是完全無法了解的變化。最偉大的天皇、不敗的天皇，帶頭投降了；至於那最可惡的美國人，現在卻普遍被讚美了。

美軍占領時期，學校老師出了一道作文題目，交代班上作文最好的幾個小孩寫。題目是〈科學有什麼用？〉。腦袋還沒轉過來的大江健三郎想到了一個答案：日本需要科學，如果努力發展科學的話，就能打贏下一場戰爭了。但是這次作文比賽，主辦單位是美國占領軍總部。老師把大江找來：「不可以，絕對不可以這樣寫！」如果被美國人發現日本小孩還存著打下一場戰爭，打贏下一場戰爭的想法，那還得了！

大江被迫改了作文內容。作文交出去後，那篇改過的文章得獎了。美軍派了吉普車來，將得獎的學生送到愛媛縣的總部去領獎。每個小孩吃到了一個美國漢堡，另外領到了蓄電池。大概美軍也不知道要給小孩子什麼獎品，也沒有用心特別準備，反正部隊裡蓄電池很多，就分送給每人當獎品。

抱著蓄電池回學校，大江一度立下大功。戰敗之後，日本第一次參加國際運動比賽，是女子排球隊，校長用大江領回來的蓄電池接上收音機，在操場上將女排隊比賽轉播播給全校聽。那顆蓄電池也出了好大風頭。後來，大江班上一個要好的同學，偷偷闖進到學校的實驗室裡去玩電池，結果不幸電池走火，把實驗室都給燒了。校長知道了，當然將這小孩抓來痛責一頓，這小孩被處罰過後，當天沒有回家，第二天，他的屍體浮在河面上。

這真是件悲慘的事，同學的葬禮上，同學的媽媽看到了大江，對著他大罵：「就為了你那顆該死的電池！」大江健三郎記得這件事，更記得當下感受到的教訓：「如果我不要聽從老師的去改作文，如果我不要迎合去寫『對的』內容，就都沒有後來這些事了。」

為死去的人活回來

因為戰爭結束後的巨大變化，大江健三郎曾經一度不願去上學，不願意面對老師講的和原來講的完全相反的話。逃學他就混在森林裡，媽媽知道了，幫他在一棵大樹上蓋了一座樹屋，不上學時，他躲在樹屋裡自己讀書，讀自己想讀的書。特別是他讀不懂，或平常讀不下去的書，他就帶到樹屋裡去讀。

他也在森林中亂逛，有一次走到森林深處，迷了路走不出來，中間又遇到下雨，還出動了消防隊才把他救出來，回家後他就生病發高燒了。他記得自己病了很久、病得很重，媽媽一直在身邊陪著他。他告訴他媽媽：「我快要死了，我快要死了。」媽媽抱著他，安慰他說：「你不要擔心，你不要怕，如果你死了，我會把你生回來。」

他懷疑地問媽媽：「要如何把我生回來？妳再生的小孩不會是我，只會是我弟弟。」媽媽就回答：「沒有關係，弟弟一出生，從第一天開始，我就會把你所做過的事情，你所想過的事情，你所講過的話，一直不斷的告訴他，一直不斷的告訴他，他就會變成你，我就把你生回來了。」聽起來蠻有道理的，所以病中的大江健三郎就安心睡著了，後來從病中復原了。

這段經過寫在一本叫做《為什麼孩子要上學》的書中。最初拿到這本《為什麼孩子要上學》，基於我原先對大江健三郎的了解，我以為大江健三郎對「為什麼孩子要上學？」這個問題的答案應該會是：小孩實在沒有什麼非去上學不可的道理。但我猜錯了，他先寫了自己小時不上學的經驗，寫到大病一場，從病中復原了，他突然理解了人應該去上學，然後就自動地去上學了。

因為媽媽跟他說的那段話，病好了之後，有一陣子他常常恍惚，搞不清楚自己究竟是誰。是那個哥哥，還是哥哥死掉之後，被媽媽當作哥哥生回來的弟弟？無從分別，怎麼分辨到底是自己真正的經驗，還是媽媽反覆講的哥哥的事，被當成自己的經驗而記得了？他覺得很有可能其實自己已經死了，他是被生回來的。

後來他釋然了，而且從這段懷疑的過程中得到了領悟：人活著的一個重要意義，在於人必須知道在自己之前的人怎麼活，等於每個人有責任將先前死去的人活回來，將他們活過的經驗留下來。人為什麼要上學？孩子為什麼要上學？不是為了讓他們得到好成績，不是為了要讓他們學到技能將來混口飯吃，不是。而是為了在上學的環境當中，小孩才能夠知道以前別的小孩，一代又一代的小孩，他們活過的經驗。這是大江健三郎給的很特別的答案。

森林中充滿了黑暗的光輝

後來他離開山中村莊，到松山去念高中，在那裡認識了伊丹十三。伊丹十三是他的學長，學校裡有一門世界史的課，因為師資不夠，就將各年級混在同一班上課。上課很無聊，伊丹十三就和坐在旁邊的學弟玩遊戲，是什麼樣的遊戲呢？寫詩接力的遊戲，一個人寫兩行詩然後遞給另外一個人繼續接下去。從接力寫的詩句中，伊丹十三對這個學弟留下了深刻印象，多年之後，寫文章回憶時，還提到大江當時寫的一個句子：「森林中充滿了黑暗的光輝」。伊丹十三後來成了演員、導演，一度是日本在世界影壇最有名的導演，他也是大江健三郎的大舅子，他妹妹嫁給了大江健三郎。

伊丹十三長得一副外國人眼中日本人的模樣，一看就是個典型又好看的日本人，所以外國電影裡有日本人角色時，他是會被優先考慮的人。後來他去當導演，導了幾部很棒的電影。他的成名作是《葬禮》，一部高明的喜劇片。葬禮不是什麼快樂的事，將葬禮拍成喜劇，需要才華、需要勇氣、需要對於社會習俗的入觀察、更需要豐沛的諷刺精神。伊丹十三還導過另一部名片《蒲公英》，講的是賣拉麵的故事，用很華麗的影像呈現了日本人對食物，尤其是對拉麵的執迷。

讓伊丹十三印象最深刻的句子「森林中充滿了黑暗的光輝」，後來大江健三郎的作品裡面經常出現類似的氣氛、主題。

念高中時，大江讀到了一位東京大學法文系教授的書，大受感動，就決定要去東大上這個老師的課。這是他到東京最大的動力。不過，東大畢竟不是想要進去，就輕易可以進去的。第一年，大江沒有考上，補習了一年，再考一次。

第二次考試是一九五四年，那一年東大有一個特別的措施，戰後第一次開放讓台灣人投考，大概有不少台灣人去報考了吧。大江健三郎的回憶：考試時，他有一張答案紙不小心掉到地上，被旁邊的人一腳踩上去，整張紙髒掉了，他很緊張，結結巴巴地向監考老師再要一張答案紙。他大概太緊張也太結巴了，於是老師就用很慢很慢的方式，一個字一個字發音問他：「你是台灣來的嗎？」他緊張到不敢否認，就點點頭拿到了考卷。

後來他考進了東大，遇到了這位監考老師，老師竟然還記得他，每次都刻意放慢速度說：「早安啊，吃飽了沒有？現在過得比較適應了嗎？」大江實在不曉得該如何對他說自己其實不是台灣人。有趣的是，大江從這件事中得到的經驗教訓，他的說法是：在那樣的尷尬狀態中，讓他體驗到了流亡者的感覺。他可以感覺到他所使用的語言，是一種流亡者、無力者的語言。而且自己是怯懦的，「為了使這樣的自己獲得勇氣，我決心憑藉想像力，破壞並改變現實當中既有的東西，我將來的生活要面向這個方向。……想要如此生活下去的依憑，對我來說就是文學。」

大江健三郎的作品在日本可以說是一種「異人文學」，很古怪、很彆扭，但卻又蠻受歡迎。最早的幾部作品，包括先前講的《萬延元年的足球隊》，或者後來的《同時代的遊戲》，都是非常艱難、非常晦澀的小說，但在日本卻也都賣了幾十萬本。有人半開玩笑地說，大江健三郎的小說最大的賣點就在於沒有人能讀得完。

他在日本一直保持了這雙重性，一方面他是日本很重要的小說家，因為他學法文，和法國、法國文學圈有著密切的來往，他的作品很早就翻譯成法文，在法國出版，因此受到重視，翻譯成其他的語文出版。可是另一方面，相對於他的名氣，在日本其實沒有那麼多人真的讀完、讀懂大江健三郎的作品，而且有不少批評家一路堅持地給予他惡評攻訐。

他的小說作品，一再地回返森林的主題。特別值得一提的，是《同時代的遊戲》，這是一部詭奇的作品，我必須承認我是在讀完《海邊的卡夫卡》之後，才感到自己讀懂了的。這部小說中有一段情節，講的是一個人身邊出現了一個具備巨大、單純破壞力量的人，簡直就像是破壞力量化身的一個人，不斷將他生命周遭的事物予以破壞。他掙扎著對抗這個破壞者，試圖保護自己的生命，最後他走進了森林，在森林中，藉由那個森林裡含藏的神祕力量，制伏並消滅了那個破壞者。

小說的結尾，在他獲勝了之後，他越過破壞者的屍體，往森林更深處走去，突然在森林的中心，以為應該完全沒有光的地方，出現了一個玻璃屋般的東西。玻璃屋裡面有什麼？在玻璃屋裡的，是《萬延元年的足球隊》曾經抽象描述過的東西的具體顯影。所有曾經在這個森林裡存活過的祖先，那些祖先的影像被保留在一個沒有時間性，永恆、安詳的巨大的玻璃屋裡。小說中所有和村莊傳承故事有關的人物都留在森林最深處的玻璃屋裡。這是《同時代的遊戲》很有名的結尾。

無法被揭露的祕密

大江健三郎的作品來自於他的時代，尤其是和戰爭的關係。例如，一九六三年大江光剛出生的時候，大江健三郎帶著挫折與逃避的心情，選擇去了廣島，隨後寫了一本很轟動，也很具爭議性的書，關於廣島核爆。寫廣島核爆不能只悲嘆核子武器造成的巨大傷亡與破壞，必然還要碰觸到戰爭責任的問題，這是大江健三郎的立場，有高度挑釁意味的立場。畢竟大部分日本人都是以核爆受害者的身分，來規避戰爭責任問題的。

戰爭與戰爭責任的思考，連帶使得大江健三郎的作品具有強烈的曖昧性。戰爭責任是一種永遠無法說清楚，或該說，永遠說得不夠清楚的事。不只是人會要想規避責任、遺忘掉不方便的記憶的問題而已；是戰爭當中的暴行、戰爭對人性產生的扭曲，沒有辦法在戰爭以外的情境中被訴說、被理解。

大江健三郎的小說一貫有著明確的自傳性，而那些在不同作品中代表、代替他，作為他自我化身的小說角色，他們有一個共同特色——他們的內在都藏有祕密，藏了一個沒有被說出來的真相。但是這祕密、這真相卻被認定是永遠說不出來的，因為一旦說出來了，那就不再是真相了，或是說：真相說出來，就必然遭到誤解。於是他抱持著一個最痛苦的，接近於永恆、絕對的祕密無法予以揭露。小說的重點就是他如何和這無法被揭露的祕密、真相進行各式各樣的內在自我搏鬥。而那無法說、說不出來的祕密、真相幾乎都牽涉到戰爭、戰爭中的暴行，或被戰爭所扭曲的人的行為反應。

舉一個最精采的例子吧！那是他在得了諾貝爾獎後寫的《換取的孩子》。《換取的孩子》原來的書名，是用片假名抄寫的The Changeling，更簡單一點的譯法是「被掉包了的小孩」，用的是德國黑森林童話傳說的典故。傳說中黑森林裡有許多精怪，他們會偷偷地將人家家裡的小孩掉包，原來的小孩被抓走了，留下一個精怪假扮那個被換走的小孩。

會有這種傳說，很容易理解。父母在小孩成長的過程中普遍會有這種驚疑：原本很乖很好的小孩，到了一個年紀、一個階段，為什麼突然就變壞了，簡直就像換了一個人似的。我們的父母習慣的反應，是相信一定被別人家的小孩帶壞了，活在精怪故事間的黑森林的人就相信，一定是被掉包了。我的好孩子被抓走了，換成這個讓人受不了的怪物假裝是我的兒子、我的女兒。

大江健三郎寫《換取的孩子》最大的動機，來自於他的大舅子，也是他相交將近五十年的朋友伊丹十三突然跳樓自殺了。伊丹十三自殺後，日本媒體有各種說法，有人說他是因為被八卦雜誌拍到與女助理有染，羞憤自殺的；有人說他是因為江郎才盡，抑鬱自殺的……。那幾天，日本電視上有好多人大談特談伊丹十三如何如何，顯現他們很明瞭伊丹十三為什麼要自殺。大江健三郎覺得很荒謬，因為他從高中時就認識伊丹十三，後來還娶了伊丹十三的妹妹，但他卻完全不明白伊丹十三為什麼要自殺。

所以他寫了小說《換取的孩子》。他不是要用他和伊丹十三的關係，給一個「更正確」的答案，解釋伊丹十三為什麼自殺。不是，他沒有那麼淺薄，他要說的是，伊丹十三不會為了簡單的理由自殺的，人的自殺沒有那麼輕巧，後面必然有更沉重，更難以敘述、難以解釋的理由。會強烈到讓人自殺的理由，必定是祕密，沒那麼容易訴說的祕密，才需要以死來處理。他要在小說中寫的，是那牽涉到存在的祕密，深刻到不會離開，深刻到講不出來的祕密。

這祕密，當然牽涉到戰爭，牽步到戰爭剛結束時發生的事。我們不必將小說寫的祕密當作是伊丹十三的生命事實，那毋寧是大江健三郎建構出來的，那一代日本人的共同祕密。

不受戰爭困擾的新世代

回到村上春樹及其作品。前面提過，村上春樹的小說缺乏時間性，也沒有「物之哀」。村上春樹沒有什麼時代感，尤其沒有和日本社會具體相關的時代感。他小說裡的人物幾乎都不受日本具體社會的影響。環繞著他小說角色的眾多標記，往往是用來讓人遺忘掉其日本脈絡（Japanese context）的。他小說裡面的人物吃三明治，喝蘇格蘭威士忌（Scotch），聽爵士音樂，穿polo衫，讀卡佛的小說。他們和具體日本社會間，是一種斷裂的關係，這是村上春樹的小說那麼好看，他的小說那麼容易被不同社會的人所接受的一個重要理由。

一直到今天，作品宣傳上都還是稱村上春樹為「八〇年代文學旗手」，這是什麼意思？意思是村上代表了八〇年代崛起的新文學風格，和在他前面的「戰後第四代」有著明顯的、斷裂的差異。「戰後第四代」一直受到戰爭的影響，但是村上春樹冒出頭來，他的作品再也找不到戰爭的遺跡，所以他是八〇年一個世代的全新開端。

村上春樹的崛起，讓人看到一個新的世代，這個新世代好像完全沒有經歷過，好像完全沒有感受到戰後日本的幾個主要關鍵問題。長期以來日本文學或許逃避戰爭問題，然而其逃避都還是因為戰爭而來的。另外一個大主題，是戰後的戲劇性轉折，從軍國主義一下子跳到崇美，這中間牽涉的罪惡感問題。昨天還相信天皇，明天轉而相信麥克阿瑟，這樣的人生必有其被砍斷的荒蕪與荒涼。

戰後日本作家安部公房的作品風格，很接近卡夫卡。但他創造出荒謬感的根源理由，當然不同於卡夫卡，而是和戰爭、戰敗及其帶來的變化，關係密切。在大眾文學裡，我們會看到像松本清張這樣的作家，他之所以重要，正因為他勇於去面對、去處理美軍占領時期產生的社會正義問題。

原先寫作《聽風的歌》、《挪威的森林》時，村上春樹給人的感覺，就是和這些歷史經驗、集體記憶或其逃避，都沒有關係。所以他叫作「八〇年代的文學旗手」。《挪威的森林》裡面雖然隱約有安保鬥爭的影子，但那就只是外圍的、遙遠的影子，是愛情故事中角色的淡漠背景。

然而這些年來，村上春樹是有改變的，雖然他從來沒有大張旗鼓地強調自己的改變。例如，一九九五年三月二十日，日本地下鐵發生了由奧姆真理教所主導的「沙林毒氣事件」，對他產生的衝擊以及他應對的方式，他為此寫了兩本書，第一本《地下鐵事件》寫的是事件的受害者，那裡已經有清楚的社會意識了，然後還有第二本《約束的場所：地下鐵事件II》，他更進一步去寫造成事件的奧姆真理教教徒們，而且他明白地提出了一個「地對地」的態度，也就不是高高在上，不是總結結論，而是將自己放在和他們一樣高的位置上去理解、去書寫的特殊態度。這都和過去的、我們習慣的村上春樹的文學態度很不一樣了。

還有神戶大地震。針對神戶大地震，村上春樹寫了短篇小說集《神的孩子都在跳舞》，那也是一部神奇的作品，他要去面對具體的、現實的悲痛。他從來不是一個寫現實小說的人，但用非現實的手法如何寫現實的悲痛？他接受了這個挑戰，甚至毋寧說他自我選擇了這個責任，一種文學的道德責任。

作為日本文壇的驕子，村上春樹內在還是保留了相對天真謙卑的赤子之心，我們在《海邊的卡夫卡》裡，看到了他刻意將大江健三郎當作一項重要互文元素編組進來的努力。四國的森林成為小說中關鍵的場景，在那裡發生了時空交錯的變化，最後在森林深處出現了玻璃屋，這不會是偶然的安排。那個時間消失的玻璃屋，那個神靈所在之處，不是四國的自然環境所給予的，而是另外一個重要的文學心靈——大江健三郎——所賦予的。

而大江健三郎，卻是一個對於戰爭、戰爭記憶、戰爭責任始終念茲在茲的人。村上春樹用向大江健三郎致敬的方法，來處理他過去文學世界當中最巨大的一塊空洞。在這裡，村上春樹繞道四國的森林，聯絡上大江健三郎，更間接地聯絡上了戰爭與戰爭記憶，這也是我們閱讀《海邊的卡夫卡》不能不察覺的書寫意義。

處理記憶的方式

《海邊的卡夫卡》分成單數章與雙數章，有兩個不同的主角。除了十五歲的少年田村卡夫卡之外，同等重要的是中田先生。中田先生和一般人很不一樣。他不識字，小時候原來是個好學生，可是後來卻無論如何學不會認字了。他腦筋不好，經常告訴人家「中田腦筋不好，所以……」。還有，他能夠和貓說話，甚至和貓說話比和人說話容易。不過發生了一件奇怪的事，將兩隻貓救回來後，他突然變得沒辦法和貓說話了。另外，他有一點預見未來的特別能力，他還會讓天上像下雨一般降下螞蝗和活蹦亂跳的魚。

中田先生很特別，特別到我們不會將他視為寫實的人物。不過反正村上春樹寫的從來都不是寫實小說，所以我們在意的不是這個人真實不真實，而是這個人是否有趣，用各種不同標準衡量，中田先生當然都是個有趣的角色。

在所有中田先生的特殊之處中，有一點我們不能忽略，那就是他的影子比別人淡一半。不只是他，佐伯小姐也是，他們的影子都比別人淡。然而《海邊的卡夫卡》書中卻從頭到尾沒有解釋，為什麼中田先生和佐伯小姐他們的影子比別人淡。村上春樹在書中沒有寫，但我卻很有把握可以告訴大家為什麼。

因為他們都曾經去到一個世界，那個世界的門口有一個看守的門房，門房住的地方到處亂七八糟，唯一擺放整齊的只有一堆他自己打造的刀子。那些刀子很鋒利，也很漂亮，整整齊齊地放在那裡。進入那個世界最重要的儀式，就是必須和自己的影子分離，影子會被那位門房用那又銳利又漂亮的刀子切下來，然後影子就被留在門房那邊，沒有了影子的自己進入到那個世界。進入那個世界，影子就變成了人質，被留置下來，必須付出和影子分開的代價。

我不知道各位讀《海邊的卡夫卡》時，有沒有碰到困惑、不能理解的地方？例如，在下冊中，田村卡夫卡進入森林世界後，他遇見了十五歲的佐伯小姐，他們有這樣一段對話。田村卡夫卡先開口問：「妳記得圖書館的事情嗎？」他指的是他們在圖書館相遇的事。十五歲的佐伯小姐回答：「不，不記得。圖書館很遠。在離這裡相當遠的地方。可是這裡沒有。」他又問她：「有圖書館？」佐伯小姐就說：「嗯，不過那個圖書館裡面沒有放書。」他又追問她說：「圖書館沒有放書，那放什麼呢？」對話卻在這裡戛然而止。因為他和佐伯小姐在圖書館裡相遇，所以他自然問起圖書館，那為什麼還要提到在森林世界裡有圖書館，但圖書館沒有放書的事呢？

在那個森林世界中，一再被提及的話題，是「記憶」。佐伯小姐回到這個空間裡來，特別對田村卡夫卡說：「你離開，因為我要記得你。」這中間有一段話談到在森林世界中，時間不重要，記憶也不重要。佐伯小姐說：「我們有另外的方法處理記憶。」

這些在《海邊的卡夫卡》小說裡面都沒有解釋，就這樣飄過去。這就是村上春樹，他不怕你看不懂，這是他的自信。一方面，小說中的哲學概念對村上春樹來說，遠比一般的戲劇性情節重要很多。為了表達這些抽象概念，他不是那麼害怕、那麼在意被讀者誤會。他必須冒這個險，才能在小說中裝填這些內容。另一方面，村上春樹覺得關於這些，他已經說過了，不需要在《海邊的卡夫卡》裡重新再說，這些都已經寫在他的另一部長篇小說《世界末日與冷酷異境》中。

第四章
沒有記憶的世界——讀《世界末日與冷酷異境》

《世界末日與冷酷異境》的書名

從互文的角度看，《世界末日與冷酷異境》非常重要。小說原文書名叫做《世界の終りとハードボイルド・ワンダーランド》，這是很古怪的書名。前面的「世界の終り」與其說是「世界末日」，更精確的譯法應該是「世界終點」。當我們說「世界末日」，會浮上來的想像通常是一切都毀滅了，現在看得到的這些東西全部都不在了，那是「末日」。對於一個有信仰的人來說，他的「世界末日」可能接近於最終審判日，或是彌賽亞再臨，人類得到救贖。

「世界末日」總覺得和毀滅和救贖有關。然而這不是村上春樹要描寫的，他寫的是世界的

「盡頭」，世界的「終點」。什麼時候世界會走到盡頭？那就是時間不見了。時間在這裡消失了；世界仍然繼續存在，但是沒有時間了，這樣到了終點，不會再往前走了，這是前半書名主要的意思。

書名後半呢？「ハードボイルド・ワンダーランド」，這是用片假名譯寫的英文字，是**hard-boiled wonderland**。能將這兩個字譯為「冷酷異境」，已經很了不起了，不過畢竟還是傳達不了**hard-boiled**的典故來源。

美國有一種流行的通俗小說，叫**hard-boiled detective story**，我們一般將之稱為「硬漢偵探小說」。村上春樹當然熟悉這種「硬漢偵探小說」，他翻譯過這種類型小說代表性作家瑞蒙・錢德勒的小說。錢德勒的名作《漫長的告別》（*The Long Goodbye*）前幾年在台灣重新出版，新版和舊版最大的不同，就是新版多了一篇日文譯者的〈後記〉。中文譯本收錄日文譯本的〈後記〉，而且還將那篇〈後記〉譯成中文，這是不太尋常的事，其實原因很簡單，因為那位日文譯者、也就是這篇〈後記〉的作者是村上春樹。

Hard-boiled是什麼？最鮮明的印象，就是煮到全熟全硬的水煮蛋，那就是**hard-boiled**的。用中文俗話說，這個詞應該是「死狗不怕滾水燙」，類似那樣的意象。對於一顆在水中反覆浮浮沉沉，水深火熱中一再翻滾過了的心靈，生命還有什麼好在意的，還會對任何事情，不管是悲是喜，感到大驚小怪嗎？

最早的偵探小說是英國人寫的。英國的偵探，從夏洛克・福爾摩斯（Sherlock Holmes）到赫丘勒・白羅（Hercule Poirot）都聰明絕頂，都很安逸，帶著不真實的浪漫色彩。美國的作家達許・漢密特（Dashiell Hammett）和瑞蒙・錢德勒他們針對這種浪漫偵探，寫出一種相反的典型。他們筆下的偵探飽受生活折磨，通常有酗酒的習慣，身上到處是過去遺留的傷口，他們看過、經歷過水深火熱的折磨。他們不是因為比別人聰明所以成為偵探的，而是因為他們對於邪惡、對於犯罪，有著比一般人更多的理解，從自我生命經驗來的理解。

福爾摩斯那樣的神探和犯罪者不在同一個世界裡，他們高高在上，像是從三十三樓上看下去，一切都看得清清楚楚，看見了在地面掙扎的人看不到的全貌，所以他們成為了神探。那是一種對待罪惡的觀點，俯瞰的觀點。但硬漢偵探（hard-boiled detective）不一樣，他們看待罪惡的角度，就是村上春樹寫《地下鐵事件》時特別強調的，「地對地」的觀點。這些硬漢偵探和犯人處於同一個地面上，和犯人在同一個社會的同一個層次上，因而他們能夠看透罪犯。但是要作一個這樣的偵探，先得見過、經歷過許多黑暗，必定渾身是傷，必定付出過很龐大的生命代價，他們才會精確了解人心最黑暗的部分。

在hard-boiled後面，村上春樹接上了wonderland。Wonderland也有典故，文學史上最有名的wonderland，是《愛麗絲夢遊仙境》（Alice in the Wonderland）。大家熟悉的「迪斯奈樂園」，最早叫做Disney Wonderland，後來才縮寫成Disneyland，也是源於愛麗絲掉進去經歷各種奇幻經驗的那個wonderland。Wonderland就是愛麗絲跟隨一隻兔子進入的奇怪地方，突然之間她的身體變大了，突然之間身體又變小了，她嚇得哭起來，不小心自己的眼淚就淹成一座游泳池，一些羽毛溼掉的動物跳出來……。這就是wonderland，一連串奇怪事情串起的幻境。

冷酷異境的電梯

村上春樹《世界末日與冷酷異境》書裡的內容也就明白地分成「世界末日」和「冷酷異境」兩大部分，依照單雙數的章節輪流出現，單數章寫「冷酷異境」，雙數章寫「世界末日」。

整本書一開始出現的，是一座巨大的電梯。依照小說裡的描述，那個電梯比房間還要大，像是一個大型辦公室般放了很多東西，但偏偏就是沒有平常電梯一定要有的東西，包括去哪一層樓的按鈕或顯示現在在哪一層樓的標誌。更神奇的是那電梯在移動，但電梯裡的人卻弄不清楚到底是在上升還是下降。所以進了這個電梯之後，你不會知道電梯門什麼時候要打開，門開了之後你也不會知道自己到了哪一層樓。

一開頭刻畫的就是一個幻境。和愛麗絲掉進去的老鼠洞差不多，與現實之間有著很大的距離。那個敘述者「我」進入電梯，出了電梯碰到一個不說話的女孩，帶他經過一條奇怪的路程，去見了一個奇怪的教授，然後那個奇怪的教授給了他一份工作。那份工作對小說裡，對

wonderland幻境裡的敘述者「我」而言，很正常很自然，但對我們來說卻再奇怪不過。

他做什麼工作？他有一種本事，自主地分開左腦和右腦，將人家給他的資料輸入右腦，運用他自己不明白的原理原則，讓資料變成一組訊號，然後再將這組訊號洗到左腦去，從左腦裡再把改變之後的訊號洗出來。

這是最神奇，而且最不可能被破解的密碼設置法，連設密碼的這個人自己都不了解密碼轉換的公式。訊號進入到他的潛意識，以自己無法控制的潛意識運作規則，從右腦進去，從左腦出來。因為他自己都不知道大腦運作的程序，他就沒有機會洩密，別人更不可能破解了。要解碼，只有一個辦法，再將訊號從他的左腦進去，洗回右腦還原出來，將整個順序逆反進行一次。

做這種工作的人叫做「計算士」。圍繞著這奇怪的職業有些奇怪的糾纏，和「計算士」對立、對抗的，有另外一個職業團體叫做「記號士」，「記號士」總是想盡辦法要偷由「計算士」封存起來的密碼，兩邊不斷地爭鬥。幻境中的敘述者因為接了教授給他的工作，就被捲入「記號士」和「計算士」的糾葛中。

過程中又牽涉到他手上拿到一個神奇的獨角獸頭骨，引來了更複雜的追逐。有一天他家裡來了兩個人，兩個看起來讓人不舒服的人。先是客客氣氣卻不清不楚地將要講的話講完了，接著突然問他說：「你這屋子裡面有什麼東西，如果被破壞了你一定會覺得很可惜的？」他想了想提到西裝、皮夾克、電視，於是其中一個高頭大馬的人就將他的皮夾克從衣櫥裡拿出來，切成碎片。

又把他的電視給砸了，然後花半小時的時間把他屋子的東西全部砸爛，房間一下子成了一團廢物堆。這裡我們又看到了最典型的村上春樹式角色，自己的房子被砸了，這個敘述者「我」覺得莫名其妙，但也就無可奈何地接受了。「好吧！人生有時候就是這樣，有人就這麼樣跑到你家裡來，把你的門給拆掉，把你整個家給砸爛。」

後來他跟隨著那個不說話的女孩，進入到一個地下的神祕空間裡。那塊地下空間和東京複雜地下鐵網絡相連接，但又比地下鐵複雜得多，在那個空間裡有永遠看不見光線的黑鬼，還有會不斷上漲的水。經歷一段莫名其妙的冒險，他回去找到了那個教授，教授用我們勉強可以理解的方式對他說明了事情的來龍去脈。

這是「冷酷異境」，還真蠻冷酷的，同時也真的有許多水深火熱的煎熬遭遇。從頭到尾，這傢伙沒碰到什麼好事。

世界末日的圖書館

另外一邊呢？那個「世界末日」或「世界終點」又是怎麼一回事？

雙數章的開頭，是一個擁有許多利刃的門房。敘述者「我」剛剛來到「街區」，要進入之前，門房就告訴他：「你必須和你的影子分開。」影子被切開了，在分別之前，影子對他說：

「你不可以放棄我。」他對影子說：「我沒辦法，我只能暫時把你留在這裡。」

影子切開之後，他進入到這個神祕的街區。街區外面圍著一道很厚很厚、很高很高的城牆，只有鳥可以飛過去。敘述者抵達神祕街區時是秋天，街區內能夠進出城門的只有一群獨角獸。獨角獸在秋天長出金色的毛，很漂亮。

敘述者「我」進入街區後，被安排去圖書館。要他負責在圖書館「讀夢」。那是一座沒有書的圖書館。或許大家還有印象，《海邊的卡夫卡》中，在圖書館出現的佐伯小姐也提過一座沒有書的圖書館。在那座圖書館裡，本來應該放書的架子上，堆放著一個一個已經乾燥、曝曬成白色的獨角獸頭骨。圖書館裡面有一個女孩，協助、引導他去「讀夢」，就是將獨角獸頭骨放在面前，用手去摸，透過碰觸頭骨的手指傳來很多雜亂的訊息、夢的訊息。日復一日，他坐在圖書館裡，拿來一個一個頭骨，讀藏在頭骨裡的夢，讀完了，再換另一個頭骨。

這個「世界終點」的街區裡，有一座風力發電廠。敘述者「我」和圖書館的那女孩一度去到了這個風力發電廠，碰到了一個人在那裡管風力發電機。《海邊的卡夫卡》書中，田村卡夫卡穿越森林，進到另一個世界，在屋裡遇見了一個女孩——年輕時候的佐伯小姐——幫他做飯。屋子裡有一台電視，電視上播映的是《真善美》。他們覺得很奇怪，為什麼會有電視，而且電從哪裡來呢？年輕時候的佐伯小姐就告訴他：「因為這裡有一座風力發電廠，怕剛進來的人不適應，所以應該給他一個電視，讓他看到可以適應為止。」

風力發電廠在「世界終點」街區的森林裡。可是街區的管理者告誡大家不可以隨便進入森林，因為裡面住著一些奇怪的人。什麼樣的奇怪的人呢?小說逐步揭露，你和你的影子分開後，到了冬天，因為陽光薄弱，影子就會愈來愈衰弱，影子會愈來愈淡，淡到一定程度，影子就死了。你的影子死了，它被埋起來，你就在那個世界裡變成一個沒有影子的人。跟隨著影子被埋下去的，還有你的心，所以當你的影子死了之後，你也就沒有心了，沒有heart，也沒有mind。敘述者在「世界終點」的圖書館裡碰到那個女孩，她就是一個沒有心的人。

沒有心的人，這又是另外一個典故，源自於《綠野仙蹤》裡的鐵人。一個人沒有了心，一方面有一種悲哀，同時又有一種安靜。有一天早上他發現下雪了，然而外面卻有一群老人在挖洞。一個人先開始挖洞，沒有人問他，你為什麼要挖洞?也沒有人覺得奇怪。他們就是過來看看，然後將外套脫下來，一起去挖洞。沒有打算到底要挖多大的一個洞，沒有想到底挖這個洞要做什麼，挖了一會兒他們就停了，然後大家就走了。

敘述者「我」看不慣這是怎麼回事，就問隔壁那個經常和他下棋的上校。上校告訴他：「就是這樣子啊!這個世界最特殊的地方，沒有事情是有目的的，所以你不會失望，當然你也沒有期待。你做任何事情，那件事情就是如此。」挖洞不是為了什麼，就是挖洞。所以它沒有前後文，沒有脈絡（context），也沒有連結（connection），所有事物都這樣片片段段存在的，所有人都這樣片片段段安詳地存在，絕對不會有爭鬥，不會有嫉妒，不會有我們人世間所感受、所想像的任何壞的東西。

在那裡的人，他們如此單純，因為他們沒有心，因為他們沒有跟隨心誕生的最重要的一種東西，或者讓心變成可能的最重要的一種東西，那就是「記憶」。他們只有片段短時間的記憶，沒有長時間的記憶。

吸收記憶的獨角獸

「在這個世界，他們有另外一種方式處理記憶。」這句話原原本本在《海邊的卡夫卡》裡出現過，也是年輕時候的佐伯小姐告訴田村卡夫卡的，「這裡沒有記憶，我們有別種方式處理記憶。」如何處理？有心的人，記憶存在心裡，那麼沒有心的人就讓獨角獸把記憶給吸收進去。獨角獸會吸收每一個人的記憶，藏在它的頭骨裡。獨角獸在秋天的時候長金色的毛，冬天時，毛色開始變白，接下來，獨角獸就在冬天裡一隻一隻死去。死去的獨角獸被那個門房拿去燒掉，所以整個冬天街區聞到的都是燒獨角獸屍體的味道。燒完以後，記憶就留在獨角獸的頭骨裡。

一顆一顆獨角獸的頭骨被送進圖書館，如果有新來的人進入街區，因為他還沒有完全適應這個世界，他的心還沒有完全消失，就派他們去「讀夢」。「讀夢」不是去理解人曾經有過的記憶，而是將那最後僅存的記憶，藏在獨角獸頭骨裡的記憶，釋放出來。他每摸過一顆獨角獸頭骨，就釋放了一堆不規則的、缺乏具體意義的記憶，將之放出來，也就是將之完全消滅了。

多麼驚人的想像，想像出這樣一個系統，這種處理記憶的方法。「世界終點」街區應該就是《海邊的卡夫卡》那個森林世界的原型。

早在一九八五年，村上春樹出版《世界末日與冷酷異境》，他就描寫了一個「沒有記憶的世界」了。後來他在《海邊的卡夫卡》裡再度將這個世界叫喚出來，事隔二十年了，他真是一個沉穩且堅持的作者。二十年前好不容易在小說中建構了這麼精巧的想像世界，二十年後又用在新的作品裡，換成其他作家，必定唯恐人家不知道這兩者間的呼應關係。村上春樹不然，他只是輕描淡寫地提到了風力發電機，提到了樹林，只給這些很有限的暗示，聽憑讀者自己去解讀這層互文關係。

「世界終點」和四國的異時空森林，高度相似。在那裡的人是沒有記憶的，他們缺乏我們一般理解的「心」與感情。《世界末日與冷酷異境》小說中最後解釋了「世界終點」這個街區到底怎麼來的？為什麼會存在這樣的奇異空間，想要進一步了解《海邊的卡夫卡》的人，都應該去讀讀。

兩本小說中沒有記憶的空間，有些許的差別。第一，《世界末日與冷酷異境》的那個空間是被城牆圍住的，到了《海邊的卡夫卡》，那個空間則是被森林包覆的。第二，《海邊的卡夫卡》的這塊世界有很麻煩才能到達的入口，所以才需要像桑德斯上校一類的奇怪角色，協助發現那個入口。這入口很重要，如果回頭讀了《世界末日與冷酷異境》，會更明白為什麼要有這樣一個複雜、麻煩的入口。

愛情、死亡與夢境

藉由和《世界末日與冷酷異境》的對照閱讀，我們可以補上《海邊的卡夫卡》小說本身沒有明白記錄的背景。小說中有兩個角色曾經穿過了那個入口進到另外一個世界，可能在入口還沒有關閉時，他們又出來了，回到我們的世界。這兩人一個是中田先生，一個是佐伯小姐，所以他們的影子都比別人淡，因為他們影子已經死了一半了。

他們為什麼會進去？他們進去做什麼？在《海邊的卡夫卡》小說中，入口打開過兩次。第一次是中田不小心跌進去，那個過程在老師寫的那封信中，有完整的揭露。包括她進入山林前的夢境，激烈的性交，還有經血，那被視為擁有某種特殊魔力的東西。從這裡我們可以歸納入口打開的特殊條件。

第一是戰爭，戰爭所帶來的死亡陰影。第二是愛情，而且是非常激烈的愛與性，在死亡的影響或死亡的籠罩下，戲劇性的激烈愛情。第三是如同真實一般的夢境，這在老師的敘述裡說得很明白。她在夢中經歷了現實上從來沒有經歷過的肉體關係。為什麼如此？因為夢裡疊上了死亡的陰影，死亡的陰影使得原來的愛情或原來的欲望，以一種戲劇性的方式極端化了。本來應該是老師會在這些條件湊泊的情況下進入另一個世界的，但卻陰錯陽差地由不小心發現了老師經血的中田，代替老師掉進去了。

第二次則是為佐伯小姐打開的。佐伯小姐所愛的那個男孩，原來坐在海邊畫中的那個男孩，莫名其妙死了。最幸福的愛情，一夕之間，在沒有任何價值、沒有任何道理的情況底下終結了。這次入口打開和中田掉下去那次的共同條件是：死亡及強烈的愛情，因為死亡而格外強烈戲劇化的愛情，產生了和現實一般，甚至比現實更真實的夢。夢就牽涉到佐伯小姐的歌，以及那一幅以海邊為背景的畫。

從小說中給的線索，我們可以自己整理出發生了的事。因為佐伯小姐強烈的思念，愛情、死亡和夢這三個元素就在神祕的狀況下湊在一起，將入口打開了，於是佐伯小姐進到那個她不應該進去的，沒有記憶與心的世界。進到那一個世界做什麼呢？「去尋找終止時間的方法」，她希望在那裡找回她的愛情。不過這種違逆自然的方法最終只能帶來悲劇。以小說中沒有說明的方式，佐伯小姐從那裡出來了。依照希臘神話的說法，她曾經進入海底死人的世界，回來之後，她的影子比一般人淡了一半。換句話說，她的心也隨著影子死了一半。

村上春樹所寫的，其實是極度複雜的小說，複雜到照理說不該擁有那麼多讀者。有多少人會耐心地去解開他纏繞的這些結呢？不過就算大多數讀者不曾如此認真地去整理、去思索，都還是能在他的小說中感受到一種氣氛，一種「愛情神話」的氣氛，即使他們不一定能夠講得出來，不一定能夠講得清楚。

村上春樹寫的，是一則一則的「愛情神話」。如果從「愛情神話」的角度來看的話，我們對於田村卡夫卡為什麼要進入那個世界，會有不同的理解。讓我們先想想：依照前兩次的經驗，那麼在什麼情況下，入口會第三度打開？為什麼入口又開了，讓田村卡夫卡進去，後來還讓他出來？而且為了要讓他進去，那個腦筋不好的中田先生，還要一路從東京跟隨著到四國來，協助打開入口，為什麼？

要解答這些問題，其中一種方式，是去村上春樹之前的其他作品中尋找線索。我們前面解釋了村上春樹的互文系統如何牽涉希臘悲劇、卡夫卡和大江健三郎，然而這個互文系統中最龐大的一塊，畢竟還是牽涉到他自己的作品。要了解入口第三次打開的意義，我們或許可以試著到《發條鳥年代記》裡去找找。

第五章
村上式的愛情神話——讀《發條鳥年代記》

創作的轉折點

用「愛情神話」的標準來衡量的話，《發條鳥年代記》是最強烈的「愛情神話」。一個人下到井裡，自願穿越一個充滿未知與危險的世界，只是為了挽回愛情，最簡單地來說，《發條鳥年代記》講的就是這樣一件事。

村上春樹六十歲時，出版了《1Q84》，先出了兩冊，大家馬上猜測應該還有第三冊，因為宣傳上明明說《1Q84》會是村上春樹創作以來「最長的作品」，但是算算那前兩冊，篇幅並未超過《發條鳥年代記》。《發條鳥年代記》是原本村上春樹作品最長紀錄的保持者。

《發條鳥年代記》有多長呢？你們知道、讀過《國境之南．太陽之西》吧？《國境之南．太陽之西》原本是《發條鳥年代記》的第四部，獨立出來變成一本完整的書，但《國境之南．太陽之西》獨立出去了，本身都還有三大冊。

另外，《發條鳥年代記》另外一項重要性在於它預示了村上春樹離開《挪威的森林》的轉折。村上春樹在日本文壇崛起，進而風靡日本以外的地區，《挪威的森林》扮演了關鍵角色。光是在日本，《挪威的森林》至二〇〇九年再刷時，單行本加上文庫本的累積總印量，超過了一千萬冊。

村上春樹在那部小說中塑造了一種特別角色原型。這個角色原型有一部分來自美國的「硬漢小說」，前面解釋過的 hard-boiled detectives。「硬漢」的生命是結了厚痂的生命，他滿身是反覆傷痕，傷了流血了、結痂、結痂又脫掉、脫掉之後又受傷……。這一種人展現在表面最特別的特質就是，nothing surprises him，他看過所有的東西了，沒有任何事情會嚇到他，他從來不大驚小怪。即使是他從來沒碰到過的事情，他也不會大驚小怪。「硬漢」的心其實是麻痺的，曾經被太多東西刺傷，他要活下去就只能夠讓他自己麻痺。村上春樹的角色裡有一種特殊的「硬漢」特質，雖然他們身上似乎沒有那麼多傷口。

《挪威的森林》裡的渡邊君，也沒有任何事能讓他驚訝。這是村上角色的原型。《世界末日與冷酷異境》這部小說之所以能夠成立，也建立在主角少根筋的特質上。敘述者「我」帶著少根筋的天真，什麼都聳聳肩接受，也就自然阻止了讀者追問：「怎麼可能有這種事？」因而許多如果出現在別人的小說中，必定會被讀者唾棄的情節，最俗濫、最戲劇性誇張的情節，在村上小說中也就統統被容忍了。

因為那個經歷這些事的人，他自己就都接受、都忍受了啊！陌生人把他的家徹底砸爛了，他都沒有衝動非得弄清楚自己到底哪裡得罪了這些人，他就是接受，沒有任何衝動。沒有衝動要多知道一些什麼樣事情，更重要的，沒有任何的衝動要去抵抗什麼樣的東西。

村上春樹的小說有一個關鍵詞，是「通過」，很多事發生在主角身上，但他總覺得那些事是「從他身上『通過』」，他是被通過的東西，別無選擇地被通過了就被通過了。

我們有時候沒有辦法忍受很戲劇性的情節，因為很難進入角色的情緒裡，畢竟不是我們自己遭遇到那樣戲劇性的狀況。角色在那裡呼天搶地，我們卻很容易覺得疏離，或覺得「真的會有這種事嗎？」在村上春樹的小說裡，他的主角不會呼天搶地。女朋友死了，他就覺得：「唉！人生反正總是會出現這種事啦，我也沒辦法。」這件事「通過」他了，他只不過是被這件悲劇「通過」的媒介而已。我們反而比較能接受這樣的情緒吧！

然而，村上春樹的小說創作是有轉折的。《世界末日與冷酷異境》這部相對早期的作品中，那個敘述者「我」不管在「冷酷異境」還是在「世界終點」，他都一樣，反正讓各種現象從他身上「通過」，很怪的事情，但他也沒辦法怎麼樣。但在這小說中出現了「影子」。那主角本來是想算了，也沒辦法，該讀夢就留在這個世界裡讀夢吧。是影子一直拜託他，是影子一直說：「我們走，我們走吧，我們逃出去，讓我們兩個可以重新再結合在一起。」是他的影子要逃出去，不是他。

妻子的離奇失蹤

真正重要的變化發生在《發條鳥年代記》，而且是一種自覺的變化。《發條鳥年代記》裡的主角是岡田亨，他也是一個退縮冷漠的人。小說一開始時他在律師事務所當助理，覺得不太想做，但繼續做下去也沒關係，又是這樣的態度。是他太太叫他不想做就不要做了，所以他離職了，待在家裡，每天做三明治啊、煮義大利麵啦。他是一個冷漠、退縮、孤獨，和這個世界沒什麼關係的人。

在他身上發生了奇怪的事情，他也無所謂。例如說他太太在意貓不見了，叫他去找貓，他才發現，對喔，貓不見了。他不是不愛貓，其實他跟貓很要好。可是貓不見了，「唉！這個世界就是這樣，貓就是有時候會不見嘛。」然後有莫名其妙的人，永遠在大庭廣眾之前戴紅色帽子的人來找他，對他說了一堆莫名其妙的話。他的反應也同樣，「這個世界就是這樣，總有人莫名其妙戴著紅色帽子說一堆莫名其妙的事。」

一直到他太太消失了，他的第一個反應還是：「這真的是一件難受的事，但這種事情也是會發生的。」小說如果繼續這樣寫下去，那他會記得這個女人在他生命裡面留下什麼樣的，淺淺的，很容易會忘掉的紀念。不過《發條鳥年代記》不是，《發條鳥年代記》所記錄的就是這個男人岡田亨，依照他自己的個性本來很容易可以接受，也準備要接受他太太離開他。他太太的哥哥出面告訴他說：「我妹妹有外遇，所以她要離開，她跟你在一起六年，你這個人反正一事無成，所以她找到別的男人，跟別的男人走了，你就算了吧。」甚至他太太還寫了一封信，告訴他說她如何和別的男人上床，如何在別的男人身上發現從來沒有過的強烈性欲。

依照他原本的個性，又碰到這樣不堪的事，他有十足理由就接受，讓它「通過」。然而在過程中，他開始發現不對勁的現象。第一，他隱約覺得已經離開他的太太在呼喚，要他去救她。第二，透過一些神奇的連結，故事拉到滿州，牽扯到日本人與俄羅斯的戰爭，他進入了另一個世界。那個世界和《海邊的卡夫卡》、《世界末日與冷酷異境》裡時間停止的世界不一樣。那個世界很小，一座飯店裡面的一間房間，一個神祕的女人待在那裡。在這個房間發生很多奇怪的事情，包括他太太的哥哥隨時可能會闖進來。從原來的世界進到那個房間，要經過一段不在他控制範圍內的旅程，而往那裡去的入口藏在乾掉的古井底下。

在所有現實條件看來都應該說服他放棄，他卻選擇下到古井裡，努力想要進入那個世界去救他的太太。那是完全不一樣的小說，雖然還是一個「愛情神話」，但這個神話的主題卻是極古老的「英雄救美」——「進入另外一個世界去拯救你所愛的人」。《發條鳥年代記》本質上就是這樣的一篇神話。就算必須要進到另外一個世界，去面對完全沒有勝算的黑暗勢力，明明有充分理由讓岡田亨逃避，他卻沒有逃，勇敢地去救他太太。

家父長與軍國主義的陰魂

這和《海邊的卡夫卡》有什麼關係？

其中有一個問題，我們將《海邊的卡夫卡》從頭到尾讀完，似乎都沒有辦法回答，而且是個蠻重要的問題。那就是小說裡的父親究竟是什麼？被殺掉的父親是什麼？小說中給了兩個版本，一個版本是中田先生為了救貓，殺了吃貓的心的 Johnnie Walker。另一個版本是田村卡夫卡從神社後面出來，身上沾染了血。不管是中田先生或田村卡夫卡殺的，那父親死了。

但為什麼他應該該被殺？為什麼這個父親始終被當作是邪惡的象徵？小說從頭到尾沒有告訴我們這個爸爸究竟是如何的邪惡。小說對媽媽佐伯小姐有很多描述，但爸爸呢？只有大島先生問起時，田村卡夫卡簡單地說：爸爸是個藝術家，他身上有很可怕的東西。可是到底是怎麼可怕法呢？

村上春樹逃避了這個問題，或許出於小說技巧的嚴重疏失，或他心裡的強烈抗拒，他沒有好好處理父親問題?是這樣嗎?

或許不是。《海邊的卡夫卡》書中有一個很奇怪的段落，既不是單數章也不是雙數章，一個沒有章節編號的段落。這一章裡烏鴉使盡牠所有的力氣阻擋Johnnie Walker。依照中田先生的故事，Johnnie Walker象徵、代表的就是父親。藉著不給數字凸顯這一章，是要表明：田村卡夫卡之所以必須進入另外一個世界，其中一個很重要的理由，是為了阻擋這個邪惡的父親，不讓他進去。邪惡的父親想要進去，田村卡夫卡就藉入口開啟的瞬間，當他現身時將它消滅。

那一段很累人也很恐怖的情節，就是中田先生死了，留下星野先生一個人去對付那個不知道的東西。星野先生這時候成了烏鴉的代理，也是田村卡夫卡的代理，是他們兩個人合力做完了這件事。但那噁心黏稠的東西是從哪裡來的，邪惡的力量是從哪裡來的?我們要回到《發條鳥年代記》裡才找得到。

將兩本作品對照在一起讀，整理其中很多相呼應的象徵，我還蠻有把握可以說：《海邊的卡夫卡》對於邪惡的沉默，不對邪惡進行描述，是因為之前在《發條鳥年代記》裡已經講過了。《發條鳥年代記》裡，邪惡力量的代表是岡田亨太太久美子的哥哥。這人是誰?這人有什麼重要性?他是一個擁有政治家身分，即將要繼承舊有政治勢力崛起的政治明星，他經常在電視上講一些沒有人能夠反駁，聽起來很有道理的話，具備能夠蠱惑眾人的本事。

村上春樹在書中並不是正面地、現實地寫這個人身上的邪惡力量，他繞了很大一圈去寫，繞到滿洲，繞到與俄羅斯的戰爭，再繞到日本歷史上面最黑暗的一段——軍國主義的興起與奪權。久美子的哥哥，進而對照來說，田村卡夫卡的爸爸，都是日本式「家父長」（patriarchy）的代表。家父長、家父長主義正是軍國主義的源頭。他們擁有自己不能解釋，但卻完全相信的真理信念。他們甚至不需要對自己解釋為什麼這樣是真理，卻充分相信他所想的就是真理，這是人間最邪惡的力量。

在《發條鳥年代記》這部小說中邪惡力量構成具體的威脅——一個煽動者（demagogue），煽動的政客即將崛起，他在日本社會的聲望愈來愈高，支持度愈來愈高，參與議員選舉獲得壓倒性的勝利。電視上隨時是他，雜誌上隨處是他，他是一個新興政治明星。而他利用政治明星光環在宣傳的，卻都是一些無法自圓其說的空洞言詞，這真是件恐怖的威脅，對於社會的威脅，帶著過去軍國主義的陰魂。

岡田亨要去解救太太久美子，關鍵就在他有沒有勇氣面對這項邪惡，有沒有辦法對抗這項邪惡。於是在另外一個世界裡，他具體地感受到他用棒球，一支有來歷有典故的球棒敲碎了一個人的頭顱，同時間，在這個真實世界，久美子的哥哥腦中風，送進到醫院時已經昏迷不醒了。

《發條鳥年代記》小說中有一段寫的是終戰滿洲國的混亂。一群軍官學校的學生要逃亡，怕在路上被抓，當然不能穿制服，除了制服之外，他們有的就只剩棒球隊的隊服，所以他們穿著棒球裝、拎著球棒，假裝要去哪裡比賽地上路了，途中他們就用球棒打死了日本士兵。球棒顯然帶有強烈反對軍國主義日本的意味。

逃避者的責任

村上春樹藉這兩本小說傳遞的訊息很清楚。他認真地在追究逃避者的責任。為什麼會有這種邪惡力量？因為太多人像原來的岡田亨一樣，認為反正這個世界就是會出現這種事情。一旦你逃避面對，這項邪惡的力量就會愈來愈大，進而綁架了愈來愈多的人，控制了愈來愈多的事，也就看起來像是無敵的了。

岡田亨和田村卡夫卡在生命中必須處理的是同樣的問題。人家告訴他、一般常識告訴他，這是你無法抵抗，這是命運，這是無敵的力量，邪惡的力量包藏在如此光明金黃的外表下，你能拿什麼去對抗？

村上春樹絕對不是一個黑暗、悲觀的人，雖然他常常寫很多黑暗的現象。他要傳遞的是那麼清楚、清楚得令人驚訝的訊息：如果你決心要抵抗，就總能找出方法來讓你自己變得強悍，即使必須要進入到另外一個世界，也會有一些奇奇怪怪神祕的力量會來幫助你。岡田亨身邊有一些很莫名其妙的人在幫他，有那個戴紅色帽子的人，後來還有一個過氣的服裝設計師身邊帶了一個不會講話的兒子，兩人永遠穿著無從挑剔的完美衣裝。這些神祕、奇怪的人沒有辦法代替你去面對根本的挑戰，然而只要你有足夠的勇氣願意去對抗，他們就是會跑出來幫助你。

田村卡夫卡也一樣，他遇到大島先生，而且還有遠從東京跟隨他到四國去的中田先生在幫助他。中田先生在路上，又遇見了星野先生，星野在幫助中田先生時找到了自己生命的目標。星野先生在高知市走進一家咖啡館，裡面正在播放著貝多芬的《大公三重奏》，店主人跟他解釋了曲名中的「大公」，魯道夫大公，是貝多芬的主要支持者，星野因而領悟到，像貝多芬這種天才身邊也要有人幫忙，像魯道夫大公那樣的角色，也是不可或缺，且意義深遠的。

我希望這樣說聽起來不至於太嚴肅、太說教：對照《發條鳥年代記》和《海邊的卡夫卡》，我們發現村上春樹就是要進入到別人以為與他無關的「戰後第四代」的關懷領域裡去。他要用自己的方法去反省什麼是日本人的戰爭責任。日本人的戰爭責任中最可怕的，村上春樹在小說展現出來的，那是將父親、家父長、軍國主義，都視為命運，不可質疑，也就不質疑、不對抗，正因為那麼多人的逃避，以命運為藉口，才讓軍國主義的邪惡力量製造了那麼大的毀滅。

我不是說這兩部小說只在寫軍國主義。我只是希望既然村上春樹認真地編織了那麼多互文，那麼我們也應該相對認真地一一讓這些互文成為閱讀經驗的一部分，讀出互文背景關於軍國主義與戰爭責任的訊息。

村上春樹不願或無法用直接的風格討論這些問題，只有將它們藏在互文中才能呈現。但他還是很努力、很精巧地呈現了。歷史、軍國主義、戰爭責任、個別與集體的社會責任，這些都明明白白在那裡呈現。這些看起來比較像是鈞特．葛拉斯（Günter Grass）會討論的題材，都在村上春樹的作品裡面。一般印象中以為村上春樹的作品很輕，尤其相對於葛拉斯的沉重。但村上春樹是很複雜的，他的沉重藏在表面的輕盈裡。

每次讀村上春樹的作品，我腦袋裡最自然浮出來的象徵是蜘蛛。他就像一隻蜘蛛，一直織一直織，要編織成一個很密很密的網。如果我們安全地停留在網子外面，就只看到細緻精巧、賞心悅目的一面網子；可是一旦你真正進去了，在那網子裡，被網子緊緊黏住，那不再是輕鬆的、事不關己的，而是掙扎著都出不來，被抓住了的感覺。

如何進入那個網中，就是靠認真看待他的互文線索。進入網裡，你會感受到他對那個父親的恐懼，對父權的恐懼，對那個軍國主義邪惡的描寫，可能比鈞特．葛拉斯的作品帶來更大的震撼，因為更切身。你感受到那份邪惡，而不只是知道而已。

村上春樹不同於大江健三郎，大江有他公開明白表示的政治態度，村上卻從未直接寫現實政治。還有，村上也從來沒有正面地描寫自身生命記憶與戰爭間的關係。他幾乎從來不談他的家世背景，尤其不談他的父親。到現在為止，我們沒有辦法透過村上春樹這個人，作為一個人而不是作為一個小說家的部分去理解他和他父親的關係。這是很陰暗，也是村上春樹堅決保守不隨便透露的一塊領域。另外，中國也是他不輕易揭露的一塊領域。當他在小說中碰觸到戰爭時，他寫的都是滿州國，因為以滿州國作為題材可以碰觸軍國主義，但不需要碰觸中國。

我一向主張看待戰爭責任時，應該在自己精神能夠負荷的情況下，盡量避免用簡化的方式來討論。到我們這一代，已經沒有了直接的戰爭仇恨記憶了，或許也就可以不需要那麼直接單純地從自我立場出發。過去，在巨大的仇恨之下，看到有人對戰爭記憶保持沉默，不提自己在戰爭中做過的事，我們自然將之解釋為那是罪行的延續，因為他沒有公開認錯。然而若是對於集體心理的認知與理解稍稍複雜一點，或許可以不這麼直接簡單地來看待對錯。

隱晦地戰爭反省

對於日本與德國戰後的態度，有一種簡單的對照。一般認為德國人是好榜樣，對戰爭進行了應該的懺悔，也將奧許維茲集中營留下來，記取戰爭的罪惡教訓。相對地，日本人一直不認錯，講到第二次大戰，他們就講廣島原爆，將自己刻畫為人類史上唯一的原爆受害者，所以他們也是戰爭受害者，如此掩飾了作為加害者的身分。

但如果我們深入去理解，就會曉得，這種態度並不會讓日本人比德國人好過。日本人付出的代價，是他們急速的轉向，趕緊和戰爭過去告別，採取一種截然相反的立場，來規避戰爭責任。他們沒有悔罪，而是直接背叛自己的過去，瞬間轉過來，將過去的敵人當作朋友，不，甚至是當作偶像來崇拜。

德國人沒有這樣。他們沒有轉向崇拜美國，沒有對西方戰勝者卑躬屈膝，他們壓抑著自己對於戰爭失敗的痛苦，不斷面對指責、不斷悔罪。日本人卻是突然大轉彎，想要否定、甚至改寫記憶，最後這種否定、改寫本身變成了另一個讓他們尷尬的記憶，幾十年來，活在這種多重記憶扭曲的環境裡，能好過到哪裡去呢？

村上春樹用他自己的複雜文本，一直面對著日本社會如此扭曲的心理環境。不過他的複雜，卻往往以一種天真的方式表現出來。例如，《海邊的卡夫卡》的主角，是一個十五歲的少年，將那麼複雜的世界糾纏著十五歲少年的痛苦與冒險以自我砥礪、自我追尋來表現。

田村卡夫卡只有十五歲，一部分來自於小說說服力的考量。他承擔的詛咒是弒父娶母，考慮到「娶母」這部分，顯然他的年紀不能太大。我們可以想見如果讓這個主角三十歲，他媽媽大概要有五十五歲，那麼「娶母」的情節將會給小說帶來許多閱讀上的障礙與抗拒。讀者比較容易認同愛上四十歲女人，而不是五十五歲女人的情感吧！

十五歲剛進入青春期，正是要建立自我的關鍵年紀，決定自己究竟要變成一個什麼樣的人。烏鴉反覆地說：「你要做一個全世界最強悍的少年」，這句話有特殊的力量、特殊的吸引力。

而且這種少年精神，或說少年情境貫串了書中其他角色。我們看到佐伯小姐回到了十五歲。中田先生一直沒有從小時候的意外中歸返正常情況，他無法正常學習，他停止成長了，停留在少年心態中。就連莫名其妙被捲進來的星野先生，也在過程中進入了這種少年情境。

一個卡車司機怎麼會被海頓、貝多芬的音樂感動？這樣的情節可信嗎？當然可信，如果他被喚醒了十五歲時的少年精神，那時候一切尚未定型，他還沒有確定自己非如何不可，他還在好奇地摸索中，只要那樣的好奇與勇氣被叫喚出來，他當然可能在海頓、貝多芬的音樂中得到啟悟，那和他後來成為卡車司機、成為中日隊球迷的身分，是完全不相干的。

希望我們回到那樣的少年精神，勇敢自己決定人生的路向，別拿命運當藉口、當擋箭牌。——這聽起來很說教，但這是村上春樹透過《海邊的卡夫卡》真正要對他的讀者訴說的核心主旨吧！

黑洞般的生命

從第一本小說《聽風的歌》以來，四十年間村上春樹的小說作品，維持了驚人的一貫性，小說的主題，尤其是小說的人物角色，前後相銜，彼此呼應。

四十年來，村上小說裡的主角——男主角，維持了明確的特性。他們都和外面的世界保持一定的距離，弄不懂為什麼這個世界會這樣，然而同時卻又慵懶地不去弄清楚。他們都在追尋著些神祕的目標，偏偏那些他們無法停止追尋的東西，永遠模糊曖昧，更麻煩的，永遠說不明白，對自己說不明白，當然更不可能讓別人了解。他們只能在迷霧中帶著一個不能放棄的念頭持續走下去，懵懵懂懂地經歷所有奇怪的事。

小說裡那些經歷的奇怪程度，與主角的懨懶懵懂形成最強烈的對比，卻也就產生了村上小說最迷人的風格。那些男主角一個個都是巨大的生命經驗吸收機，一次次吸收了各種風暴、各種折磨、各種感動與各種吸引，那些對別人而言應該是刻骨銘心，永誌難忘並且必定會徹底改變個人生命的經驗，被他們「就這樣」吸收進去，幾乎絲毫沒有改變他們的迷茫與迷糊。村上小說裡不斷傳達出來，不斷讓讀者驚訝的，正是主角一次又一次以無奈卻不求甚解的態度看待身邊發生所有的事。

那些事！有時是神祕的電話，有時是電視裡跑出來的小人，有時是具體動物形象的羊男或青蛙大哥，有時是女性主動獻身的性愛，有時是黑道般的人闖進來把房子徹底砸爛，有時是被搬運進完全陌生的時空，有時是世界即將毀滅的災難……。村上筆下的主角碰到了，沒有太興奮、沒有太害怕、甚至沒有太疑惑，「就這樣」接受了。

村上寫出了一個個黑洞般的生命。所有的經驗一碰到他們身上，就被吸進去了，吸收再多，黑洞般的生命本身幾乎沒有什麼變化。他們還是那樣無可無不可地過著。

老實說，如果拿掉了這種懨懶態度的主角，村上春樹的小說看起來會很驚悚很誇張，甚至灑狗血到了荒唐的地步。看看性愛場面就好了，或真或幻，總是有女人一再主動樂意地跟村上小說男主角上床，那種頻率、那種簡單的程度，幾乎可以媲美「〇〇七」通俗小說。然而，不同的地方就在，村上的主角絕對沒有龐德那種沾沾自喜，沒有男性征服的炫耀，他往往只是莫名其妙、被動地接受了。

這樣的角色，和我們身邊的人，都很不一樣。不過我們會在他們身上，讀到一種天真，甚至是一種拒絕長大的固執。無論發生什麼事，他們不願意認真去理解這個世界，如此他們才能繼續活在自己的世界裡。那種拒絕長大、拒絕去弄懂現實的堅持，應該是讓他們成為經驗黑洞的根本原因吧！

拒絕長大、拒絕去弄懂現實的堅持，或許也正是村上小說最吸引我們的地方。在我們的潛意識中，一邊讀著村上小說，一邊有個自己聽不到的聲音訝異著：「什麼！碰到這樣的事，你都還可以不認清現實，被現實改變？」潛意識中，我們被這樣的天真，對於天真的終極固執保護深深感動了，因為我們內在，也曾經、或持續存在過這樣的天真。

村上小說為什麼能直接對我們的潛意識說話，跳過了意識的防衛排斥？或者換個方式問：為什麼他的小說不會因為那樣虛幻荒誕的情節，引起我們閱讀上的反感，為什麼這麼多讀者不斷地耽讀他一本又一本的作品，無法抗拒？

我的答案會是：因為他創造出來的角色，從頭到尾具備同樣的性格與習慣，村上賦予他們的生活描述，鋪排、暗示了他們的特殊夢幻感、夢幻態度。

總是聽音樂的男人

他們的現實那麼不現實。沒有辦法適應「正常」的上班環境，他們從一般人的軌道上游離出來，他們自己下廚做出帶有強烈異國風味，卻又是如此理所當然的三明治和義大利麵，然後喝啤酒和威士忌，最重要的，永遠都在聽著各種音樂。如果把這些元素，尤其把音樂從村上的小說裡拿掉，很簡單，村上的小說角色就不成立了，進而村上的小說就不成立了。

不誇張地說，四十年來村上小說寫的，可以如此形容：煮義大利麵、喝威士忌、聽音樂、總是聽著音樂的男人，在世界上的奇幻旅程。

村上有效地說服我們相信：這樣的人，煮義大利麵、喝酒、聽音樂、總是聽著音樂的男人，跟現實保持著一種距離，因為他們的日常生活中，就有著習慣性的脫節，他們擁有自己的步調，和自己的世界。

音樂用這種方式進入村上的小說，而且形塑了村上筆下的角色。即使在最具體、最現實的時光遭遇中，他們隨時可以跟著音樂，進入另一種狀態裡，他們不只聽音樂，而且對音樂有著強烈且自我的感受，音樂是他們抗拒現實最重要又最自然的武器，不管外面發生什麼，聽音樂、聽進音樂的剎那，他們就和現實隔離開了，透過音樂意義的篩截，用跟別人不一樣的眼光，看待對待現實裡發生的事。這樣他們才能一直保有天真，不被現實牽扯進去，不被現實改變。

能寫出這樣的角色，力量必然來自村上本身和音樂的密切關係。在《給我搖擺，其餘免談》的〈後記〉裡，村上說：「我最初的職業並非文學，而是音樂。」他指的不只是寫出《聽風的歌》之前，以開爵士咖啡館維生的事，更重要的，應該是他對音樂的感應，來得比文學還早、還強烈吧！「大學畢業後沒打算上班，考量過該做什麼之後，我就開了一家爵士咖啡館。當時開這家店的動機很簡單，還不就是為了能從早到晚聽音樂。雖然以現在的眼光來看實在是傻得可以，但當年的我以為人生就是這麼單純。」村上如是說。

從《聽風的歌》裡的敘述者「我」，到《挪威的森林》裡的渡邊，一直到《海邊的卡夫卡》裡的烏鴉少年，如果他們自己可以選擇，選的路應該也是不上班去開一家爵士咖啡館吧！經過這麼多年，村上骨子裡還是覺得「人生就是這麼單純」，不同的是，他知道了現實裡有諸多力量侵擾、考驗這樣單純的人生，於是他在小說裡一方面大張旗鼓地誇張展示那些討人厭的力量，另一方面又讓飽受侵擾、考驗的主角，總是維持著對於單純人生的信念。

也就是維持著對於音樂高度的感應，享受藉由音樂感受超越現實的快樂。「只要是好音樂我就絕不錯過，碰到真正出色的傑作更是會為之感動。有時這種感動，甚至還為我的人生帶來了明顯的變化。」村上說。

所以在《海邊的卡夫卡》裡，卡車司機星野先生在四國高知市的街上亂逛，進到了一家咖啡館，聽見了貝多芬的《大公三重奏》，那是「真正的傑作」，音樂帶來的直接感動狀態下，他從咖啡館主人那裡知道了魯道夫大公與貝多芬的關係，突然間，他意識到在這個世界上，像大公這種人的價值，他們在天才、做大事的人身邊，幫助他們，讓他們省了許多困擾、許多掙扎。那一刻，星野先生的生命意義改變了，同時也就改變了搭他便車的中村先生，乃至少年田村卡夫卡的命運。

音樂是現實中的夢幻，是帶領我們創造夢幻來重新看待現實的途徑，村上春樹真的如此相信、如此主張。因而，閱讀村上春樹的小說，不能不同時聆聽小說裡看似隨意提及的音樂，什麼樣的音樂，爵士、古典或搖滾，在什麼時候浮出或許是偶然，但是藉音樂開展的天真、夢幻力量，卻再具體、再堅實、再強大不過。

一個一直如此信仰音樂、如此看待音樂的人，透過音樂用天真夢幻不斷和現實搏鬥的人，怎麼可能會老呢？

第六章

地對地的視角——《地下鐵事件》

「空對地」與「地對地」

一九九五年發生了日本有史以來最龐大的恐怖攻擊事件，「奧姆真理教」教主麻原彰晃指使了五名信徒，選擇東京霞關、永田町——也就是日本國會所在的政治權力中心區——的五個地鐵車站，在上班人潮尖峰時間放置沙林毒氣，沒有任何預警的情況下造成了十三人死亡，六千多人因吸入毒氣受到輕重不等損害。奧姆真理教會中有一群科學家，掌握了提煉沙林毒氣的知識，所幸他們擁有的設備不足以提煉純度更高的毒氣，要不然死傷還會更驚人。

事件發生後當然有眾多的報導，然而村上春樹從中讀到了讓他極為不安的認知模式。因為有那麼多人傷亡，於是那些受害者在報導中都是集體出現，頂多只有一個名字，更多時候只是數字中的一部分，而失去了個人的性質。

村上春樹的小說家敏銳感受被刺激啟動了，他設想如果是自己吸入毒氣受害，打開電視、報紙看到成篇累牘在談論「受害者」，一定覺得很怪吧！「受害者」不就是我嗎？可是他們所談的又似乎完全沒有我，都和真正的我無關啊！

所以他決心去做像契訶夫大老遠跑到薩哈林島去做的事。契訶夫的作品既提供啟發，更是對比的鼓舞。比起契訶夫所完成的，村上春樹想做的要容易多了，不過就是在自己所居住的東京，將那些受害者找出來，還原他們做為一個一個人的獨立性質，個別地凝視他們，訴說他們的生命故事。

這就是他所謂的「地對地」的觀點，因應媒體上那種鳥瞰「空對地」的姿態而來。他要去刻畫出每一個受害者，將他們的個別經驗疊加在一起，用這種方式來認識「地下鐵事件」。

剛開始他以一個小說作者的經驗轉而擔任報導者，相對於一般記者「空對地」習慣不同地「地對地」報導者。然而在調查訪問受害者過程中，他發現有一個更大的挑戰橫在面前，那是一份自我良心的挑戰。如果用這種方式個別地認識、呈現受害者是應該要做的，那麼對於加害者呢？不是麻原彰晃，而是那些也被媒體「空對地」地放在「奧姆真理教會」統合集體中的一個一個人？

他放不掉這個念頭，於是在《地下鐵事件》之後，又寫了《約束的場所》。這個書名來自《舊約聖經》，一般中文的譯文是「應許之地」。不過村上春樹動用了「場所」這兩個漢字，又讓書中要傳遞的看法連結到日本京都學派由西田幾多郎所提出的「場所哲學」。「場所」在人之外，圍繞著人的生活的外在環境條件，然而我們不該單純從外在角度看「場所」，「場所」其實是內外皆在，一方面環境條件進入我們的生命，決定我們是什麼樣的人；另一方面我們以主觀認知選擇性應對環境，「場所」因而也不是完全客觀、物質性的。另外「約束」這個詞在日文中也有比中文更廣泛的意涵，既是許諾也是限制。

藉由書名，村上春樹表白了，這本書要探討的是自由與限制、集體組織和個人選擇間的關係。

集體災難中的個體性

一九九五年對於村上春樹是重要的轉折年份，那一年他結束了在歐洲和美國的居留，回到日本，不管多麼不喜歡日本的文壇，還是終於認定了：既然自己只能用日文寫作，應該以日本社會為「主場」。而這一年，又接連發生了「東京地下鐵事件」、「阪神大地震」，直接衝擊了村上春樹原本和日本社會刻意保持疏離的態度。

之後，針對奧姆真理教施放毒氣的恐怖攻擊事件，他寫了《地下鐵事件》和《約束的場所》兩本書，為了阪神大地震，他也寫了《神的孩子都在跳舞》。

《神的孩子都在跳舞》這本小說集裡一共六篇作品，每篇都以不同的方式提到了阪神大地震。重點在：村上春樹到底用什麼態度、什麼方法來書寫地震？地震在這六個故事裡到底扮演什麼角色？或者換一個方法問：地震對村上春樹究竟具有怎樣的存在的、或思考上的意義？如果說《神的孩子都在跳舞》是答案，我們能不能從這個答案反推出干擾、困惑著村上春樹的問題究竟是什麼？

村上的書沒有給我們太多除了小說本文之外的線索。沒有作者自序、沒有後記、沒有文庫本慣常會有的「解說」。勉強能夠找到的只有全書最前面兩則引文。一則引自杜斯妥也夫斯基的《惡靈》，沒頭沒尾莫名其妙的三句話：「『麗莎昨天到底發生了什麼事？』『發生的事已經發生了。』『那太過分，太殘酷！』」另一則引自高達的電影，一位女子聽到廣播裡報導越戰中越共死了一百一十五人時，忍不住慨嘆：「無名的人真可怕啊。」「只說游擊隊戰死一百一十五名，什麼也不清楚。關於每一個人的情形什麼都不知道。有沒有太太小孩？喜歡戲劇還是更喜歡電影？完全不知道。只說戰死了一百一十五人而已。」

我們不可小看、忽視了這兩段引文，尤其如果將這兩段引文和《地下鐵事件》相對照的話，一個主題、一種理解就浮現出來了。

村上春樹為什麼捨棄了過去長期習慣的虛構小說手法，去寫奧姆真理教派在東京地下鐵施放沙林毒氣殺人的現實事件？因為他在地下鐵事件中感受到了一種揮之不去的殘酷與無奈，逼迫他必須以寫作、以那種方式寫作來進行驅魔，那就是：面對龐大悲劇時，人在感受感知上的局限性。

平常如果是自己的親友有人自殺，我們不只會受到自殺這個行動的衝擊，我們還會清楚地感受到這個人，活生生的人，突然消失不見了。我們會由經驗與存在本體上，不斷回憶複習這個人的容貌、行為、喜好，以及一切的細節。我們悲傷、難過，因為就是確確實實這個人的死去帶來給我們的匱乏、損失、傷害。

或者說社會上哪個小學生被綁架、被撕票了。我們不認識他，也不認識他的父母，然而我們一樣可以感受到這個人、這個家庭。他們的形象會在一片紛紜混亂的資訊中浮凸出來，強迫我們去逼視，強迫我們為這特定的小孩、特定的家庭難過、痛心。

然而像地下鐵事件就不一樣了。那麼多人同時遇害，災難是集體的。無可避免地他們的個別身分、他們的個別性（individuality）就被事件的整體性、集體性掩蓋了。我們不是不知道，他們來自不同背景、是完全不一樣的人，純粹巧合在同一時間、同一地鐵車站被毒氣襲擊，我們知道的。可是在事件的喧鬧中，我們就是不可能去感受到，我們無能為力。

或者像阪神大地震。數千人的生命瞬間同時殞沒。不管我們怎麼努力挖掘報導，我們就只會記得、只能意會到那「數千人」空洞的、抽象的集體概念，甚至愈是挖掘報導，愈是空洞抽象。因為人的感官認知，就是沒有可以容納幾千個「個別性」的空間。

阪神大地震與《神的孩子都在跳舞》

從這個角度看，村上春樹藉由《神的孩子都在跳舞》默默地對我們熟悉的「地震論述」提出了抗議質疑。那樣的「地震論述」只會使我們感受不到地震對每個人真正的影響。雖然地震是集體的、社會性的災難，然而真正的傷害，除了災禍、死亡之外，還有一些是極個人、極細微的。《地下鐵事件》和《神的孩子都在跳舞》的共通性在這兩本書都試著去「個別化」（individualize）集體龐大災難。不過這兩本書嘗試達成這個目標的手法，卻截然相反。《地下鐵事件》利用敘述（narrative）來揭露：《神的孩子都在跳舞》卻利用敘述來隱藏，或者說，利用隱藏來達到以敘述、語言表達的悲哀與傷懷。

幾乎每一篇小說都有一件最重要、最核心的事，作者選擇了不要告訴我們。換句話說，村上春樹違背了一般小說寫作上作者與讀者間的基本默契，他只是營造塑建起濃厚的氣氛，讓我們知道小說故事牽涉到一個祕密、一個關鍵的未知之謎，可是最後小說卻戛然止於祕密與謎依然沒有揭露之處。

〈泰國〉這篇小說裡，尼米特帶皐月去見巫婆般的老女人，老女人說皐月的身體裡有石頭，未來會夢見一條蛇。接著寫到了盟青和尼米特去喝咖啡，皐月向尼米特坦白她有一個從未對人說過的祕密，她對尼米特說了個開頭，尼米特就打斷她，不要她說下去，尼米特說：「我了解妳的心情，不過一旦化為語言，那就會變成謊言。」所以那個一旦化為語言就會變成謊言的祕密，一直到小說終局，不只尼米特不知道，我們也不知道。

〈神的孩子都在跳舞〉這篇小說裡，貫串全書背景的祕密，是善也這個小孩到底怎麼來的；而浮顯在情節現實的謎，則是善也在電車上遇到、一路跟蹤的那個人，到底是不是他生父。祕密和謎，村上都不肯給我們解答，他讓那個被跟蹤的人無聲無息消失在一座棒球場裡，什麼線索都沒有留下。

〈UFO降落在釧路〉更是充滿了被隱瞞沒有揭示的情節。故事每個重要轉折點小說裡都不解釋。小村的妻子為什麼會看了地震的報導，就決定離開小村？讓小村離開東京去到北海道釧路的理由，同事佐佐木託他帶去的小盒子，裡面裝了什麼？為什麼在佐佐木的妹妹旁邊，會莫名其妙多了一個叫島尾專子的女孩？我們統統都不知道。因為村上都沒有告訴我們。

作者可以這樣嗎？作者可以濫用敘事權力到這種地步嗎？把他應該知道，他明明知道的，與小說關係重大的事實，自作主張地隱瞞起來？

決定作者可以擁有多大權力，其實取決於讀者對作者有多強烈的信任。作者如果冒犯了讀者，使得讀者不再信任，他就失去了讀者。這才是最根本的作者／讀者關係。

村上春樹最神妙的本事，就在於掌握讀者的認同與信任。所以他可以在〈青蛙老弟，救東京〉裡，讓片桐一回到自己的公寓房間，就發現有一隻身高兩公尺以上的巨大青蛙在等他。村上的讀者，不會看到這隻荒謬的青蛙就嗤之以鼻把書丟掉，他們信任村上，暫時中止常識判斷，跟隨片桐及青蛙進行一場既英勇又悲劇的東京保衛大作戰。

所以讀者也願意接受村上敘述中一再隱瞞。藉由隱瞞、藉由不說出來，村上一方面個別化了地震的影響，讓受地震驚駭的經驗具體呈現；另一方面得以在語言無法明白達致的深處，提醒所有人：不管有沒有親人朋友命喪地震中，我們其實都脫離不了地震的傷害，地震改變了我們生命中某種感受、某種習慣，這發生了的事就已經發生了，無法否認也無法復原，因而真是「太殘酷了」。

卸下小說家的身分

一九九五年三月，日本東京爆發驚人的「地下鐵沙林毒氣事件」，整整兩年後，村上春樹採訪了六十二位受害者，排比他們的證言，出版了《地下鐵事件》。完成《地下鐵事件》後，村上春樹接著又進行了對事件凶手——奧姆真理教的採訪，一共訪問了八位曾經加入奧姆真理教團的人，把他們的自白描述，也編輯起來構成了《約束的場所：地下鐵事件II》。

從形式上看，我們可能會對這本書作出兩個重要的預設判斷。第一是這樣一本書，它的內容主軸是對奧姆真理教的認識與理解。奧姆真理教的存在與運作，是個既存的事實，尤其村上春樹採取了忠實記錄這些奧姆真理教徒思想、意見的方式，在這裡面，既沒有了可供小說家虛構揮灑的空間，也沒有了小說家介入參與改造內容的機會，所以這樣一本書，我們可能最難找到村上春樹的個人色彩。對於那些因為著迷於村上春樹獨特文字風格及神祕慵懶世界觀人生觀的讀者們，尤其是不在東京、不在日本、沒有親歷過「地下鐵事件」衝擊的台灣讀者，恐怕很難對這本書產生強烈、緊密的認同。

第二項判斷則是從前一本《地下鐵事件》延續下來，我們預期這本書的村上會節制自抑地扮演聆聽者與記錄者的角色。而盡職地聆聽與記錄，前提條件就是必須懸止自己的價值批判。我們會以為：村上將讓奧姆真理教徒自己發言，村上不表明也不發表自己對他們所作所為的看法。

從淺層表面看，這兩項判斷不能算錯。村上春樹在〈前言〉裡，就很誠懇地說：「我的工作是聽取人們的談話，將所談的話盡可能化為容易閱讀的文章。」「深入去分析對方精神的細節，乃至對他們立場的倫理，或理論的正當性加以種種評斷，並不是這次採訪的目的。有關更深入的宗教論點，或社會意義的追究，我希望能在別的地方由各個領域的專家去評論。那樣應該會比較確實。和這成為一種對比，我在這裡想要試著提出的，畢竟是從『地對地』觀點所看到的他們的姿態。」

換句話說，村上小心翼翼地不讓自己擺出高人一等的姿態。不讓自己流露出「你們怎麼會那麼壞、那麼邪惡」的高姿態；也不讓自己流露出「你們怎麼那麼笨、那麼蠢，如此荒謬的事竟然也會相信」的高姿態。不管是哪一種高姿態，無疑都會喪失「地對地」的視角，也就看不到村上想要揭露的奧姆真理教的真相了。

畢竟，村上春樹之所以脫離小說家的身分，陸續去採訪沙林毒氣事件的受害者及奧姆真理教，不正是因為日本的媒體、知識界，找不到「地對地」的觀點？在重大事件產生的迫切感影響下，在習慣性的傲慢態度支配下，別人都在還沒弄清楚事實、感受之前，就先入為主要解釋、要評斷了。村上對這樣的現象深感困惑與不滿。

不管在《地下鐵事件》或是《約束的場所》書裡，我們都看到過受訪者表示：「像今天這樣能好好讓我們說話的採訪，以前就從來沒有過。」證明了村上春樹的確認真做到了「地對地」謙虛體諒的承諾，要不然也不可能從受害者與奧姆真理教徒那裡，挖掘出那麼多深入、深刻的內容。

不過藏在這樣表層底下，在《約束的場所》中被彰顯出來，大放異彩，進而改變了整本書性質與意義的，是這種「地對地」角度的另外一種可能性。

小說家與宗教狂熱者

當村上春樹以「地對地」的態度平等接近這些奧姆真理教徒時，他得到了一個一般日本人幾乎不可能具備的問題意識。其他人在面對奧姆真理教恐怖而邪惡的罪行時，基本反應除了由上而下道德位階的輕視與鄙薄之外，就是設定這群人和自己的純然異質性。大部分的日本人無法接受奧姆真理教徒在麻原彰晃指使下，到地下鐵散放沙林毒氣濫殺濫傷無辜的罪責，因而連帶覺得如果發現這些人和自己竟然有任何相似雷同的地方，彷彿自己的生命都會被那不可原諒、不可逼視的邪惡所汙染侮辱了。

所以他們看這些人，只會看到和自己最不一樣的部分，壞的部分。用這種眼光看法，為了保護自己不至於被牽連、被汙染，奧姆真理教徒非得是一群怪物不可。

然而從「地對地」出發的村上春樹，卻很快感受、並且承認了自己與這些奧姆真理教徒們的相似處、相通處。用他自己的話說：「我和他們促膝交談之間，不得不深深感覺到小說家寫小說這種行為，和他們希求於宗教的行為之間，有一種難以消除的類似共同點存在。其中有非常相似的東西。這確實是真的。」

這是個了不起的突破。村上春樹竟然在奧姆真理教徒，這些其他日本人避之唯恐不及的怪物身上，看到和自己的相似性。而且相似的源頭，不是任何瑣碎無聊的行為，是雙方都視為生命當中意義創造的核心力量——奧姆真理教徒的宗教追求，以及村上春樹的小說寫作。

從這個突破開始，《約束的場所》於是有了一個潛藏貫串在各章零星生命故事底下的主題主調。更重要的，村上春樹先承認了自己與他們的相同處，反而才能準確地察覺出，自己和他們最關鍵的歧異點。

村上春樹發現：自己和這些奧姆真理教教徒，同樣感受到與日本這個集體化社會，如此格格不入。日本，尤其是以前的日本，存在著強大的「多數機制」，用各種顯性或隱性的獎懲手段，逼迫在那個社會裡成長的個人，接受多數價值、多數意見。「多數機制」強大罩頂的情況下，可以想見，作為「少數」，不願或無法融入多數群體的人，命運就很淒慘、坎坷了。

在奧姆真理教徒身上，村上春樹看到了自己青春期與社會「多數機制」衝突、齟齬的過去。這當然得要歸功於村上認真執行了「地對地」的採訪原則，以及他作為小說家對個體的尊重與好奇，他總是先從受訪者的身世背景耐心問起，才能發掘出別人和「多數機制」的不愉快經驗。

逃避與追尋的辯證

村上顯然認為，奧姆真理教徒會出家投身在教團裡，一個重要因素是，他們的自我無法在既有的家庭、社會組構下獲得伸張。奧姆真理教徒們在教團裡找到的，對他們具有最大吸引力的，就是他們遇見了其他同樣不能忍受、不能適應「多數機制」的人。原本在「多數機制」逼擠下，覺得自己如此孤單，必須孤伶伶忍耐周遭歧視、指責的眼光，而且幾乎相信了：自己是怪物，無法融入多數，都是自己的過錯；這樣的人竟然有機會遇到其他「伙伴」，心理上的溫暖與解放，可想而知。

當村上說：「小說家寫小說這種行為，和他們希求於宗教的行為之間，有　種難以消除的類似共同點存在」時，他也就揭示了他自己小說經驗的主要核心，小說之於村上，也是一種逃避與追尋的辯證統一。追尋真實自我可以發揮發展的機會，也就意謂著必須逃離日本教育體制以及日本集體社會價值的控制。突然之間，我們更清楚明瞭了：剛出道成名的那幾年，村上春樹為什麼反覆地強調，他幾乎不曾受到日本文學，尤其日本小說傳統的影響，他對這個傳統極度陌生；我們也更清楚明瞭了，為什麼有很多年村上一直拒絕被視為「很日本」的作家，也對別人在他作品裡看到、找到的「日本性」，表示高度懷疑與保留。

村上的文學路數，的確是取徑歐美。他對於歐美文學典故的熟悉程度，遠高過任何日本事物。他流暢進出西方名詞的風格，編造出了一種獨特的異國情調，構成了早期作品風靡日本的主要條件。然而在《約束的場所》裡，村上春樹才進一步檢討、揭露藏在這種風格背後的存在性理由：他是為了擺脫日本集體性才遁入小說閱讀與寫作世界的，難怪會對牽扯到日本的質素，如此避之唯恐不及。換言之，如果小說還寫出了「日本味道」的話，對村上而言，就成了最大的失敗與挫折，表示必須要靠拒斥、逃避日本多數價值才會浮現的村上自我，沒有真正建立起來。

這一點，挑戰、改變了我們前面提到的第一個形式評斷。《約束的場所》以奧姆真理教徒為主角，卻意外地表露了最多村上春樹性格與寫作的內在線索。

《約束的場所》揭露的還不只這些。正因為也經歷了同樣受拘束、受壓迫到急於撞出自我與自由的生命過程，村上春樹無可避免察覺到這些奧姆真理教徒的巨大矛盾。在訪問狩野浩之時，村上說：「因為我是小說家，所以跟你相反，我認為無法測定的東西是最重要的。」訪問稻葉光治時，村上講得更明白了：「我想知道的是，在奧姆真理教這個宗教的教義中所謂自己到底是設定在什麼樣的位置？在修行中到底把自己託付給師父到什麼程度，在什麼範圍內是由自己個人在管理的？我跟你們談過話之後，這方面還沒有弄得很清楚。」

比對書中其他內容，我們可以感受到，「這方面」是不可能弄得清楚的，因為整個奧姆真理教最大的問題，至少從村上的角度看，就出在這裡。

這些人來到奧姆真理教團，原本是為了要尋找自我，伸張他們在世間「多數機制」下沒有辦法開拓的自由。可是一旦進入奧姆真理教團裡，他們卻服從於教主麻原彰晃的意志下，一切聽從教主的，反而更沒有自我與自由。這的確是最大的矛盾。

威權的陷阱

如何解釋這個矛盾的產生與維持存在？村上春樹雖然沒有明講，我們倒不難從書裡的八篇告白裡，得到答案。

答案一是，奧姆真理教對他們而言，發揮了一種「置換替代的自由」的功能。他們自己個人無法取得的自由，就投射在奧姆真理教團上，奧姆真理教團對抗日本社會所取得的自由，於是就被他們轉化內化為自己追求自由的成就。他們在這裡面得到雖曲折卻實質的滿足。

從這曲折投射中，我們也可以看出：這些會參加奧姆真理教、留在教團裡的人，對於靠自己的力量對抗社會、對抗「多數機制」，其實是缺乏信心的。他們不願屈服於「多數機制」之下，但他們又沒有勇氣試著去做個孤單的少數。奧姆真理教給了他們另一個選擇——參加一個集結了許多同樣適應不良的人，靠這個團體的力量，來爭取自我與自由。

然而奧姆真理教本身形成另外一個「集體」。更嚴重的是，追求自我與自由一旦投射轉折，很容易就掉入另一種威權的陷阱，到最後，奧姆真理教徒錯覺：如果代表、象徵奧姆真理教的教主麻原彰晃獲得了不受社會「多數機制」管轄的自由與自我，那麼他們自己也就分享了這種自由的成就與榮光。如此錯覺下，麻原的行為愈古怪愈任性，反而愈能鞏固其教主地位與重要性。

我們還可以得到的第二個答案，則是：即使教徒們開始感受到教團裡的異常情況，因而不安、因而懷疑，他們也很難下定決心來脫離奧姆真理教團。他們無處可去。在教團外面，是他們早就認識、早就無法忍受、讓他們飽嘗折磨的由「多數機制」掌控的社會。那個社會，他們格格不入；那個社會的主流不接納他們，總是給他們青白眼。留在教團裡，至少周遭互動的還是同樣被社會多數拋擲出來的畸零受害者。

他們因為懼怕那個多數社會，而離不開奧姆真理教團。因為離不開，也就半自願、半強迫地接受各種合理化教團教主古怪、任性的說法。奧姆真理教團與麻原教主擁有兩項最強有力的合理化催眠說法。一種是「終末意識」，從十六世紀預言家諾斯特拉丹姆斯（Nostradamus）的著作裡找到：一九九九年整個世界即將滅亡的預示。如果一切都要走到終點，人還能做什麼？翻回來看：如果一切都要結束了，那麼能夠改變、挽救這個終末困境的努力，不管怎麼荒謬奇怪，都是可以接受的了。畢竟這是絕望中唯一的希望；畢竟反正一切終將毀滅，就算殺了人，被殺的人到終末日時本來也是要被徹底毀滅的。

還有另一種催眠力量來自「密宗金剛乘」（Tantra Vajrayana），這是佛教中最講究神祕法術，也最強調「方便」的一支。為了修行、為了達到「解脫」，有時候必須接受「方便」法門，在目的正確的前提下，手段的正當性也可獲得保證。

這兩種一般人不太可能輕易接受的合理化藉口，在教徒們不敢、不能離開教團的心理背景下，就被內化成為他們的自我價值。或者應該說：成為他們自我價值的廉價代替品，成為他們逃避自由、放棄自由的交代。

領悟了這一點，我們也就必須調整對《約束的場所》的第二項形式判斷。村上雖然「地對地」體貼傾聽了奧姆真理教徒的心聲，然而在記錄、呈現的同時，他也對他們進行了堅定而嚴厲的批判。

善惡論與速成覺悟

書中所收的和河合隼雄的對話錄裡，村上這樣說：

> 我想寫小說和追求宗教，重疊的部分相當大。……不過不同的地方在於，……自己能夠自主地負起最後責任到什麼地步呢？明白說，我們以作品的形式可以自己一個人承擔下這個責任，不得不承擔，而他們終究必須委任於師父或教義。簡單說這是決定性的差異。

這一差異，非同小可。以這決定性差異作起點，村上和河合進而在他們的對話裡開展了至少三個更具普遍性意義的批判。第一是批判奧姆真理教團及類似宗教對「惡」的概念。「把善與惡截然分成兩邊，說這是善，這是惡，弄不好的話可能會很危險。如果善要驅逐惡，那麼會變成善不管做什麼都沒關係。這是最可怕的事情。」

第二個批判是奧姆真理教團及類似宗教所提供的「速成覺悟」。不必經過長遠的思考與困惑掙扎，竟然就得到了超越性的真理。用河合隼雄的話來說是：「悟得太快的人，他們的悟往往對別人沒有幫助。反而是那些經過一番苦難花了很長時間煩惱『我為什麼沒辦法悟呢？為什麼只有我不行呢？』最後才悟的人，往往比較能幫上別人，擁有相當煩惱的世界，依然能悟所以才更有意義。」

這兩項批判合在一起，才產生了河合的另一個建議：「不管組織也好家庭也好，我想某種程度還是要認真去思考要怎麼樣一面容納惡、一面活下去，想一想該怎麼去表現，怎麼樣去包容下去。」

麻原彰晃就正站在這個具體世間建議的對面。他提供快速的救贖，同時提供教徒一種自命為善來摒除、隔絕惡的傲慢姿態。在這個善惡分離、以善來消滅惡或解救惡的故事裡，麻原教主自己成了善的代言人，善的化身，以及善的權力使者。

村上與河合的第三項批判，正是：「麻原所提出故事的力量，已經超越他自己本身的力量。」「故事所擁有的影響力已經超過那個說故事者的影響力，使那說故事的人自己也成為故事的犧牲品。」

這三項批判，尖銳指出了奧姆真理教徒把責任推給教團教主，無法像小說家一樣自己承擔的真相。而這三項批判，也超越了對奧姆真理教與地下鐵沙林毒氣事件的分析，觸及了不同社會人類運用宗教權力時，基本的詐騙、墮落與腐化本身。

《約束的場所》的扉頁上引用了美國詩人斯特蘭德（Mark Strand）的作品，最重要的應該是這幾句：

> 這是我睡著的時候
> 人家承諾給我的地方。
> 可是當我醒來時卻又被剝奪了。

村上春樹所捕捉到的，就是奧姆真理教團原本許諾要讓教徒們獲得自我與自由，然而最後卻比誰都更殘酷、更徹底地剝奪了他們的自我與自由，這樣的一場背叛悲劇。

對比《1Q84》深田保的教團

在這裡，「地對地」的態度，將自己和這些「加害者」放在一起同情比對的態度，有了更深也更尖銳的意義。那種「空對地」的鳥瞰角度，不正是忽略個體、創造高度緊密集體性的主要力量之一？不也正是使得這些人無法適應而逃入奧姆真理教的主因之一？

採訪、書寫《約束的場所》對村上春樹是一趟冒險旅程，像是實踐他自己反覆在小說中呈現的人生實狀——永遠無法預測自己會掉入什麼樣的洞裡，會在洞中遭遇什麼，又是否能從洞中出來。

他出來了，但也沒出來。從那之後，「組織」變成了村上春樹小說中陰魂不散的潛在主題，他反覆以各種不同方式探索：組織到底是什麼？組織和個人之間的關係是什麼？人有可能離開組織而存在嗎？在各種大大小小的組織之間，人究竟如何四處穿梭？還有更根本的：我們有可能擺脫「場所」而作為一個人活著嗎？

《1Q84》裡的「先驅」、「黎明」等團體，一眼就能看出和奧姆真理教團有關，然而正因為有了寫作《約束的場所》的深刻體會，村上春樹沒有理所當然地將它們描寫成黑暗、邪惡的團體。

小說中描述深田保，很認真地追究他成立的教團的性質與意義，讓他連到死前都還對青豆說了一段解釋的話。這充分顯示了從《約束的場所》而來的態度——即便面對加害者，都應該先暫止譴責，先進行理解。如果已經先抱持譴責態度，必定先入為主看到這些人和自己不一樣的地方，只看到那些自認不會做不可能做的邪惡行為，那麼也就不可能真正理解。真正的理解牽涉到冒險，要勇敢涉入去看這些人和自己類似的部分，如此形成他們的完整圖像，同時也等於對自己進行了意識黑暗底層的探索。

寫作《1Q84》時，村上春樹化身青豆和天吾這樣高度內化組織性的角色去呈現「反社會者」。小說中刻意製造了一個反差，先是讓我們覺得青豆的暗殺行為是正義的，那些被殺的人都如此可惡，都死有餘辜，也就徹底接受老太太告訴青豆的：「妳沒有做任何錯事，我們在做對的事」。

然而青豆終於得到接近深田保，有機會可以殺他時，她竟然下不了手。怎麼會這樣？在更進一步「地對地」知道了深田保和他的宗教組織來龍去脈後，這樣的觀點、這樣的知識，給青豆帶來了什麼影響？其實更重要的是：那又給讀者我們帶來了什麼影響，我們會如何看待青豆的猶豫與她的終極暗殺任務行動呢？

當然影響我們看待青豆的，不只是對於深田保的認識，更牽涉到小說中呈現的青豆身世。

青豆和天吾在十歲時結下情絲，那是一份青梅竹馬的純真永恆之愛，而讓兩人彼此吸引的，是兩人都早早就受「組織」傷害的共同經驗。雖然兩家大人屬於完全不同的組織，卻有著共同的堅持——對於組織的信仰與效忠勝過一切。

青豆的父母屬於基督教「證人會」，青豆別無選擇被納入這個組織中，因而成了生活環境中最孤獨的小孩。她被視為古怪到必須隔絕，其他孩子甚至不會霸凌她，因為要霸凌都還要和她互動。她徹底疏離到很難和別人有互動。

天吾又何嘗不是如此。他也過一種別的小孩無法理解、也無法接近的生活，因為父親是最忠誠的ＮＨＫ收費員。在組織效忠程度上，天吾的父親和青豆的父母其實沒有兩樣。所有接收了電波的人家都必須付費，那成了他的信仰，絕對不會動搖的信仰。儘管，或說正因為他在組織中如此微不足道，他的信仰最為堅定，一直到死去了都還穿著ＮＨＫ收費員制服下葬。

所以十歲時青豆去握住天吾的手，那是兩顆因組織而早早受傷的靈魂的碰觸。那不是兩小無猜的早熟情愫而已，而是在各自孤絕的環境中竟然辨識了同類，因此刺激出最強烈也最堅決的連結，他們不只是情定此生，在小說裡甚至兩個世界間的斷裂都無法阻止他們的愛情。

這個背景同時也說明了，為什麼是他們兩人被拉進由深田保和「組織」所創造的，那有著兩個月亮的世界。那個世界已經離開了由「老大哥」來控制，轉變成個人與個人間彼此牽絆同化，也就是個人都被改造為同一性的Little People，又倒過來被Little People改造了的世界。

在那裡，「老大哥」退隱了，不需要有「老大哥」的監視，組織已經變得如水銀瀉地般無孔不入。後冷戰時代的日本，人們都覺得自己是自由的，沒有任何外在力量控制、決定每個人該怎麼做、該如何選擇，不過這樣的社會卻並未產生具備有獨立個性、獨立思想的個人主義式個人，而是大家都放棄追求自由，不覺得、也不想要為了追求自由或個性做任何努力。

歡迎來到由Little People宰制，因而更難察覺、更難反抗的世界。在這個世界裡，幾乎只剩下青豆與天吾還能保有個人意識，而他們個人意識的強悍性質很明顯地來自於純粹愛情力量。他們心中有一個絕對無可取代的愛情對象，那個對象保有了最純粹、最絕對的個別唯一性，反過來也保障了愛著的這個人也是唯一的、無可取代的個人。

這既是村上春樹在《1Q84》中鋪設的浪漫底色，也是他對歐威爾《一九八四》的另一層致敬表現。

現實完勝虛構

二〇一八年台北國際書展論壇上，寶瓶出版的社長暨總編輯朱亞君提出了一份標題為〈現實完勝虛構〉，帶有強烈自我嘲諷意味的出版觀察報告。

在此之前，台灣發生了震駭人心的「林奕含事件」，朱亞君也被牽扯在內。林奕含的小說《房思琪的初戀樂園》書稿最早交給寶瓶出版社，朱亞君原來同意要出版，但後來顧慮林奕含的精神狀況無法應付出版可能引發的壓力，因而改變了決定。林奕含顯然對這件事極難接受，有過強烈的負面反應。等到林奕含自殺後，這件事被報導出來，朱亞君成了眾矢之的，網路上掀起一片謾罵，刺激使得朱亞君差點也為之輕生，鬧出另外一段新聞。

朱亞君自我檢視，今天的現實情況有著諸多戲劇性事件，使得大家愈來愈覺得現實比小說更刺激更聳動，在排山倒海而來的光怪陸離新聞中，誰還有興趣、餘力去接觸、追求虛構的文本呢？

不過有意思的是，當朱亞君要描述發生在自己身上的事所留下的強烈感受時，她提到的是徐四金的《香水》，想起了群眾被徐四金的香水激發非理性盲動的場景，正如同她親身體驗到的群眾憤怒，不分青紅皂白似乎就要以集體行動將她一片片撕開來。

反諷的是，《香水》是小說啊！觀察強調「現實完勝虛構」的出版人，出於潛意識的習慣，要描述現實時，自然地動用了小說中的虛構場景。我們為什麼還讀小說，還需要小說？正說著「現實完勝虛構」的朱亞君給了我們一個堅實的答案：因為小說可以強化記憶，幫我們在印象中進行記錄。諸多再戲劇性不過的新聞不斷出現，卻都很快又消失了，不只是不會再出現在新聞媒體，而且也徹底從我們的記憶中消失。

小說為什麼才能讓我們記得？因為小說運用虛構的特權提供了解釋。新聞只會呈現群眾的瘋狂行為，小說才會給我們來龍去脈，讓我們看到群眾是如何被徐四金調製的香水刺激操控而引發了狂暴情緒，加上解釋，這件事就動用了大腦中的理解功能，放入了長期記憶區了。

「東京地下鐵事件」具備有那種現實比虛構更荒謬的強烈戲劇性質。日本社會當然大受激動，爆發了對於奧姆真理教與麻原彰晃的憤怒、仇視，大聲質問：「怎麼能做出這麼不人道的事！」然而這樣的激動內在卻含藏著一份冷漠，愈是氣憤、愈是仇視，也就愈是認定那樣一個組織團體和自己完全無關，那是一個恐怖得不可思議、無法理解因而也就不需要去理解的邪惡世界。外表激動，內在冷漠；外表有多激動，正反映了內在認定自己和這些人有多遠的距離。

這樣的態度令村上春樹不安。因為他的小說長期以來都在質疑我們理所當然處之的這個世界，藉由虛構創造出各式各樣其他世界，他表白了基本態度：別以為你會永遠安穩活在這個「正常」的世界，這個世界其中充滿了各種縫隙、缺口，使你不預期地就到了某一個「另一邊」去了。那不是為任何特定的人準備的，不是為了要故意折磨誰，而是每個人都隨時有可能遇到的。那才是生命真正的事實狀態。

《1Q84》延續了《地下鐵事件》和《約束的場所》，以虛構情境讓這個重點更尖銳、更難忘——你如何確定自己活在既有的、理所當然的、安全的世界，而不是不知不覺中穿過了那縫隙、缺口到了另一個世界？你又如何認定自己會一直處在既有的、理所當然的、安全的世界，將另外的世界阻擋在外，如何確信那些不一樣的世界都和你無關？

《1Q84》中「組織高於個人的世界」既來自於歐威爾的《一九八四》，也來自麻原彰晃的奧姆真理教團，那就是村上春樹要呈現的「場所」，一個並不存在「老大哥」監視脅迫的世界，人卻自願捨棄自由進入組織，自願成為「受約束的人」。為什麼會有這種心理動機呢？

第七章

兩個世界——讀《1Q84》

《1Q84》與《一九八四》

讀村上春樹的小說幾乎總是需要先做功課，他會在小說中埋下夠多的坑，在不同的地方、不同的層次讓你跌倒，讓你明確感覺到這樣的需求。

用中文翻譯讀《1Q84》，我們會很自然地將書名念成1、8、4四個數字中間夾著英文的Q。如此從一開始就錯了，就失去了村上春樹設定的第一個典故，用日語讀，「1Q84」的發音和「1984」完全一樣。同音稱呼來自小說的女主角青豆，她發現自己所在的地方天空中竟然有兩個月亮，這絕對不正常，不是原來的那個世界裡會有的。原來的是一九八四年的世界，所以她暗自將這個奇特的另類世界命名為「1Q84」，將原來的9代換為同音的Q，表示兩個世界間只有微小的差異。

然而將故事背景設定在一九八四年，將書名取作和念起來和「一九八四」完全一樣的「1Q84」，村上春樹明顯且明確地要求我們做功課——去讀喬治．歐威爾的經典政治小說《一九八四》。如果你沒讀過《一九八四》，你不熟悉《一九八四》的內容，讀《1Q84》時會有很多理解上的空缺。

如果不知道Big Brother「老大哥」在歐威爾小說中的形象，我們不會知道《1Q84》中Little People的來歷，也不會理解這些如同幻象般從空氣蛹裡冒出來的小小人，代表、象徵什麼。

這部《1Q84》出版距離村上春樹前一部長篇小說《海邊的卡夫卡》有相當久的時間，藉著讀者的期待，當時出版社在日本刻意炒作成一個重大事件，首刷印量創下了日本出版史上的新紀錄，上市當天幾乎所有的書店都在最明顯的位置上堆滿了《1Q84》新書。

不過其實出版社還留了一手。如此巨量開賣的，是《1Q84》的第一部和第二部，讀者讀了會覺得小說未完，但作者和出版社卻都沒有告訴讀者小說是不是還有續集，續集什麼時候會出。製造這種神祕效果的運作，包括了故意在第二部結尾放了一段類似「後記」的解釋，看到「後記」，我們會覺得書應該已經讀完了，可是這篇又並不完全是作者在全書後面和讀者溝通的「後記」，看起來比較像是編輯說明。

說明什麼呢？說明這部書出版距離一九八四年已經有二十五年了，或許有讀者會發現文中用到了一些一九八四年時並不存在或不會運用的詞語，請大家包涵，因為作者不可能忠實地回到一九八四年，徹底複製、使用當時的語言。

從內容和口氣看，這份「後記」又像是村上春樹自己寫的，一般編輯是不會這樣，也沒有立場這樣為作者向讀者致歉的。更深層地看，尤其帶入了對於歐威爾《一九八四》的認識，我們毋寧應該將這一段視為村上春樹建立這兩部作品連結的另外一種提示。

關鍵在於歐威爾的小說寫成於一九四八年，之所以取名《一九八四》是將小說背景設在未來，直接以自己所在的年份數字顛倒，形成了對於三十六年後世界的刻畫，對應展現極權主義可能帶來的結果，警告讀者當下正在發生的政治權力威脅。

一九四八年寫的小說，當然不可能準確預見、運用真正一九八四年的詞語和表達方式，然而這絕對無損於《一九八四》小說的價值，因為「一九八四」在小說中本來就是作為象徵而存在的，關鍵在於那樣一個極權統治下的未來世界。對照的，村上春樹要告訴他的讀者，《1Q84》書中的那個一九八四年也同樣是象徵，不是寫實的，請大家不要畫錯重點去糾察詞語細節的錯誤，真正重要的是，在這部小說中，村上春樹為什麼故意動用同樣的一九八四年，這個年份在他的小說裡又要象徵什麼呢？

作者的虛構特權

村上春樹寫作技法上的長項之一，是創造節奏緊密的即時現場感。《聽風的歌》寫的是一九七〇年發生的事，然而我們在半世紀之後讀，卻不會從中得到懷舊歷史的時間差距。他的小說總是創造出一種和特定時代脫節的迷離感，因而得以傳遞普遍的人格、意識探索主題。

也因而很難想像村上春樹要寫歷史小說。他習慣的、擅長的寫法是呈現當代現實時空，或刻意抹去時空性質的情境。那他為什麼樣將青豆和天吾的故事如此強調地放到一九八四年的時空中？

第二部結尾的說明就是要表白，雖然時空設定在一九八四年，但村上春樹沒有要寫歷史小說，他不是會一絲不苟去做研究將那個時代氣氛完整重現的作者，他叫我們不要對他有這樣的期待，他一定會用到一九八四年之後才出現的語詞、語句、語法，或犯了時代竄亂的某些錯誤。

如果不是和歐威爾經典作品的刻意糾結關係，村上春樹不需要寫一九八四年。選擇一九八四年是因為他要將小說《一九八四》當作自己《1Q84》的前傳，以這兩部小說的互文呼應，而不是單獨《1Q84》的內容來傳遞更複雜、更深沉的訊息。

歐威爾是一位為我們示範了在文學領域中「好」和「偉大」差別的經典作家。他寫的小說《動物農莊》、《一九八四》經過了半個多世紀，一直到今天仍然在英語世界被視為是高中、大學生必讀教材，藉由這兩本作品的內容能給予成長的一代重要的現代權力與政治常識引導。在這方面他的成就是偉大、不朽的。然而就小說論小說，純粹以小說的標準評斷，《動物農莊》和《一九八四》實在不能說是好小說。

什麼是「好小說」？我同意村上春樹在《1Q84》第二章中，藉由小松編輯評論深繪里作品時所說的：「好的小說至少要含有某種讓我讀不透的東西才行，那才是小說應該追求的；以小說而言，我對於自己讀不透的東西評價最高，對於我能讀透的東西一點興趣都沒有，這是非常重要的。」

小說作者擁有虛構的特權，能夠在作品中創造非現實的世界來和讀者溝通，因而當然應該提供和一般現實理解不同的途徑，讓讀者因而碰觸到平常在現實裡碰觸不到的某種更深層或更幽微、更隱晦的真相，這應該就是「呈現某些無法讓人一眼看透的東西」的意思。

喬治．歐威爾的政治寓言

《1Q84》小說中設定的一件重要事件，是天吾替深繪里這位名不見經傳的十七歲少女修改〈空氣蛹〉這部作品，後來作品贏得了新人獎，進一步成為暢銷書。

藉由天吾和深繪里的合作，村上春樹顯示了寫小說需要有兩種天分、兩種條件。深繪里身上有的，是值得被說出來的特殊經驗、感受，甚至是獨一無二的體驗，然而她缺少了能夠將獨特體驗改造為讓其他人、更多人理解的寫作手法。小說有一部分是經驗、感受，那往往來自偶然，無法刻意設計、安排；還有一部分，那是敘事技巧，如何訴說呈現如此獨特的體驗，而愈是獨特的體驗愈需要高超的敘事，才能跨越感受上的鴻溝，打動不可能有那種體驗的人。

這是村上春樹的「自慢」本事。在小說中創造出「空氣蛹」、Little People、「貓之村」，或讓青豆穿上八〇年代設計師島田順子的高級套裝去執行殺手任務，那都是不可思議、遠離現實的內容，而村上春樹可以寫得讓讀者一直讀下去，非但不會懷疑、厭煩，甚至可以從中取得閱讀樂趣。

以這種嚴格標準來看，歐威爾的成就是比所有人都更早看清楚絕對權力的冷酷、腐敗、矛盾、荒謬之處，在對的時間以相對簡單、基本的敘事手法寫成了令人難忘的小說。

從寫作經歷上看，歐威爾最擅長的文類其實是報導與評論，並不是小說。但他之所以能寫出《動物農莊》和《一九八四》正源自豐富的報導散文與政治評論經驗。長期對於政治的觀察、思考，讓歐威爾看穿了權力的核心本質，必定是潛藏在表面現象以下的動機與野心，因而促成了他選擇直接報導與評論以外的小說形式，在《動物農莊》和《一九八四》中寫出了動人的寓言與預言。

如果不只閱讀《動物農莊》和《一九八四》，而是連同涉獵歐威爾早期的小說《緬甸歲月》

和他的報導、評論，就可以比較準確而持平地看到歐威爾真正最高的成就。他在欠缺寫出好小說的技術條件下，受到強大的觀察、思維刺激，完成了兩部更有效表現觀察與批判意見的小說。

《緬甸歲月》寫的是英國白人在緬甸殖民的經驗，可以拿來和吉卜林（Rudyard Kipling）的《基姆》對讀。兩個人都成長於大英帝國鼎盛時期如英國殖民地，留有豐富的殖民地記憶，然而寫小說時卻做了很不一樣的選擇。

從政治立場上看，吉卜林是大英帝國殖民擴張政策的積極支持者，相對的，歐威爾則抱持著高度批判。然而《基姆》這部小說的主角是一個有著白人血統卻看起來像印度本地人的十三歲少年。他得以輕易偽裝為當地人，因而接觸了印度社會中形形色色的現象。他遇到了來自西藏的喇嘛高僧、進入了複雜的殖民情報網絡，藉由他的經驗織畫出一片印度社會萬花筒影像。

吉卜林呈現了多元、有趣、引人入勝的印度經驗，人與人的互動太複雜了，因而必然產生許多一眼看不透的內容。雖然支持殖民政策，吉卜林以小說家之眼刻畫了豐富迷人的印度。

歐威爾就沒有這種對於多元、複雜的自然好奇興趣。他的政治信念引導他看到殖民者與被殖民者間的緊張關係，高度不平等的安排使得即便有少數殖民者想要放下身段去接近被殖民社會，都被制度性的鴻溝給隔絕了。他的觀察結果如此清楚，因而寫成小說《緬甸歲月》時，殖民者與被殖民者角色分明，也就沒有了那種好小說需要的「讓人一眼看不透」的素質。

對比之下，《動物農莊》和《一九八四》成功的根本理由，在於離開了現實，歐威爾找到了寓言和預言的形式。

《動物農莊》和《一九八四》的共同主題是政治權力分配上的不平等，統治者與被統治者之間的關係，採用了不同的切入點書寫。

《動物農莊》的核心訊息是最有名的那句話：「All animals are equal, but some animals are more equal than others.」這句話的對照來源是「人生而平等」、「人人平等」的響亮口號，嘲諷地對照在這種口號下產生了什麼樣的事實。

小說中描述原本由人類統治動物的農莊經歷了革命，動物將人趕走了取得自主權。革命之所以成功，因為動物跨越了物種界線團結起來，要建立一個所有動物皆平等的理想環境。然而等到人被趕走了，動物之間的關係就開始變質，口號、概念不變，但實質上豬取得了愈來愈大的權力，凌駕在其他動物之上，為了合理化自己的權力地位，豬發明了那樣一句扭曲的修正口號。

《動物農莊》點出了二十世紀新時代政治和舊政治最大的差別——一切以平等為名。即使是最不平等的宰制、剝削，這個時候都在平等的名義下進行；甚至是藉由平等的名義，而使得現實上的宰制、剝削更嚴重、更可怕。

自從法國大革命以來，過去曾有過的一切都經歷了質疑，很多被推翻了。取而代之的理想目標是自由、平等、博愛，是美國的民主機制與民有、民治、民享，然而到歐威爾寫作的二十世紀中葉，這些發展似乎都變形成了巨大的嘲諷。理想的追求帶來的卻是更不平等的權力狀況。

《動物農莊》以寓言點出，新的一代統治者最大的權力來源，竟然是平等的口號，將平等喊得再響亮不過，來掩護背後極端的不平等，並且將明明不平等的情況，狡言稱為「有人比其他人更平等」。於是過程中，「平等」這個詞失去了本有的意義，甚至失去了所有的意義，變得完全空洞，於是進而語言本身也在被權力濫用的條件下徹底變質了。

歐威爾對於語言的作用極度敏感。他看出了語言在集體權力操弄下，甚至能夠產生完全相反的指涉。藉由口號，藉由讓人相信口號，創造出一個表面上稱為平等，實際上比以前更不平等的社會，這就是語言具備的思想與行動影響力。

《動物農莊》裡的動物，原來因為害怕人類，屈從人類的力量而接受不平等；換成由豬治理時，他們的地位仍然極度不平等，遠遠低於豬，然而這種不平等卻是出於混淆的信念，相信口號因而相信喊口號的權力者，讓自己居於低下的地位。

在政治看法上，歐威爾很悲觀，但《動物農莊》以寓言將故事在動物間搬演沖淡了悲觀沉重，讓讀者比較容易接受，是使得這部小說受到歡迎其中不可或缺的因素。

消滅反政府的詞語

類似的主題、類似的悲觀也出現在《一九八四》裡。故事設定在一九八四年，其實純粹是偶然，如果他早一年或晚一年寫可能就會將小說命名為《一九七四》或《一九九四》。重點在於有點遠又不是太遠的未來，以便讓小說有著預言性，卻又不脫清楚、強烈的現實連結。

那幾年是冷戰結構形成的關鍵時刻。邱吉爾首先提出「鐵幕正在緩緩落下」的警告，隨後歐威爾出版了《一九八四》，接下來世界看起來似乎就在朝他預言中刻畫的方向進行。

小說中那個未來世界只剩下三個大國，尤其是其中的兩個國家彼此激烈競爭。以前國與國的競爭衝突，是為了領土、為了利益，此時國家的芥蒂根源不同了，主要源自價值系統、意識形態上的歧異。

因而一九四八年歐威爾預言國家政治的最終權力運用在壟斷人的思想上。《一九八四》小說中主角溫斯頓・史密斯任職於國家「真理部」負責編字典的部門，那就是一種透過規範能使用的字彙語詞來控制思想的一環。

小說中歐威爾只是輕描淡寫形容「真理部」必須盡到的職務目標是編出每一版愈來愈薄的字典。這違反了人類歷史上編字典的經驗。字典向來是愈編愈厚，因為舊的字詞還保留在書籍或口語中沒有消失，而新的字詞又誕生了。字典包納了社會上能運用的語言總體，社會進化的表徵之一正是愈來愈複雜的語言，得以用來承載、表達更複雜、更多樣的觀念、想法。

字典愈編愈薄意味著要讓社會上能用的語言內容不斷減少。因為複雜、多樣的觀念、想法難以管控，要讓人徹底服從那就釜底抽薪讓語言變得簡單，停留在簡單的狀態不准衍生。

官方將「不方便」的詞語從字典中拿掉，規定人民只能使用字典中有收錄的詞語，於是那些觀念就隨著詞語廢棄不用一併消失了，製造出對統治者最有利的情況。一旦所有和「推翻政府」有關的字詞統統不見了，日常語言中沒有這樣的詞語、相應沒有這樣的觀念，人民不可能主張推翻政府，心中完全不會有要推翻政府的念頭，甚至不知道推翻政府是什麼，那是讓政府最安全的徹底管控狀態。

《一九八四》描繪了極權社會的情況，這是人類歷史上的新鮮現象，對於人的控制滲透進思想層面，而不是單純外表行為的要求。為了表達這種極端的權力不平等形式，歐威爾動用了寓言寫法，寫出了無所不在，永遠都在監視的「老大哥」形象。「老大哥」表面上無所不在照顧人民，實質上無所不在收集人民的行為與思想資料。

小說中溫斯頓察覺了「老大哥」的權力性質，而他之所以能突破嚴密思想管制有了對「老大哥」的自覺反抗，源自於愛情所激發的強烈欲望，那份欲望被「老大哥」壓抑、否定了，促成他有了悲劇性的醒覺。

後冷戰時代的世界

《1Q84》和《一九八四》有著密切的互文關係。歐威爾在一九四八年投射描寫未來一九八四年的英國，村上春樹則從相反方向，將二〇〇九年的日本社會投射回一九八四年。就像歐威爾不是真正要寫一九八四年的英國一樣，村上春樹也不是要寫一部關於一九八四年日本情況的歷史小說。他叫喚出二十五年前的日本社會，是為了審視二十一世紀初的日本、乃至於世界的狀況。

《1Q84》和《一九八四》同樣是寓言。《一九八四》為我們解釋了冷戰世界的形成、極權主義的威脅，那麼《1Q84》是要說明後冷戰世界的模樣，並探索冷戰與後冷戰歷史時期間的關係。

看看《1Q84》中幾個人物的背景。編輯小松和戎野老師是一九五九年爆發「第一次安保鬥爭」時的大學生；戎野和深田保則是在一九七〇年的「第二次安保鬥爭」時的年輕教授。很明顯的，他們是左翼青年，反對美國、反對自民黨長期執政的「五五體制」、反對團塊勢力，因為這些影響日本至深的因素取消了個體個性，所以他們致力於要在日本成立另類社會，去組織了革命團體。

《1Q84》小說中顯現了，這些現象是《一九八四》的延續、呼應。他們組成的左翼團體後來分裂了，激進派主張直接以武力衝撞社會、推翻既有結構，也就是武裝革命路線，這是「黎明派」，後來和警察發生了激烈槍戰後被消滅了。

分裂出來的溫和派形成了「先驅」團體，到了一九七九年轉型成為宗教法人，等於是從左翼變到了右翼立場了，怎麼會有這樣的事？這正是《1Q84》中提出的核心問題。

在這一點上《1Q84》繼承了《一九八四》揭示的現象，看到了在權力中所有的語言觀念、價值信仰都產生了神奇詭異的矛盾統合，相反的意義有著同樣的表述，一個詞語可以代表完全不同的意思。另外，村上春樹刻意對比歐威爾，凸顯後冷戰時代的最大特色——社會的主宰控制力量不再是「老大哥」，而是其對面、相反的「Little People」。

小說中描述深田保、「黎明」與「先驅」，到後來青豆進入旅館，看到了深田保變形後的模樣，這裡村上春樹給我們出了另一項功課，要我們去了解「東京地下鐵毒氣事件」作為背景。

小說中的第十八章標題是〈天吾不再有Big Brother出現的一幕〉，顯示掌控一切的組織轉成為以「Little People」為中心。然後第二十章描述深繪里去天吾家，睡覺之前叫天吾念書給她聽。天吾選擇朗讀契訶夫的《薩哈林島》，薩哈林島是俄羅斯語的名稱，也就是日本所稱的庫頁島。

契訶夫為什麼寫這本書？依照村上春樹在別的文章裡寫的：「契訶夫是一個醫生，以科學家的身分，他或許想對俄羅斯這個巨大國家的患部之類的東西，以自己的眼睛檢查一番。」如此理解契訶夫所做的，直接連繫到村上春樹自己對於「東京地下鐵毒氣事件」的調查。

村上說那個時候他對自己是住在都會的新銳作家這件事感到不自在，對於東京文壇的氣氛感到厭惡，那些動不動就互扯後腿、裝模作樣的文學同行也讓他不想親近，對於居心不良的評論家更只想保持距離。調查「東京地下鐵事件」是為了洗清這種文學汙垢的一種理性行為，就像契訶夫想要「對國家的患部之類的東西，以自己的眼睛檢查一番」一樣。

他認定契訶夫也是因為內在有一種虛空的不安，所以選擇去到西伯利亞的極東邊，一個幾乎沒有交通條件到得了的地方，要證明自己不是窩在都會區裡寫想像的小說內容賺取肯定，而能確確實實看到人，看到那些可憐的吉利亞克人。

「黎明派」與「先驅派」

青豆第一次察覺被她命名為「1Q84」的這個世界，是在下高速公路時發現警察的制服和配槍改變了。明明她早上才見過警察，怎麼可能在那麼短的時間中他們就改換了制服和配槍？別人告訴她警察制服兩年前就換了，她感到無法置信，還特別去圖書館查舊報紙。在那裡查到了是在警察和激進團體「黎明」在山梨縣爆發激烈槍戰，三名員警殉職，因而重新檢討警察裝備，而有了改變。

換句話說，原來的那個世界和這個「1Q84」世界的分歧，是從那個事件開始的；也可以說，「黎明」和警方的槍戰刺激了另外一個不一樣世界的形成。那件事不存在於原來的一九八四年世界裡，所以可以認知，這個1Q84世界和激進宗教團體組織有很密切的關係。

在這個世界裡，最主要存在著基本教義派組織，其成員都盲信組織，甚至認為失去了信仰就不值得活下去。這種態度分為顯性和隱性，被消滅的「黎明派」是顯性，和「黎明派」同根生長的「先驅派」則在顯隱之間，後來離奇地轉型為宗教團體，其發展、轉型最大的主使領導者是青豆要暗殺的深田保。

「黎明派」、「先驅派」是促成1Q84和原本一九八四年世界分歧的主要因素，然而除此之外，還有像NHK那樣的隱性組織，涵蓋了所有的人，代表了現代政府的公共強制力。而那樣的強制力要發揮作用，NHK能夠向所有人收費，要靠一群稱職的執行者，他們對於收費工作抱持著一種信仰的熱忱。

青豆查舊報紙時發現了另一條以前忽略的怪新聞。一個大學生滿不在乎地對NHK收費員說：「你憑什麼逼我繳錢？」竟然因而被收費員拿刀刺傷。大學生冒犯了收費員的價值信仰，所有的收費員被灌輸並相信不繳錢的人等同於偷國家電波的小偷，是應該被鄙視的小偷。小偷竟然還敢如此大剌剌囂張，對那位拔刀相向的收費員來說，那實在太過分了。

青豆和天吾是這種組織所造成的最無辜也最無助的受害者。他們都是小時候沒有能力做任何選擇時，被大人拖入了由組織信仰主宰的生活，和其他人因而隔絕開來，成為最孤獨的小孩。這樣的經歷使得他們穿過兩個世界間的缺口，掉進了1Q84的世界裡。

顯性和隱性極端組織的最大差異，在於教主的有無。深田保是個教主，其形象一部分是從電影《現代啟示錄》裡脫化出來的。對這部影史上的經典許多觀眾留下最深刻印象的往往不是馬丁・辛飾演的男主角，而是由馬龍・白蘭度飾演的黑暗叢林之王。

看過馬龍・白蘭度在《現代啟示錄》中的演出，再看過麻原彰晃的照片，很容易就能對上《1Q84》中對於深田保的描述。和現實中的麻原彰晃不一樣，而是承襲自《現代啟示錄》情節的，是教主最後自願走向死亡。馬龍・白蘭度飾演的角色要求他的接班人如何殺他的一幕，給觀眾帶來很大的衝擊，那和深田保告訴青豆的極其相似。

《現代啟示錄》改編自康拉德的小說《黑暗之心》，將小說中發生在非洲剛果河上游的故事搬到越南叢林裡。康德拉原著寫的是歐洲帝國主義殖民的特殊統治現象，極少數的殖民者竟然能毫不費力地統治廣大的土地與眾多的人民。以英國為例，如果以人口數計算，他們在印度統治同樣人口所投注的殖民人力，是在非洲的兩百五十倍；如果以土地面積計算，那麼兩者的差距甚至還更高達一千兩百倍！

看今天的非洲地圖，好幾個國家仍然有直線的國界，那很明顯不可能是歷史中自然形成的，而是來自於歐洲列強的瓜分，幾個帝國主義國家代表坐下來，不必到現場，就依照經緯線分贓了事。但重點是，為什麼那麼容易？那麼容易就瓜分，又那麼容易就以最少的人力進行剝削統治？

那就不是靠槍砲武力優勢了，而是靠文明的力量，殖民政府懂得如何利用當地人的迷信，創造出各種儀式來讓他們服從。藉由這種方式殖民者將自己塑造成偉大的神，讓被殖民者恐懼、威服，根本不敢反抗。

而康拉德挖掘、曝顯的「黑暗之心」是殖民者裝神弄鬼間，把自己都迷惑了，認定自己真的有那麼大的超越力量，混淆了現實和自己打造出來的神話。極致的統治是讓被統治者完全相信統治者的超越身分，但同時也幾乎必然使得統治者也相信自己不再是凡人、甚至不再是人，所有如此以權力打造出來的神明，內在都有著一顆最黑暗的「黑暗之心」，終究會給他自己帶來無解的悲劇結局。

這是從《黑暗之心》到《現代啟示錄》再到《1Q84》的連貫主題。

組織與Little People

《1Q84》和歐威爾的《一九八四》同樣都描述了一個組織高於個人，以組織控制個人的世界，不過兩者有著一項絕然的差異——組織控制力量的來源。在歐威爾筆下，那是無所不在、永遠在看著每個人的「老大哥」，那是由上而下的監視體制，不只隨時監視，而且從行為到心理全面監視。村上春樹寫的世界裡沒有了「老大哥」，那其實也不是一九八四年的世界，比較接近村上春樹寫作這部小說的二十一世紀初年的狀況。

正因為歐威爾小說那麼有名，連帶著「老大哥」形象深植人心，所以二十世紀政治發展的一條主流就是努力防堵「老大哥」的出現，在一九八九年蘇聯垮台時這條主流漲到了最高水位。於是《一九八四》的讀者、歐威爾的信徒可以放心了，冷冽悲哀的預言不會成為事實。法蘭西斯・福山（Francis Yoshihiro Fukuyama）告訴大家歷史終結了，民主與自由經濟已經固定成為往後人類生活的前提，不會再發生根本變化，那麼極權主義的「老大哥」再也不會回來了。

然而經歷了「地下鐵事件」的村上春樹，活在二〇〇九年的現實世界中，沒辦法那麼放心。《1Q84》要質疑提醒的：「老大哥」不在了，大家就都自由了嗎？別忘了，還有Little People。我們原來以為冷戰結束、蘇聯瓦解後，「老大哥」所代表的巨大控制力量消散了，大家就都自由了。其實不然，歷史弔詭地產生了關係倒錯，組織落入了更難捉摸、不知來歷的Little People手中，而組織的權力與控制，持續仍在。

在《約束的場所》中，村上春樹試圖以同情而非敵意的態度來了解奧姆真理教徒，從而看到了這些人的特殊社會角色。這是一群自願放棄自由，選擇被「約束」的人，而他們的動機，來自教主給他們的一份「約束」承諾，那其實是很糟、很拙劣的騙局故事，但他們卻就被勾引而沉淪了。但這些人不是真的那麼獨特，和其他人，和我們完全不一樣完全無關的，讓他們沉淪的力量，也有可能讓我們沉淪。

是什麼讓他們沉淪？是那種必須屬於一個團體，必須讓自己符合團體要求，和其他團體成員一樣的壓力。這些人無法適應日本社會的團體期待，因而接受了麻原彰晃給他們另一個團體歸屬的承諾，來緩解心中的強烈不確定、不安全、孤寂痛苦。

那是一種必須維持自己作為Little People的強烈衝動，不能獨立長大、不能自主，非依賴組織不可，而使得組織維持了龐大的宰制力量，甚於「老大哥」的時代。

從習慣的角度看，有一個教主組成團體領導這些人；然而村上春樹卻呈現了另一個角度，其實是這些人的Little People態度，一定要在組織中尋找依賴的需求，才創造出教主來。不是教主創造Little People，毋寧是倒過來，Little People創造了教主。

小組織與大組織

一般的視角看到奧姆真理教「反社會」的性格，他們要以在地鐵站施放毒氣的方式製造恐慌，凸顯日本政府無力保護民眾，讓民眾起來推翻政府，徹底瓦解既有的社會秩序。不過他們對日本政府、日本社會的仇恨，源自於自己被這個龐大組織驅逐出來，在那裡找不到位子；於是他們要推翻那個大組織的手段，是先形成一個更嚴密的小組織。

一切騷動的源頭，是組織之間的糾結：組織壓抑、去除差異，因為太大差異性而無法融入大組織的人，把自己放進一個從另外方向更不容許差異的小組織，來對抗大組織、試圖推翻大組織。

他們得到的「約束」其實很粗糙：「將你的自由與靈魂交出來，我就保證為你推翻使你無法融入、迫害你的那個大組織。」

問題重點不在麻原彰晃有多壞，而在為什麼光憑那麼粗糙的承諾他能組成奧姆真理教團？一方面他並未清楚交代究竟如何破壞大組織，二方面也沒有表明推翻了既有社會後大家能得到什麼，如此漏洞百出的說法都能吸引人？

因為他們缺乏進出不同世界的想像力，以至於連要求一個像樣故事的品味都沒有。這是作為一位小說家，村上春樹最敏銳察覺的，發現了自己和他們同樣對大組織適應不良，卻絕對不可能接受麻原彰晃的根本差異之處。在這點上，他實質批判了一般日本人那種將奧姆真理教徒視為異類的態度，願意看到、願意承認自己和他們如此相似，才能找出真正的問題所在。

在《1Q84》中，他更進一步同情地設想，這樣的教團可能是如何形成的，以小說虛構重建他們的原型歷史。必須放進這樣的歷史中才能解釋在訪問奧姆真理教徒時挖出的大困擾——麻原彰晃竟然是如此不稱頭的一個教主，他的所作所為，尤其是他提供的教義信仰，和人們從事件嚴重性而回推假定的，實在有太大落差了。

這就指向了日本社會嚴重缺乏想像力訓練的根本問題，沒有足夠想像經驗的人，才會被那麼不稱頭的教主、那麼粗糙的信仰故事迷得團團轉。在《1Q84》，村上春樹沒有要寫麻原彰晃，他寫了比麻原彰晃高明了許多，從《黑暗之心》、《現代啟示錄》延伸過來的理想化教主形象，告訴我們如果將這種等級的人物放到日本環境中，會發生什麼事？

答案很明顯：會因而產生一個新的世界，一個極其恐怖的世界。

權力的祕密性

深田保是一個真正了解人心的教主，不是現實裡又笨又糟的麻原彰晃。青豆去見深田保的過程中，其實一切都在深田保的控制下，青豆以為自己在執行任務，實際上卻是她變成了深田保的工具。

青豆可以殺了深田保，深田保自己安排讓青豆殺他，「老大哥」消失了，然而這個組織不會瓦解、不會停止運作。因為他們早已經轉型成由Little People所掌控的形式了。Little People傳遞神祕、具有高度煽動性的信號給少數的「知覺者」perceiver，但「知覺者」自己無法將訊息轉化為別人能理解的訊息，所以又需要「接收者」receiver，從「知覺者」那裡接過信號，轉譯為一般人都能聽得懂的訊息傳出去。

教主就是「接收者」，他一面從「知覺者」那裡收到來自Little People的信號，另一面將信號外在化，講給追隨者、群眾聽。這樣的兩面功能使得他擁有最高的權力。過去「老大哥」高高在上，由上而下送來指令，由上而下進行監管；現在教主卻聆聽從最深的下面，如同來自地底的Little People的聲音，將自己的權威建立在這個底層聲音上。

村上春樹對於寫小說的目的有非常傳神的比喻——如果現實是地面一樓的話，寫實主義小說就是關於一樓的描述，心理小說則是要將人從一樓往下帶到地下室去，而他自己要寫的小說是不停留在地下室，去發現地下室還有一道樓梯再通往沒有任何人知道、沒有任何人到過地下二樓。沿著這個比喻，我們很容易明瞭從地底出現的Little People神祕聲音，是集體潛意識。

教主依恃的，是聽見被壓抑下去的黑暗權力意識，再將這種潛藏的、不應該表現的意識轉譯之後傳達給一般人，那樣的訊息中帶有強烈的誘惑，得以召喚團體成員服從，不是服從教主，實際上是服從自己的黑暗潛意識，如此構成了沒有「老大哥」、不需要「老大哥」的新組織。

這樣的組織無法從外面推翻，因為不是由外在外顯的「老大哥」統治的。推翻了教主、殺了教主還是無法解決根柢上的Little People。所以只有從組織內部，破壞了從Little People到「知覺者」到「接收者」一連串裝神弄鬼的祕密性，才能破解這樣的權力控制形式。

於是深田保和深繪里的父女關係如此重要。深繪里寫的〈空氣蛹〉不是小說，而是組織內部紀錄，透過天吾的改寫變成了人人都能看、也有很多人看的暢銷書，失去了祕密性之後，教主和黑暗潛意識的連結就斷開了，他聽不到聲音了，所以必須赴死讓位給新的「接收者」，讓他們在新的祕密性基礎上，重建組織。

理解的責任

傳統權力體制中，有一項顯然和佛洛伊德的潛意識理論密切相關。皇帝、教主或奴隸主都是男性，而且都有能掌握多數女人提供性服務的「後宮」，他們不需要壓抑性欲，甚至可以自由展示性宰制，既是他們的權力展示，也是他們權力的一項重要來源。

權力的其中一項性質就是違背、冒犯禁忌。大部分的社會都將女人的身體疆界設為禁忌，於是倒過來權力者的象徵就表現為能夠恣意不受限制侵犯任何女人的身體，所有統治者總是要展現出左擁右抱的形象，誇張表演他們無視於一般禁忌的行為模式。

依照佛洛伊德理論，性的壓抑是潛意識形成的主要因素，性欲的扭曲也構成了潛意識的主要內容，權力者以其不受節制的性表現，象徵、代表了集體潛意識；因而權力者同時也是巨大的性扭曲示範看板。

《1Q84》小說中甚至涉及兒童性侵與近親亂倫的兩大性禁忌。深田保靠著祕密性和外界隔絕，讓自己取得了近乎神的地位，於是他超越了所有的禁忌限制。小說中有庇護所中阿翼，尚未初經來潮的小女孩，被侵犯的事蹟，那是使得青豆去進行暗殺的關鍵罪行，加害者所做的是對女性、對個人身體的終極違犯，絕對無法原諒。

然後還有深田保和女兒深里繪的肉體關係。為什麼他們能做出如此令人髮指的行為？對這樣的行為我們要如何理解如何面對？這是小說中最令人不安的訊息。

很顯然，要面對比要理解來得容易。小說前半一路引導我們隨著青豆進入旅館，我們完全認同青豆的行為、背後老婦人的思維與決定，應該用這種方式處置這種人，他們不應該活下去，沒有資格繼續存在於這個世上。

老婦人是因為女兒被以那種方式侵犯、虐待，後來又失去了女兒，於是對那樣的男人產生了絕對的仇恨；青豆則是因為摯友大塚也同樣遭遇過這種事，完全認同老婦人的態度，所以自願扮演暗殺者。閱讀中基本上我們都會同意老婦人對青豆說的：「妳沒有做不對的事。妳做的都是對的。」青豆殺了三個人，第一個就是大塚環的丈夫，然而她不會有良心問題，我們也沒有，如果真在現實裡遇到這樣的事，應該很多人認為自己也會做同樣的選擇吧！

青豆穿著迷你裙去執行暗殺任務，我們會跟著在意、期待她完成任務，為之感到緊張、血脈賁張。但這不是村上春樹要表達的重點。他將教主的邪惡形象推到極致，這個人比麻原彰晃厲害、張狂，幹的事比麻原彰晃還恐怖，村上春樹要問：遇到這種看來罪大惡極的人，你除了希望他趕快被去除掉之外，還會有耐心願意去了解他嗎？

村上春樹要傳遞的驚人訊息是：不許你們因而放棄了理解的責任。青豆刺殺任務的最後一段，讀者緊張地要看青豆如何避開馬尾頭與和尚頭的注意進入旅館房間中，但村上春樹卻偏偏安排了深田保說了一段青豆聽不懂的話。他和女兒的關係，他承受的巨大痛苦，那是什麼？

還有，深田保表白了，其實他早就知道青豆的暗殺企圖，大可以阻止青豆接近，他讓青豆過來，是為了要坦白揭露一些訊息。這裡有著村上春樹從《地下鐵事件》、《約束的場所》到《1Q84》對讀者的挑釁：遇到這種邪惡的人與事，你們都仍然還覺得只要將這些人殺了，用報復的方式解決就好了嗎？你們不會好奇為什麼有如此邪惡的人與事出現，你們不會擔心快快解決了，將使得這個人或這件事從此變成了永恆的謎嗎？

肉體、感情與社會倫理

我們不得不隨著青豆重新檢討：這整件事究竟是如何發生的？第一次安保鬥爭中的一個左翼青年學生，到了第二次安保鬥爭中變成了左翼青年學者，組織了一個反對日本社會體制的團體，接著團體經歷分裂，激進派被消滅了，殘存的另一部分竟然在一九七九年轉型為宗教法人，走到最右派的對面去了。

村上春樹不讓我們掉過頭去不理這些現象，而他選擇讓我們通過「性」來知覺、來省察。《1Q84》有很多關於性的描寫，然而卻幾乎沒有一件可以稱之為「正常的性」。在一般社會的組構中，「性」有相關的三項條件：第一，肉體連結；第二，與肉體連結相應的情感；還有第三，受到集體認可的制度性關係。以這三項作為性的基本條件，那麼小說中對性的描述都不符合

「正常」的標準。

天吾和一位年長十歲的有夫之婦間有肉體連結，也有一定的情感，但絕對不在社會認可關係範圍內。而青豆的性連結不只是一次性的，近乎隨意挑選，甚至還是工具性的，是為了發洩她殺人過程中的精神緊張壓力。另外還有她和Ayumi一起去探險，不只是弄出了四人性交的鬧劇般場景，還導致Ayumi被絞殺的可怕結果。

一步一步再導引到教主的性活動。在那裡，性成為「聽到聲音」的關鍵，他要和女兒或其他未成年、沒有生育能力的女童發生關係，才能聽到Little People的聲音。

這些性活動一個比一個荒誕。另一個方向極端荒誕的，還有青豆與天吾的關係。他們十歲時定情，握住彼此的手的那瞬間，形成了最強烈的、最堅固的愛情。然而在這段愛情中，兩個人根本沒有再見面，如何可能有肉體連結？小說從開頭到結尾，男女主角之間不曾有肉體接觸，但青豆卻神奇地懷了天吾的小孩。那發生在一個只打雷不下雨、閃電也不亮的夜晚，天吾透過深里繪的身體穿越時空和青豆交合。

深里繪變成了一個通道，幾乎像是取代了之前《發條鳥年代記》的井，和之後《刺殺騎士團長》的地洞的穿越功能。青豆藉由楊納傑克《小交響曲》和首都公路三號線路邊太平梯從一九八四年的世界進入1Q84的世界。《小交響曲》讓她回想起對天吾的感情。天吾則是通過深繪里的身體進入1Q84，發現了天空中有兩個月亮的奇景。

肉體、感情與社會倫理三項條件構成的性，在這個世界中如此難得，相當程度上表現出由Little People掌控的世界組織化特性，顯示了人的一種疏離狀態，是那個世界中的荒涼景致。

李斯特的《巡禮之年》

寫完大長篇《1Q84》到寫下一部大長篇《刺殺騎士團長》之間，村上春樹寫了一部「意外的長篇」——《沒有色彩的多崎作和他的巡禮之年》。這部小說標題中的「巡禮之年」來自李斯特（Franz Liszt）一組重要的鋼琴作品。回到李斯特樂譜原文，所謂「巡禮」是法文的pèlerinage，更常被翻譯為「朝聖」，但到了十九世紀，在浪漫主義的觀念中另外取得了「壯遊」的意思。

「朝聖」如何轉化、連繫到「壯遊」？在交通條件很差的時代，刺激人離家上路，去到較遠地方的主要動機，是「朝聖」，為了宗教信仰的理由，去到特定的聖地，取得精神提升與滿足。歷史上最有名、也最麻煩的聖地，是耶路撒冷，因為猶太教、基督教和伊斯蘭教都將耶路撒冷視為聖地，都積極要前往朝聖，於是三教信徒不只很容易在這裡相遇衝突，更進一步三教信徒都追求要保護聖地，將其他不同宗教的信徒趕出去。為了從伊斯蘭信徒手中奪回耶路撒冷，而在歐洲掀起了「十字軍東征」，後來徹底改變了歐洲、乃至於全人類的歷史。

朝聖有明確的目的地，要經歷種種困難，上路了卻不一定能到達，是一種和宗教緊密牽繫的精神體驗。到十九世紀，基督教的影響淡化了，然而追求精神體驗的熱情在浪漫主義中不降反升，仍然看重人離開舒適的生活，到路上接受各種不安危險考驗的體會，聖人與聖地被拋棄了，轉而為了自我成長歷練而上路，那就成了「壯遊」。

「壯遊」（grand tour）之「壯」grand指向其不同意義，不是為了去到哪裡的過程手段，本身就是目的，在旅程中獲得自我發現的獨特超越性意義。李斯特將他的系列樂曲命名為《巡禮之年》，記錄了自己作為藝術家、音樂家、鋼琴家，生命形成過程中到過的不同地方，如何經由壯遊找到自我、完成了自我。

最能反映李斯特在浪漫情懷下的壯遊經歷，如何尋覓又找到了什麼，同時具備音樂與文學、哲學深度意涵的作品，首推〈奧柏曼山谷〉。放在「瑞士之年」裡的這首曲子，標題看起來在描述一個地方，然而你到了瑞士卻也到不了「奧柏曼山谷」，因為那不是真實的地名，是法國作家瑟南古（Senancour）一本書信體小說中的虛構之處，那本小說就叫做《奧柏曼》（*Obermann*）。

瑟南古書中描寫的奧柏曼山谷四季分明，冬天一片白雪皚皚，夏天則是全無保留的濃綠色。有一個人住在這裡，不斷向其他地方發送信件，對他來說，那裡就是世界的中心，從那裡發出他真誠的呼喚。從這裡寫的每一封信，雖然有不同的寄送對象，然而其內容彼此連貫，都是某方面的自我探索與自我開發紀錄。

李斯特的鋼琴曲樂譜最前面引用了三段文字，兩段來自瑟南古的虛構書信，第三段則是拜倫的一段詩。詩句中表現了詩人在探尋中找到了答案，他認定自己的生命應該像要雷電，爆發出巨大燦爛的光以及震耳欲聾的聲響；然而同時他理解了更深一層的真相，這樣的生命注定是沒有人看到、沒有人聽到的一道雷電。

將瑟南古的作品和拜倫的詩放在一起，李斯特顯現了這首鋼琴曲是關於孤獨的自我英雄，他是英雄，具備著雷電般的光與聲，然而創造出巨大聲光的熱情卻又矛盾地使得他和一般世人無法共處。那是拜倫式的英雄（Byronic hero），他愈是光采奪目，世俗就愈是無法理解他而刻意忽視他，以至於他只能居於深深的山谷中，孤獨寫著一封又一封信。

村上春樹用了這個典故，在小說中寫「沒有色彩的多崎作」藉由回首凝望生命中最深刻的一道傷痕，試圖解開傷害來源之謎，來探尋自我，尤其是理解生命徹底孤獨的情緒與情調是如何鑄成的。

從《1Q84》到多崎作

《沒有色彩的多崎作和他的巡禮之年》是村上春樹寫作生涯中的一樁意外，本來只是要寫成一個短篇小說的題材，卻失控被寫成了長篇。了解村上春樹風格就會知道，要讓這樣一位嚴謹自律的作家在寫作小說上失控，多麼少有難得！

為什麼這樣一個故事會誘發村上春樹愈寫愈長偏離計畫？我的解釋會是回到《1Q84》，看到一段天吾和大他十歲的女友安田的對話。天吾童年時對校園生活不感興趣，不過偶然聽安田說自己小孩的事，天吾突然問安田有沒有在學校被霸凌或霸凌別人的經驗？安田的回答：小時候曾經霸凌過一個男孩，同學大家約好都不跟他說話。天吾接著問：為什麼要這樣對那個男孩？安田表示其實根本忘了。

很明顯地，《1Q84》小說裡的角色安田忘了這件事的原因，《1Q84》的作者村上春樹卻沒有忘記，尤其是他深深體認被霸凌的那個男孩將忘不了這件事，卻一直無法知道自己被霸凌的原因。《沒有色彩的多崎作和他的巡禮之年》就是從這裡來的。

多崎作年少時在學校裡有四個要好的朋友，五個人像一隻手的五根手指那麼親近，然而突然有一天，其他四個人聯合起來不理多崎作。多崎作如此受傷，以至於幾乎完全改變了他的個性，還必須等到許多年之後，才有了足夠勇氣要去一一尋找這些朋友，進行他的心理「巡禮」，甚至是「壯遊」。

在《1Q84》天吾和安田的對話中，提到了一個重點——「霸凌主要是為了區分多數和少數」，霸凌是多數對少數所做的行為，參與霸凌的人藉由欺負屬於異質少數那邊的人，來確認、伸張自己屬於多數這邊的身分。

霸凌不是誰欺負誰，而是多數欺負少數，霸凌者得到的，是屬於多數的滿足與安全感。面對、處理霸凌事件時經常被忽略的，是受霸凌者幾乎身上一定帶有特殊的異質性，他和別人不一樣，所以引來了霸凌對待。換句話說，製造霸凌最根本的原因不是那些霸凌者的惡意，而是集體社會中認定多數就是「正常」，「正常」就一定比「異常」好，而且認定「正常」如此重要的價值觀。

許多力竭聲嘶強調霸凌問題嚴重程度的家長或社會民眾，往往他們自己就是製造、維持這種價值觀的主要力量來源。常常他們一邊反對霸凌，一邊對家裡的孩子不斷耳提面命，叫他們不能跟這種、那種同學在一起，被他們標舉出來的，必定都是「異常」的小孩。他們自己不斷在區分、強調多數才是對的，少數應該被疏離隔離，這種人有什麼資格譴責霸凌行為呢？

村上春樹提醒我們，霸凌的來源是「多數意識」，為了要維護屬於「多數」的安全感，很容易就會站到霸凌者那一方去。他從霸凌者的角度簡單說了這麼一件回憶，在《1Q84》中只是一個小小的插曲。然而小小插曲中甚至沒有出現的那個被霸凌的對象，之後就深植在他心中，他覺得應該將這個受欺負的弱者刻畫出來，寫著寫著一發不可收拾，變成了意外的長篇小說。

孤獨的少數

對於少數與多數的區別，站在少數立場呈現生活的艱難，村上春樹真的極度在意。他不斷提醒：大部分的人在不多思考、不動用反省時，會很自然地站到可以提供安全感的多數那一邊，可是那些就是具備少數特質、無法加入多數的人怎麼辦？為這種少數發言，還被欺凌的孩子一個公道，不是那麼容易處理，刺激村上春樹動用了豐富的人生洞見與想像，同時也套用了他慣常的小說框架，受霸凌這件事成了多崎作生命中的那口井，全無預期地掉了進去，從此再也不可能走回原來的路。如此作品也就需要長篇才能鋪陳得開了。

這部小說最獨特之處，在於引用了《巡禮之年》作為貫串的意象。對於生命的追尋，不斷接受考驗，「巡禮」或「壯遊」到最後，必將終於看到、掌握到孤獨的自我。

天吾也是一個這樣的孤獨者。他和安田的對話中「忽然想起很久以前發生的一件事，現在記憶偶爾還會蘇醒過來，無法忘記，不過他沒有提這件事，要提的話會很長，而且那是一旦化為語言，最重要的微妙感覺就會喪失的那種事，他過去從來沒對誰提過，往後可能也不會提。」

那件事就是十歲時伸手去握住青豆的手。連繫到《巡禮之年》和多崎作，我們明白了，這兩個小孩是因為都在少數那邊，孤獨被霸凌，因而找到了彼此。天吾的父親像是被大時代作弄的生命。他在中國遭逢戰爭，驚險逃回日本，受到了很大的衝擊。小說中有一段悲哀的話說：天吾父親在別人介紹下進入NHK，是他人生故事的快樂結局。意思是他在大時代中感受到自己的無力，此時他得到依靠，有了國家組織的雇傭保護，不需要再個別去面對之前所遭受的種種折磨。

這讓我們聯想起遠藤周作。遠藤周作父母的婚姻在中國大連瓦解，因為他們對生活的認知南轅北轍。母親對生命充滿熱情，拉小提琴時不放過任何一個音符，後來她將這份執著投注在宗教信仰上，如果不是母親的這種obsession，遠藤周作不會成為天主教徒，更遑論成為天主教小說家。

父親呢？遠藤周作形容，他認為「一天只要沒有發生任何事，就是幸福的一天」，他只要平順過日子，不要任何變動，高度被動。被大時代動盪嚇壞了的天吾父親應該也抱持著類似的態度吧！進入NHK，他就可以躲在組織裡不必再迎接、應對任何變化。他可以每天都得到沒有發生任何事的幸福，因而是「快樂結局」。

他進入組織成了多數的那一邊，真的是「快樂結局」嗎？換從另一個角度看，活在多數中，他過的是靠出賣了人生所有自我變化換來的安穩、無色彩的生活，而且弔詭地，正因為爸爸找到了組織，得以投靠多數，無條件過著多數的生活，反而讓天吾成了徹底孤獨的少數。

青豆是「見證會」信徒的小孩，每天在學校吃飯時都必須大聲禱告，引起所有人側目；天吾則是永遠沒有假日，任何假日的活動他都無法參加。兩個人的家長都投入各自組織的多數，小孩卻從學校這個組織游離出來，失去了團體依賴。他們和多崎作一樣，都在童年時成為被霸凌的對象。

這樣的孩子早早就必須面對一個「殘酷而不親切的世界」——這是天吾的用語。這句話出現在他和深繪里初見面的對話中，他解釋自己為什麼會喜歡數學，甚至當上數學老師。數學是整個世界中對他最親切的東西，只要夠專注，數學就會在面前顯現出一個方向。

數學是固定的，不會變臉、不會翻臉，夠用心就能得到揭露一切的回報，讓活在「殘酷而不親切的世界」裡的天吾感到親切，所以他喜歡數學。

他也喜歡小說，因為寫小說才和深繪里有了互動關係。當他說：「所謂數學這東西就像流水一樣，凝神注視的話，自然可以看出那個水道，你只要一直注意看就行了，什麼都不必做，只要集中注意力盯著看，對方就會明明白白地全部顯示出來。在這廣大的世界，只有數學對我這樣親切。」深繪里疑惑地問：「如果數學那麼輕鬆的話，就沒有必要辛苦地去寫小說吧，一直只教數學不好嗎？」

天吾的回答是：

> 「實際的人生和數學不同，在實際的人生當中，事情不一定會以最短距離流動。數學對我而言，該怎麼說呢？太過於自然了，那對我來說就像是美麗的風景一樣，只是存在在那裡的東西，甚至不必跟什麼調換，所以在數學裡面，有時候會覺得自己好像逐漸變透明了似的，有時候會覺得很可怕。」

村上春樹要我們體會天吾孤獨的心情，他敏銳感受自己活在一個不對少數者開放的世界，因而世界上多數人的生活與心情他都無法理解。數學透明而自然，但數學不是真實人生，作為孤獨的個人，他需要有人生存在的意義，不能只靠數學。所以他藉由小說改造周圍的風景，這是小說的作用。

深繪里也寫小說。但她和天吾很不一樣，她寫小說的理由顯然也不同於天吾。深繪里和村上春樹後來的小說《刺殺騎士團長》中的麻里惠是同一個模子造出來的角色。她們的意念、發言不受世俗慣習拘束，深繪里聊天時常常說：「我不會對爸爸或任何大人講這樣的話」或「大人不覺得應該和我講這樣的話」；麻里惠也是，初見面時就突然對「我」說覺得自己胸部太小的事。

還有，這兩個女孩說問句時都省略了句尾的「か」，以至於感覺上說的都是直述句。為了要顯現深繪里特殊說話方式，村上春樹將她的話在引號中都寫成平假名，完全沒有漢字。甚至和天吾說著同一件事，天吾的語言有漢字，深繪里說的就統統只有平假名。

深繪里說話的方式，會讓人家覺得不能用漢字來記錄她發出的聲音，因而即使是日常生活中最簡單的漢字詞語都被拿掉了，只剩下純粹標音的平假名。這是很有意思的文字實驗，讓人想起喬伊斯（James Joyce）在《尤利西斯》和《芬尼根守靈夜》書中動用的種種實驗寫法。還有受到喬伊斯強烈影響的王文興，他在小說《家變》和《背海的人》中，會穿插注音符號，明明念起來是一樣的聲音，為什麼要捨慣用的文字改用注音符號？要讓讀者強烈感覺到那聲音，脫離了文字意象而更凸顯出來的聲音。

小說中尤其要凸顯那是聽在天吾敏銳感應耳中的聲音。就連電話鈴響，天吾聽著都會產生「這是小松來電的鈴聲」的想法，對他來說，好幾個人都有自己的電話鈴響方式，例如牛河。那不是寫實的，卻還是會在許多人心中激起回響，因為我們對於聲音的反應，經常有許多自己都很難描述的直覺差異。

當感受化為語言

天吾第一次見到深繪里時，覺得被她叫喚出了心中的一片空白——母親的空白影像。這就是深繪里和麻里惠這種少女在村上春樹小說中的主要作用，她們代表了沒有被固定外表改造前的某種真實，乍然和她們相遇會將人帶回社會化、集體化之前的純真狀態。

她們像是來自另一個更真實的世界，剝開了外表露出內在。因而用平假名記錄說話的聲音相應就比用漢字來得直接。

《1Q84》小說開頭，計程車司機如同讖語般告訴青豆：「不要被外表給騙了，現實往往只有一個。」深繪里和麻里惠她們代表那個更真實或才是真實的世界，同時也是讓人可以從迷失於外表假象的世界回歸真實的通道。

當天吾想起了青豆時，他沒有對大他十歲的女友表白那是誰、是什麼樣的回憶，因為「那是一旦化為語言，最重要的微妙感覺就會喪失的那種事。」

現實到底是什麼？活在一個「現實完勝虛構」的環境中，我們如何看待虛構的小說？很多人以為有了現實當然就不需要虛構、不需要小說，然而偏偏是在小說中，村上春樹如此鮮活地提醒：但你有把握這個現實是現實嗎？也許其實是墮落的假象呢？

真實的世界會有真實的感受、真實的情緒、真實的經驗，會有「一旦化為語言，最重要的微妙感覺就會喪失的那種事」。但我們活著的這個現實中有嗎？感受、情緒、經驗都是表面的、固定的，甚至都是別人已經先說過千百遍都說爛了的。

我們經常錯覺以為現實會直接呈現。不，現實總是先經過各種中介，像光線先通過了各種屈光透鏡，才射入我們的眼底。這世界上很多「重要」的事以「新聞」的形式讓我們知道，那就必然先經過了記者、主播、媒體、社會議論等重重的公共語言、多數的語言，然後才形成我們的認知。

我們領受的現實，是這種多重轉手，由公共的、一般的、俗濫的表面語言描述傳達的現實。那是真正的現實嗎？那裡面可能還有「一旦化為語言，最重要的微妙感覺就會喪失的那種事」？

千萬要記得司機說的：「不要被外表騙了。」現實只有一個，而且往往不是我們用語言轉述、存記的那一個。唯一的現實中的個人真實性，被轉化為多數人的外表意念，用多數人的語言訴說，一說就破壞了「最重要的微妙感覺」。人生中有些這種事，被多數語言轉化為外表的、統一的多數意念，就不再獨特、不再微妙、不再個人、也不再自我了。

所以需要繞過外表，動用象徵去描述現實，在虛構的狀態下隱喻地表達，反而才能跳過眾人的、固定的、庸俗的意念與語言。那樣外表、庸俗、虛假的「現實」不可能完勝虛構，我們仍然需要虛構，因為那種「現實」有太多偶然、不相干的雜質。藝術、尤其是小說的虛構，相當程度上是去除雜質的過程，如天吾說的：「小說改造現實，然後突顯你的存在。」

或用里爾克的詩句，那是「把人生活成命運」。意思是要點出：我們的人生最悲哀的就是當中有很多沒有意義的時光與活動，絕大部分的人生現象都是沒有意義的。所以我們動用藝術的虛構去撿選、去整理，盡量只留下有意義的部分，那樣的人生圖像於是顯現出明確的方向、漂亮的秩序，在其間沒有了偶然，人生減掉了偶然，就等於「命運」。

或者再換和里爾克同時代的大詩人葉慈（W. B. Yeats）的說法：「人生是什麼？當沒有詩，沒有藝術的時候，人生就只是早餐桌上的一堆偶然，沒有任何事情是必然的。」所以需要小說虛構將人生化為必然的。

職業小說家

幾乎所有的好小說，都是以細膩、精確的方式揀選了有意義的內容擺放在一起，產生了一幅關於生命的圖像。村上春樹特別「自慢」地表示：「我是一個職業小說家，不是隨便寫寫的」，對這一點他當然很明白。對這樣寫出來的好小說，我們應該用心讀，才會知道作品中有多少偶然或inconsequential的東西。像《1Q84》篇幅如此龐大的作品，用心檢驗會發現其中並沒有多少偶然或inconsequential的元素，這是很驚人的小說技藝成就。

《1Q84》開頭，青豆在高速公路上聽見楊納傑克的《小交響曲》，這不是偶然提到的一首樂曲，不只是連繫到後面天吾展現出色音樂天分時的演出，而且也連繫到重要的歷史背景。

楊納傑克這首曲子，是一九二六年創作的，那一年在日本是昭和元年。村上春樹一直在探討「組織」，昭和元年正呼應了日本歷史上最高度組織化的現象——軍國主義的興起與形成。大正時期在這一年結束，同時也結束了鬆散、騷亂的「大正民主」現象，轉而一步步走向個人自由空間不斷緊縮的軍國主義發展。

青豆想起了一九二六年的捷克，直接浮上來的想法是：楊納傑克不會知道未來長什麼樣子，一定無法預期不久之後，希特勒和納粹軍隊就打過來了。接著青豆在計程車司機指引下找到安全梯，從安全梯要離開高速公路時，很奇怪地她腦中竟然充滿了情色的想像與回憶。小說在這裡只說情色回憶的對象是一位女同學，後來我們會知道那是大塚環。在應該專心下樓梯時，青豆腦中全是兩人在夜裡親熱的畫面。這樣的描述沒有任何偶然、inconsequential之處。

青豆之所以急著走下高速公路，為了要去執行襲殺大塚環丈夫的任務；而她之所以成為殺手，正是出於對那個男人的深深恨意，要為她深愛的這位同學復仇。因而執行任務途中她想起了自己和大塚環不只是心靈的、甚至是肉體的激情關係。

這是女性之間的性關係，是《1Q84》中最早出現的性描述。性在村上春樹作品中很重要，不過應該沒有任何一部作品像《1Q84》表現得那麼豐富、那麼有層次。《海邊的卡夫卡》中因為涉及亂倫關係，有所保留，沒有表現得那麼明白。《刺殺騎士團長》中，性主要是人與人溝通與信賴的延伸端點。然而在《1Q84》裡明確地排列了性的各種不同性質、不同作用。

最浪漫、最天真的性，發生在青豆與天吾之間，甚至進入了transcendence超越的境界，兩人之間構成「沒有肉體關係卻有性關係」的神妙情況，村上春樹藉此凸顯了因愛而生的性甚至可以超越時間、空間，超越現實世界的任何物理限制。

類似的寫法之後會在《刺殺騎士團長》中再度出現，因真愛而產生了不受時空與肉體等具體條件限制，最理想的關係。和「因愛而性」形成對比的是「因性而愛」，在《1Q84》中是天吾和大他十歲的情人的關係；在《刺殺騎士團長》中則是「我」和年長女人的關係。他們之間有愛，但那樣的愛離不開性，也因此其中牽涉的愛是有限的。

早在《一九七三年的彈珠玩具》中，村上春樹就讓小說裡的「老鼠」愛上比他年紀大一些的女人，成為「老鼠」決定離開家鄉時最深的牽掛，但最終他還是不告而別了。《1Q84》中，年長十歲的女人後來就消失了，天吾接到電話通知他那個女人已經喪失，不會再來找他了，天吾也就接受了，也就沒有追究。相較於處理深繪里的事、為父親唸〈貓之村〉，當然還有對青豆的掛念，這女人就被推到背景裡去了。「因性而愛」的愛是非常有限的。

「性光譜」與以暴易暴

小說中另有一種性，那是純粹的欲望發洩，和愛一點關係都沒有。青豆找了一個頭髮稀疏的男子發生關係，又和Ayumi在旅館進行多人性交，那都是純發洩。

還有一種小說中呈現得很醒目的，是和暴力與權力結合，不正常的性。這又有兩種變形，一是非常庸俗，「惡之平庸」的婚姻暴力，也就是柳宅女主人和青豆藉由暗殺行動試圖要解決的問題。二是先驅教團的神祕組織中取得權力的手段，藉由性得以聽到Little People的聲音，化身為perceiver（知覺者）和receiver（接收者），升入教團的核心。

村上春樹在《1Q84》中鋪陳了他的「性光譜」，平行展示出他作品中另一項不容忽視的主題——暴力。對於暴力的思考，在很多本長篇小說中都占據了重要的地位。在他筆下，暴力分為明顯的，容易理解的邪惡暴力；以及另一種用來制止暴力的暴力。

《發條鳥年代記》中的邪惡暴力代表是妻子的舅舅，《海邊的卡夫卡》中是Johnnie Walker——

田村卡夫卡父親的形象或影子，《1Q84》中則是教主深田保。到《刺殺騎士團長》，這方面的描述更擴張了，有一九三八年納粹在奧地利所做的事，以及日本的熊本師團在南京大屠殺中扮演的角色，都是邪惡暴力的代表。

對於這些暴力，村上春樹刻意動用了隱喻來強化讀者心版上的印象。《海邊的卡夫卡》虐貓的Johnnie Walker具有讀過小說的人都無法遺忘的形象，成為一個鮮活的象徵，讓人看到那個威士忌的商標，立即聯想起所有的暴力事件。

村上春樹當然厭惡邪惡暴力，然而他並沒有停留在對於暴力的譴責，而是持續思考——恐怕一直到現在都還沒得到確切的答案——究竟應該拿這樣的暴力怎麼辦？

我們知道他不是preacher of forgiveness，他不會主張：我們應該以寬容之心來感化邪惡、阻止暴力。在後期的小說中他顯現了性格與人生哲學上暴烈的一面，和前期塑造的被動印象很不一樣。大致是從《發條鳥年代記》開始，他轉而設想以暴易暴，用暴力阻止暴力的種種可能，到了《1Q84》就有了柳宅女主人設計的完美以暴易暴作法，讓事情成為：「反正我想殺的對象本來就有可能死於心臟病發作，我只是成全他罷了」，如此消弭了暴力源頭。用這種方式解決邪惡暴力，救出受害者，以暴易暴可以獲致這種效果，你會覺得不應該做？會良心不安嗎？

在《刺殺騎士團長》中，他又提出了一次：雨田具彥去刺殺納粹高官的作法對還不對？村上春樹藉小說情節誘發我們思考，同時這樣的情節也勾引著村上春樹挖掘了自我內在相對暴烈的部分。那部分的他認真看待以暴易暴帶來的正義，然而還有另一部分的他仍然糾結著殺人的絕對責任問題。

他讓殺人成為不斷浮出在雨田意識中「未遂事件」，刺激他畫出了〈刺殺騎士團長〉那幅畫，再以隱喻、想像的方式將未遂轉化為已遂，改變了事件的意義，朝向譬喻傾斜。到底是未遂或已遂，是動機還是行為，在小說中模糊不明，不可能有答案。

和《刺殺騎士團長》對照，《1Q84》更為曖昧。青豆執行了兩次暗殺行動，表面上看兩次都完成任務。然而「不要被外表給騙了，現實往往只有一個。」什麼樣的現實？其中一次暗殺是對象沒有警覺，在不知情中被殺了；然而另一次實際上深田保知道青豆的企圖，自願讓她靠近並鼓勵她下手。

青豆不可能符合原本的任務要求。她雖然殺了深田保，卻不是在他不知情的條件下。相反地，她變成了依照深田保的期待下手的，那還算是達成原本以暴易暴的懲罰效果了嗎？

改寫〈空氣蛹〉

從《發條鳥年代記》歷經《海邊的卡夫卡》，到《1Q84》和《刺殺騎士團長》，小說中都存在著兩種暴力，一種是源自邪惡權力運用產生的暴力，另一種是為了抵制、消滅邪惡暴力而動員的暴力。這兩種暴力的關係如何處理、如何解決，看來村上春樹尚未找到答案，因而使得他一再回到這個困擾主題上，不斷向自己與讀者拋出問題。

相較之下，有其他的道德命題比較容易察知村上春樹的立場。例如：天吾應不應該幫深繪里改寫〈空氣蛹〉？天吾參與改寫了，也成功讓深繪里得到新人獎，還讓作品成了暢銷小說。單純從呈現小說創作上看，這件事證明了寫小說需要兩種很不一樣的能力——「有話可說」和「知道如何說」，兩者兼具寫出來的作品必定能成功。

在寫好小說這件事上，村上春樹的態度很清楚。首先他既揭露了小說寫作的祕訣，同時又變相表揚了自己。他的小說是符合了這兩項條件而成立的，「有話可說」又能找到最好的方式說出來。當他以「空氣蛹」和「Little People」為例稱讚深繪里不可思議的精采想像力時，我們不可能忘掉了真正具備這種想像力的，是創造出深繪里這個角色的作者村上春樹。

小說中他分好幾次才將〈空氣蛹〉的精采之處完全展現。第三部裡，過著隱居生活的青豆讀著〈空氣蛹〉，我們才跟著看到Little People從死山羊身上一個個冒出來，他們會移動，但是不超過一公尺，而且尺寸基本上就和《刺殺騎士團長》裡的團長差不多，都是小小的人。又看到他們編織空氣蛹，先從空氣裡抓出絲線，然後慢慢地編，空氣蛹愈來愈大，那是多麼精采、多麼漂亮的畫面。

村上春樹想像力下的產物結成一個花再多時間都探索不完的廣闊網絡，他非常明白自己具備了寫小說的雙重能力，既然如此，能夠讓好小說誕生，有非得一定要由一個人來寫一部小說的原則嗎？

天吾要介入修改，必須取得深繪里同意，作為原創者，深繪里沒有任何遲疑、沒有任何心理掙扎。深繪里信任天吾是一項因素，另一項因素則是深繪里是一個純粹的原創者，她對於傳播小說的內容沒有興趣、甚至沒有概念，願意讓天吾去負責作品的傳染性。

改寫之事是由小松提議的。看村上春樹對小松的描述，裡面也沒有什麼譴責的意味。小松四十六歲了，從一九八四年回推，一九五九年發生「第一次安保鬥爭」時他正在念大學。他長得像個落魄的革命家知識分子，他對待小說有除了錢、除了成功之外的其他目的。

從東京地下鐵事件到《1Q84》

「東京地下鐵事件」給了村上春樹多重衝擊。和他作為小說作者關係尤其密切的，是造成這樁大事件的元凶竟然是區區的奧姆真理教教主麻原彰晃。

讓村上春樹感到困惑、甚至尷尬的是：麻原彰晃憑什麼製造出這麼大的災難？麻原彰晃作為教主，聚攏了信徒，號令他們去無區別地毒害這麼多人，從結果回推他應該是個了不起、有著特殊魅力的人。然而出現在大眾眼前的這位教主，從各個方面看，都配不上這樣的形象，他甚至連一個吸引人、引發強烈迷信的好故事都說不出來，那是使得村上春樹更對奧姆真理教徒感到深深悲哀的因素。

這件事一直掛在他心上，到後來他很勇敢地嘗試以「重講故事」的方式來進一步探索。《1Q84》就是他重講的故事，他要告訴大家，一個人要成為像樣的教主應該具備什麼樣的條件，要有能力提供什麼樣的教條，用什麼方式魅惑信徒。

他不是要提供道德譴責，毋寧是要以自己重講的故事來凸顯日本社會這方面的悲哀——必須是一個嚴重缺乏想像力的社會，才會讓麻原彰晃如此拙於編故事的人都能成為釀造大禍的教主。

大家應該都聽過：「你可以一時騙過所有的人，也可能永遠騙過一小群人，但絕對不可能永遠騙過所有的人。」即使只是一時騙過一小群人，但要他們死心塌地遵從命令，那也必須要編出像樣的故事，這是出於小說家自尊的村上春樹信念。

當他重說故事時，將焦點放在「孤獨」上。這部小說中每一個值得被讀者記住的角色，都是孤獨的人，有著各自不同的原因而過孤獨的生活。青豆、天吾、天吾的父親、柳宅老婦人和她身邊的Tamaru、小松、深繪里、教主深田保、甚至Ayumi和大塚環都是。

小說中反覆探討孤獨。這些人的共同特性是與社會格格不入，對集體生活適應不良。這也是村上春樹對日本的基本看法：一個強調集體性、追求人人相同的社會，必定會製造出許多孤獨的人。集體社會要求每個人都加入多數，避免成為少數，霸凌行為就是以戲劇性方式對自己和對他人表現：我不是少數，我站在多數那邊。如果稍微帶有一點少數特殊性，就會在這樣的環境中成為孤獨的人。

這樣的人如何在集體社會中處理他們的孤獨？在村上春樹重述的故事中燭照出一條路——無法忍受孤獨時，這些人會聚在一起彼此取暖，形成了反社會、反多數的組織。在《約束的場所》書中他已經觀察到奧姆真理教徒就是因為太孤獨了才會入教並崇信麻原彰晃，《1Q84》小說中他創造了「先驅」這個團體，相當程度上表現了具備強大號召凝聚力組織的「理想型」，對照現實中奧姆真理教的零零落落。

村上春樹對奧姆真理教的信徒致上了最深的同情，他們被視為反社會的罪人，卻是為了不值得的團體和教主獻上自由；他同時也對日本社會提出了嚴厲的批判，社會的集體性不容忍使得這些人徹底孤獨，又使得大部分的人失去了忍受孤獨、遑論享受孤獨的能力，才造成了如此荒唐的悲劇。

從左翼組織到宗教團體

村上春樹將「先驅」這個有模有樣的團體編入了他所熟悉、所經歷過的日本戰後歷史中。這個團體起源於兩次「安保鬥爭」，對抗右派國家主義，所以剛開始抱持著類似共產主義的烏托邦理想——建立一個「人人各盡所能、各取所需」的團體，批判國家主義與資本主義，貫徹平等原則。

然而這樣的左翼團體很快就因為不同路線爭執而分裂。激進派團體「黎明」發動暴力革命而在槍戰中被一網打盡，影響了留下來的「先驅」團體的選擇。見證了「黎明」的失敗，他們轉而採取與社會隔離，成為封閉祕密組織的路線，如此他們會吸收到的成員，自然都是對社會適應不良的極端孤獨者了。

村上春樹凸顯了這條路線內在近乎必然的荒謬性——對於社會適應不良的孤獨者要如何形成對抗社會、乃至推翻既有社會的團體？他們組成了自己的團體，幻想以集體的力量來對抗更大的社會集體，這本來就是荒謬的設定。在社會集體感到疏離，被歸入少數中，為了尋求安全感，因而加入這個團體，藉由放棄自我、完全認同團體來換取歸屬，於是這樣的團體中絕對不會有平等，畢竟平等關係只能存在於獨立的個體之間。失去個體性的同時，也就失去了平等的可能。

因而這個組織轉型了。當老師告訴天吾「先驅」在一九七九年變成了宗教團體，天吾簡直不敢置信，因為他明明知道這本來是一個左翼組織啊！不過如果進一步追究到底什麼是「宗教團體」，或許不會感到如此意外。

小說中的深田保和現實裡的麻原彰晃有關聯，但村上春樹沒有要將深田保寫成麻原彰晃的化身，兩者之間有著明確的高下之別。深田保開創了「先驅」，將團體封閉起來，創造出了神話，說服團體裡的人相信他不再是原來的他，他能夠聽見「不一樣的聲音」，接收了來自最高神祕權威Little People的訊息，成了神選之人，而得到了特殊權威與地位。

麻原彰晃不過是說自己能聽見神旨，編造了一些發生在自己身上的神蹟，就要所有的人都服從他，教主哪有來得如此便宜的啊！像深田保，要在封閉的環境中釀造氣氛，形塑千迴百折的故事，來表現自己被上帝選中的艱難過程，而且他還必須為了和神、和上主有這種神祕連結而付出代價，他是非凡的存在，過非凡的生活，就不能和一般人擁有同樣的享受。

深田保作為教主是既神祕且迷人的，他從特殊的知覺者（perceiver）那裡接收訊息而成為接收者（receiver），然後承受變化從一般人面前消失，經過種種繁複步驟，才會被信眾全心崇拜。

在教團裡，每一個人一進來就被關於教主的神話說法籠罩了，成員和教主間存在著無法拉近的絕對距離，見不到教主，只能間接聽說關於教主的種種事蹟。他完全不同於一般人，就連性行為，對教主來說就不會是、不可能是情欲肉體享受，而被神話式地轉化為某種包含了相反感受的經驗，是一種痛苦中領受神的儀式，如此來顯示他超越人的特質。

美麗而舒服的故事

深田保告訴青豆什麼是「宗教」：「世界上大多數人，並沒有在追求可以實證的真相。所謂真相大多的情況下，就如妳所說的那樣，是伴隨著強烈的疼痛的。而大部分的人並不追求伴隨著疼痛的真相。」那麼大家追求的是什麼？是能讓他們盡量感覺到自己存在意義的深刻、美麗而舒服的故事，正因為提供了這種故事，宗教才得以成立，這就是關鍵。

宗教要能吸引信眾全面獻身，必須能做到「提供美麗而舒服的故事」，但人為什麼需要這種故事？深田保說：「很多人藉由否定、排除自己是無力而矮小的存在的這個印象，才勉強保持沒有發瘋。」

深田保注意到青豆似乎不需要宗教，便以她為基準來照映出其他人之所以需要宗教的理由：人無法面對自己那矮小、不見得有意義的存在，而宗教正是在告訴人們「你的存在是有意義的」，而且有充分的能力及理由編故事說服並安慰你：因為你擁有存在的意義，所以你並不是矮小的存在。這種方式使人們能夠坦然面對自己的存在，換句話說，大部分的人都在逃避自己存在渺小而有限的事實，宗教則幫助我們更有效地欺騙自己，這就是宗教最大的作用，一旦它發揮這種作用，我們就可以不那麼痛苦和焦慮了。

青豆所在的這個一九八四年的世界，不是歐威爾在一九四八年用小說所預言的那樣，小松明白地說了這世界不會有Big Brother，政治權威由上而下的控制讓位給宗教由下而上的控制。前者的方法是讓人們感覺自我渺小，面對巨大的權威只能乖乖服從；後者卻是剛好相反，不是時時刻刻提醒人們有多渺小，而是針對人心中要放大自我存在意義的衝動，提供他們虛象滿足來迂迴控制。

作為寓言，《1Q84》顯示此時對自由最大的威脅是「小小人」，最重要特性就是「小」，和我們每個人一樣小，甚至比我們還小，從死山羊身上鑽出來，用細小的絲線編織著「空氣蛹」，那就是宗教的作用。表面上看起來放大你的存在，讓你的存在有意義、不再渺小，實質誘引你自願加入團體並樂於犧牲自由。

歐威爾寫的是一種「強控制」狀態，村上春樹寫的卻是一份誘惑，讓人自願交出自由。孤獨的人格外難以抗拒這份誘惑，他們在這裡找到了純粹的團體，交出自由徹底屬於團體，因而可以有在多數那邊的歸屬安全感。

小說裡多的是孤獨的角色，不過他們走上兩條很不一樣的路。一條是進入「先驅」讓自己集體化、多數化；另一條，由青豆和天吾的愛情故事代表的，是堅持孤獨的自我，不放棄個體性，昂然拒絕社會同化，也拒絕其他組織的吸納。第二條路構成了對第一條路的嚴厲質疑：如何可能以更集體化、更沒有自由的組織來反抗拘束他們、使得他們無法適應的社會？

要反抗社會只有一種方法，那就是堅持孤獨、個體和自我。害怕孤獨，真正要解決孤獨的痛苦，只能學著和孤獨共處，進而理解孤獨的價值，找到真正能信賴的人，在誠意的關係中得到安慰。

不需要宗教的人

深田保對青豆說：「看來妳不需要宗教」，因為青豆心中一直藏著一份沒有陰影、純粹的愛，那是她在十歲時對天吾許下的一個承諾。十歲那一年握著天吾手的同時，她發誓要一輩子愛這個人，後來她和天吾分手，反而加深了這份愛情，因為這份愛都是作為可能性而存在——「沒有實現的愛不會破滅，沒有真正許諾的諾言不會毀約。」

從一個角度來看，這份愛沒有陰影，因為是青豆自己一廂情願，如此純粹的信仰，幾乎就是屬於她自己一個人的宗教。青豆同意深田保說的，她不需要宗教，作為孤獨的個體自我，她選擇了不放棄孤獨，保持和社會多數間的孤獨狀態，將自我依靠在一份純粹而絕對的信賴上，有這樣的信賴，人就不會被孤獨的痛苦折磨了。

孤獨的人都想擺脫那樣的折磨，然而選擇了不同的路，會得到不同效果。這部分有著作者村上春樹的自述表白，他也是孤獨的人，也想找到可以信賴的對象，然而他絕對不會信賴麻原彰晃，也絕對不會向教主交出個體自我意志。愈是孤獨的人愈明白信賴有多重要，但同時必須了解尋覓信賴對象有多麼困難。

「先驅」團體的人選擇信賴深田保，青豆選擇信賴心中的愛，天吾選擇信賴當年青豆的眼神，這中間關鍵的差距在於被信賴帶來的責任。

從《1Q84》中村上春樹描寫Ayumi之死，貫穿到《刺殺騎士團長》中的一段情節。青豆無法調查清楚Ayumi被殺的來龍去脈，然而《刺殺騎士團長》設想了那樣的情境——將自己的生命交到別人手中，因而引發了對方傷害的惡意。《刺殺騎士團長》的敘事者「我」曾經兩次面對這樣的誘惑，一次是進入坑中的免色要他將樓梯抽走，另一次是女人將浴衣繫帶交到他手中，要他將自己勒死。

這誘惑的意義以免色對我的發問表達出來：「當我把自己的生命交付在你手中，你是否動過一絲一毫的惡念，想利用這個機會傷害我，甚至只是閃過這樣的念頭？」信賴關係必定存在這樣的危險，深刻的信賴意味著讓對方取得傷害的權力，也就等於給了對方進行傷害的誘惑。會不會受到誘惑而有了運用這份權力的衝動？

村上春樹一直在探索這個大部分人逃避不看的問題：我們有多少人在可以輕易不被懲罰的情況下傷害別人時，能夠抗拒這樣的誘惑，不去傷害信任你、將傷害權力交到你手中的人？

Ayumi之死，死於她太孤獨，太需要和別人有深刻的信賴連結，她將最私密的性關係乃至於性命交到一個人手中，孤獨的痛苦使得她冒險去交換親近的陪伴，結果付出了最高的代價。

Ayumi一再冒險追求的，不是性的刺激，而是為了在極度不安中產生的信賴關係。那就是《刺殺騎士團長》裡設定的情境：沒有人知道我和你在這裡，即使你殺了我也不必負任何代價，我還將可以勒殺我的繫帶親自交到你手中，我完全信賴你，你會如何反應，你會辜負我的信賴嗎？如果對方通過了誘惑考驗，Ayumi就能得到克服孤獨的滿足，覺得在這裡有了一個和自己建立深刻信賴關係的人；但如果對方沒有通過考驗呢？

Ayumi很可能就是在這種情況下遇害的。

自由意志與自我陶醉

雖然青豆也曾和Ayumi一起追求這種性冒險，但兩人的心理條件不一樣。青豆在最孤獨的時候遇到了天吾，堅信自己會一輩子愛這個人，堅信天吾不會辜負自己的愛，那也是一種徹底的信任。她因而不需要宗教，也因而只是讓那些性經驗停留在純粹的性經驗，不牽涉到人際信任關係。

那些性只是「通過」她的身體，意思是有那樣的經驗不會改變她是怎樣的一個人。她後來才知道，或說才猜測，和她同行的Ayumi不是這種態度，她尋求的是更刺激也更危險的目的，找青豆同行，一部分正因為那樣的行動中含藏著極度的不確定性，最終她畢竟還是受到了終極、不可復原的傷害。

「暴力」，尤其傷害女性的暴力，主要就是由此產生的。柳宅老婦人告訴青豆：「會在家裡以激烈暴力對待女人和小孩的，往往都是懦弱的人。」日本的集體社會規範逼迫每個人認定家庭內部的信賴，家庭就是關起門來成員彼此完全信賴的地方，這樣的假設豈不是給予了人不受監督、不被懲罰的傷害誘惑？必定有一些人無法抗拒這種誘惑，做出惡劣的傷害行為。

關鍵重點仍然是：究竟該如何處理人與人之間的信賴？日本社會賦予家庭的信賴關係，反而引發了種種惡果，村上春樹明顯地表現出對家庭的高度質疑，甚至強烈批判。

對照他前面寫的《海邊的卡夫卡》，小說的故事根底是再明白不過的殺父娶母情節，然而在希臘戲劇中，引發弒父的力量是外在的命運，到了村上春樹筆下，卻轉為內在於家庭、近乎宿命的暴力與壓迫，使得兒子只能訴諸類似的極端暴力才能離開這樣的情境。

懦弱的人受不被發現、不被懲罰的條件誘惑而運用暴力，因為他們的自我不健全。這又連繫到《1Q84》小說描述的那個Little People取代了「老大哥」的世界。在這個世界中，當人感到自己的存在沒有那麼渺小，或他渴望能夠覺得自己沒有那麼渺小時，反而最容易被控制。使用暴力帶來了自我膨脹的效果，所以對懦弱的人有更大的吸引力。

小說中有一段青豆和Ayumi的對話，討論了自由意志與自我陶醉的區別。在「老大哥」的控制下，人的自由意志被堵住了，無法伸張；換成Little People的影響統治時，卻是倒過來人受控制時會產生自我陶醉的滿足，油生出自我的假象。

在這方面，《1Q84》顯現出預言小說的性質，雖然將故事時空設定在一九八四年，然而所描述的情景可能更接近村上春樹寫作、出版的二〇〇九年，甚至更後來的世界。

到了我們今天的現實，應該是「老大哥」和Little People巧妙地透過網路、大數據和數位科技結合在一起了吧！二〇一八年的數據，英國倫敦整座城市裡一共裝設了三十萬部監視器，每一位生活在倫敦的人，包括觀光客，每天平均會入鏡三百次，將這三百個畫面連接起來，這個人一天的生活基本上就無所遁形了。儘管家中不會有監視器，但每次進門出門的畫面都被完整記錄了，那還能說在家裡就有隱私保障嗎？

大數據下的自由意志

在「大數據」的環境裡，我們現在對這樣的事應該有更深的感觸吧！不只是如果搜尋過浴室玻璃清潔劑，連續幾天各種清潔劑廣告就會不斷跳出來讓你看到；有時候和朋友聊天談到了有人去葡萄牙旅行，隨後Instagram上就跳出許多葡萄牙風光照片，Facebook上也會有旅行社的葡萄牙行程廣告；YouTube上幫你安排的自動播放影片常常都讓你既驚訝又感興趣，原來還有這種影片啊！

即使明明知道「大數據」如何被運用，我們每天還是不斷上網提供「大數據」，以便讓各種廠商乃至政府機構更了解我們，有更多、更準確的手段可以影響我們、甚至控制我們。網路提供的方便實在太誘人了，將人綁得愈來愈緊，實體貨幣、信用卡都快速被數位支付取代了，同時也就使得一個人的消費行為全都被詳細地記錄下來，很多人現在出門可以不必帶錢包了，但絕對不能沒有手機，一切都在手機裡，也意味著一切都在你看不到，卻可以將你看透的雲端資料裡。

雲端數據能準確知道你喜歡吃什麼，什麼時候可能空閒感到無聊，最有可能用什麼方式打發時間，如果要看電影會被哪一部電影吸引，如果要聽音樂會想聽什麼樣的音樂，也知道你有了可以旅遊的餘錢最可能衝動付費買去哪裡的機票。

大數據蒐集所有資料，交給大運算，自動算出了這些結果。這裡沒有監視、掌控的「老大哥」，卻形成了比「老大哥」更嚴密、更有效的監視、掌控。當年的東德組構了水銀瀉地般無孔不入的史塔西（Stasi）系統，將每個人都納入系統中，史塔西的資料排起來長達一千七百公里，然而這麼龐大的資料帶來了運用上的困難，要讓資料完整，就相對帶來資料量體過大難以方便、快速翻查搜尋的問題，反而削弱了管控的效力。

這是中央集權「老大哥」的內在極限。當前全世界的大數據資料量體，大約每兩天都有史塔西一千七百公里檔案那麼多的內容，而這樣的資料庫連結上分布在各個公司機構，基於不同理由進行運算的機制中，可以分散利用，更有效滲透到每個人的生活細節裡。

從好的一面看，這些機制提供了「客製化」，根據每個人不同愛好、不同需要的服務，不只是準確地提供你意欲的，還進一步猜測到你可能會要的，等於是洞視、挖掘你的潛藏欲望，比你自己還更了解你的深層心理，潛藏的浮上變成表面動機，於是你的行為和你的習慣被改變了。

這算是操控嗎？相應地，在這種情況下，我們如何理解自由意志，自由意志又是什麼？

兩個月亮

青豆和Ayumi對話時說：「這到底是自我意志，還是自我陶醉？」這段對話之後，她們談論一場性冒險的經驗，然後離開法國餐廳，就在此刻，青豆第一次發現天上有兩個月亮。這是村上春樹特意精巧設計的，青豆必須面對自己進入另一個世界的情況，而在這個世界中，其中一項特質是自我陶醉取代了自我意志，人們以為的自我意志選擇作用，其實是墜入自我陶醉中而被引導的。

1Q84這個新世界裡，自我意志和自我陶醉分不開了，因為操控的不再是「老大哥」而是「小小人」。「老大哥」比我們的自我意志來得高而強大，面對「老大哥」我們知道自己的屈服，那份屈服中的受辱感受，保留了反感、反抗的縫隙。《一九八四》小說主角溫斯頓有了想寫日記的衝動，表示他要保留某些不讓「老大哥」知道的感受與思想，那就是一道縫隙。在「老大哥」的高位與強大對照下，人的存在意識被擠壓而有了渺小自覺，個體意識有了殘缺之處，刺激出證明自己仍然是個體的需要，寫日記就是滿足此需要的一種嘗試。

發現天空有了兩個月亮才意識到自己處於不一樣的世界，這是暗喻著由「小小人」控制的環境不會給人明白的威脅，相反地，如同深田保說的：「會給你美麗而舒服的故事」——放大你的個人、自我，給你答案說服你生存是有意義的，一切都是你的自由選擇。小說結束時「先驅」教團大騷動，引來了眾多記者，記者看到的每個成員都沒有任何古怪之處，而且每個人都強調是「自願」加入教團的。那就是訴諸於自由意志放大自我、提升存在感的效果。

「老大哥」早已消失無蹤，就連青豆、Tamaru等人掉入這環境中，也愈來愈弄不清楚究竟哪些是真實的選擇，沒有把握哪些是自我陶醉的假象，在誤解中踏進了別人設好的陷阱。

《1Q84》是和歐威爾《一九八四》同樣可怕的預言，預示了一個充滿自我滿足假象的世界。創造自我假象的技術將隨著時代而不斷進步，到今天在大數據與大運算聯手下，每個人都參與了這個世界的控制機制，那不也就是每個人都是Little People嗎？

預言和寓言最主要的作用在於喚醒意識，讓讀者更重視自由與暴力——各種有形無形的暴力取消了自由，看到暴力最容易提醒我們自由之可貴。

日本戰後的政局

從「日本文學名家十講」前面幾本書中，我想大家應該有了很深的印象——其實日本重要的作家與作品，都和日本戰敗的歷史經驗有很深的關係。村上春樹出現時，被稱為「新世代文學旗手」，他又表現出一種和日本文學、社會傳統疏離的姿態，乍看下似乎就應該擺脫了戰爭與戰敗的陰影，不再以那段歷史經驗為其背景了。然而稍微細看卻不是如此，從《聽風的歌》開始，村上春樹不斷回到自己念大學時親臨其境的「安保鬥爭」，實質上以「安保鬥爭」作為小說疏離風格與情緒的根柢來源。

村上春樹在早稻田大學經歷的，是「第二次安保鬥爭」，其淵源畢竟還是要追溯到戰後美軍占領，由麥克阿瑟將軍指揮的「盟軍最高司令官總司令部」，簡稱「GHQ」，掌握統治日本的權力。必須派大軍占領日本，主要是對戰爭最後期日本人的「玉碎」口號，以及相應表現出的固執堅守態度心有餘悸，不過真的到了日本，美國人看到的現實和想像中大不相同。

麥克阿瑟將軍接受了建議，以保留天皇制就換得了日本社會的普遍支持，非但沒有想像中的游擊隊持續反抗，甚至連最偏遠、最鄉下的地方，都表現出對美軍的熱烈歡迎。日本表現得如此馴服與親善態度，加上一九五〇年爆發韓戰，快速改變了美國的政略，不再視日本為必須小心提防的潛在敵人，轉而當作是可以有效運用的盟友，甚至是冷戰集團架構中的屬國。

因而等到要結束占領時，美國做了幾個重要安排。在日本國內政局安排了「自由黨」和「民主黨」合併，形成能夠在國會占有絕對多數的「自民黨」，保證政治上的安定；在日本對外關係上，安排了《美日安全保障條約》，確保日本在西太平洋可以扮演好美國陣營防共角色。

日本有了新國會以及自民黨組閣的政府，那是看似民主、實則專政的體制，在美國的主導下，推動了對另外兩個政黨社會黨與共產黨，尤其是共產黨的強力打壓。兩個黨受到極大衝擊，一九五五年的大選中，共產黨沒有獲得任何席次，等於是在政壇實際運作中不存在了。共產黨內部分人士迫於情勢，發表了徹底放棄武裝革命的宣言，引發黨內分裂，激進派年輕人退黨，選擇加入工會進行基層鬥爭，他們後來成為「安保鬥爭」的左翼主力。

一九五七年自民黨選出了新黨魁，繼而成為日本新首相，這個人是岸信介。岸信介曾經在東條英機內閣中擔任工商大臣，因而戰後被列為一級戰犯在東京大審中受審。有著這樣的背景，竟然在大審過後才十一年就重新爬上了完全不同政治體制中的最高權力位置，這個人的靈活身段令人不得不刮目相看。

另外岸信介出線具體顯現了美國為了冷戰布局決定和日本右翼勢力合作一起反共。岸信介是日本右翼勢力的代表，此時他的態度當然是高度親美的。太平洋戰爭後期他擔任工商大臣負責籌措軍需來支持戰爭對抗美國，現在卻一翻轉而成了因為能有效服務美國人利益，願意依照美國人要求簽訂新《安保條約》而得到了首相大位。

左翼發起安保鬥爭

一九六〇年五月十九日，日本眾議院在反對黨退席抗議下由自民黨主導強行通過新《美日安保條約》。因為日本國會是兩院制，依規定對於眾議院通過的法案，參議院有一個月時間另行審議、修訂，如果一個月內參議院沒有提出修正，法案便正式生效。

於是在那一個月內，爆發了要求參議院行動的「安保鬥爭」。目的很明白，就是要在還來得及時，擋住新《安保條約》。然而參議院同樣掌握在自民黨手中，要讓他們違背黨意行動，只能靠激烈的社會運動壓力。

於是這段時間中以學生為首發動了一波又一波的抗爭，再從校園延燒到街頭，社會騷動，上萬人上街遊行，然而自民黨不為所動，因為他們背後的美國不為所動，終於拖過了六月十九日的最後期限，《美日新安保條約》正式生效。

到六月二十二日晚上都還有超過十萬東京市民上街，先包圍國會，繼而包圍首相官邸，當時三島由紀夫站在國會屋頂上俯視抗議群眾，在當晚寫下了極為有名的評論文章，在文章中稱呼岸信介為「小小的、小小的虛無主義者（小さな小さなニヒリスト）」，意味著他是一個沒有信念、沒有原則的政客，他的左右逢源、無可無不可、全看權力風向行事的風格是惹惱了日本國民的主因。

因為以《安保條約》為焦點，而且有著六月十九日如此明白的最終決戰點，驅策整個社會動員的龐大動機，畢竟在明確受挫後快速瓦解了，以至於在當時的人心中留下了非常強烈、清楚的印象，如此巨大的社會能量短時間爆發出來，卻仍然拿既有秩序、既得利益不能怎麼樣；民族主義者和民主主義者都厭惡《安保條約》，《安保條約》竟也如期通過生效了，那麼群眾運動、群眾意志的展現還有意義嗎？

這樣的挫折與無奈之感，延續到了「第二次安保鬥爭」。第一次安保鬥爭中日本右翼民族主義者和左翼社會主義者奇妙地聯合起來推動，並且有國際上新興勢力發展前景為推動助力。一九五五年在印尼召開了「萬隆會議」，會中最主要的人物是中華人民共和國總理周恩來，他在會議中主導了「第三世界」的觀念與組織出現。

在史達林死後，毛澤東改變了之前「向蘇聯老大哥一面倒」的策略，轉而挑戰赫魯雪夫的國際領導權。「第三世界」就是要在美國和蘇聯之外，組構新的國際勢力，而在當時的混亂曖昧狀況下，日本竟然也參加了「萬隆會議」，讓日本左派留下了深刻的記憶印象。他們一直記得，曾經有過那樣的時刻，日本差點就參加了「第三世界」，在他們心中，日本沒有非要緊跟著美國的道理，日本可以、應該在「第三世界」中發揮更重要的作用。

「第一次安保鬥爭」有輝煌的動員規模留名青史，同時日本左翼工會勢力也到達高峰，不是由學生發動、主導的。鬥爭失敗後，部分年輕人（主要是大學生）為了維持組織動員系統，在一九六〇年的暑假發起了「歸鄉運動」，要將反美、反戰思想擴展到全日本各地。方法很簡單，號召從外地來到東京，在東京經驗了「安保鬥爭」洗禮的人，回到自己的家鄉，傳播、提升意識，甚至進行串聯編組，累積反對美國介入、反對再軍事化的草根力量。

短短幾個月後，「歸鄉運動」還是挫敗收場。那個年代的日本，高中生考上大學的比例只有十分之一左右，大學生是菁英極少數，帶著這樣的菁英背景回到家鄉，在農村裡根本無法和當地人溝通，甚至沒有什麼人聽得懂他們所使用的語言。更進一步他們還發現了自己的無知，要向農民宣傳反對美國，卻不了解現實中日本農村與美國間的密切關係——日本戰後重建的一大經濟力量，來自於農業加工產品對美國外銷，那是農村繁榮的基礎。

矛盾的安保鬥爭

山梨縣是「歸鄉運動」中的一個新聞焦點，有大學生在那裡遭到了驅離。

山梨縣主要經濟命脈是出口蠶繭，養蠶等蠶結成繭了，送到印尼等地的繅絲廠加工，形成紡織原料。發生「安保鬥爭」後，一度蠶繭外銷大幅滑落，當地農民認定就是這些「鬧事」的人害的，結果這些人竟然還要來教他們如何正確理解經濟生產與對美貿易關係，雙方不只是立場對立，而且在知識上也有很大差距，以致於有了嚴重衝突，爆發為激烈的驅離事件。

從此之後，左翼力量消沉了，主要潛伏在東京的兩座菁英大學——東京大學與慶應大學中，以兩所大學為中心轉型內化。經過一番檢討，顯然由上而下去啟蒙農民的態度是行不通的，要保有革命的可能，必須轉向為「由內而外」，這個口號後來成為左翼大學生的重要戰略指導原則。

《安保條約》在一九六〇年成立，有十年期限，十年後將再度面臨存續問題。還沒有滿十年，一九六七、六八年就已經在醞釀「第二次安保鬥爭」的氣氛了。尤其一九六八年，全世界有美國學生激烈反越戰運動、法國學生和工人聯合的五月抗爭等，促使「徹底廢止《安保條約》」運動提前登場。

此時「由內而外」的策略占了上風，他們選擇從大學校園開始，再向外衝擊日本社會。「第二次安保鬥爭」爆發時，村上春樹是早稻田大學的新生，身處反體制運動中，受到青年反文化直接衝擊，卻使得他感到雙重格格不入。他本來就不怎麼適應集體性的教育體制，他也無法自在地融入反體制的團體，因為那其實也是有著高度強制性的團體，他只能冷眼旁觀而更加孤僻、疏離。

他所經驗的，正就是校園裡學生組成小組織來對抗外界的大組織，以組織來對抗組織。還不到二十歲的村上春樹當時就對這件事感到矛盾存疑。在《挪威的森林》裡有一段明顯表白這種立場的文字：

> 罷課解除……重新開始上課，最先去出席上課的居然是那些罷課學潮中局於領導地位的傢伙。他們若無其事進教室來寫筆記，被喊到名字時乖乖地回答。這就奇怪了。因為罷課決議依然有效，誰都沒有宣布終結罷課啊。只因大學引來機動隊破壞掉障礙欄而已，照理罷

課還繼續。而且他們在決議罷課時大放厥詞，把反對罷課（或表明疑問態度）的學生臭罵一頓，或群起批鬥一番。我還跑去找他們，問問看為什麼不繼續罷課，要來上課呢？他們答不上來。因為沒有理由可答。他們怕出席數不足學分會被當掉。這種傢伙居然喊得出要罷課，我覺得真是太可笑了。這種卑鄙傢伙就會見風轉舵。

因為看不慣這些人的作法，小說裡的「我」渡邊徹故意明明人在教室裡，點名叫他名字他也不應，以實際的、純粹個人的行為來反抗，也才因而吸引了具備同樣異質自由精神的小林綠注意。

《1Q84》裡小松編輯屬於第一次安保鬥爭的那一代，不過在從第一次到第二次的十年間隔中，日本的大學大幅擴張，到一九七三年高中畢業生升上大學的比率增加到超過三分之一了。大學生的身分、地位有了劇烈變化，喪失了原本的高度菁英性質，連帶地，他們的社會意識當然也變得不一樣了。

日本企業的高度集體性

一九六〇年接在岸信介之後擔任首相的池田勇人提出了很不一樣的政策目標，代表日本政治的新階段。池田內閣最響亮的口號是「所得倍增」，要讓日本的平均國民生產總值在十年內翻一倍，驚人的是這個口號竟然還不需十年，在一九六七年就實現了。

此時出現了日本經濟高度成長，生產總額每一年幾乎都以兩位數百分比快速激增，並在過程中形成了新的戰後企業結構。很短的時間內，日本勞動人口中的三分之二，絕大多數的都市居民，都成了企業雇員，雖然還有三分之一的勞動者選擇當自主工匠或開小商店，但這樣的發展形式被視為不適合大學生。

大學生人數激增，菁英意識下降，一畢業就以進入企業做雇員為理所當然的出路。實質上他們的人生選擇大幅緊縮，不只是如果不想進企業，如果不能適應企業的工作環境會無處可去，而且企業給予「終生雇傭制」保障，固然提供了高度安全感，卻也堵住了離職換工作的另外出路。

日本企業組織性高，規約性也很高，工作模式盡量標準化，成為一個企業雇員，今天、明天、本週、下週、今年、明年……工作與生活保持著高度一致性，社員的前途極其固定也極其有限。

上一代因為軍國主義而高度集體化，到了戰後四年出生的村上春樹他們這一代，集體化的魔咒沒有解除，以企業雇傭的形式降臨在他們身上。村上春樹是極端怪胎，從早稻田畢業後罕見地沒有進過任何一間企業，先是開了一間爵士酒吧「Peter Cat」，接著在二十九歲寫出了《聽風的歌》獲得「群像新人獎」，很快轉為職業寫作者。

在高度規約的社會中，他是個不依循軌道、不安於現狀的人，他會記得一九六八年大學中那些宣稱要推翻體制的人，他們掀起的「全共鬥」不只很快就灰飛煙滅，而且這些人還很順從地紛紛進入排山倒海而來的新體制中。

加上這樣的背景，我們會比較容易理解《1Q84》中出現的另外一部「小說裡的小說」——〈貓之村〉，為什麼村上春樹要安排天吾去唸這本奇怪的德文小說。

人應該消失的地方

〈貓之村〉的故事是有一天一個人搭了火車去到了一座空蕩蕩的城鎮，那裡都沒有人，不知道人去了哪裡，過了一段時間，人還是沒有回來，倒是貓回來了，在那裡居住、開商店的都是貓，所以稱為「貓之村」。故事結尾處，這個人等不到能載他回到原來世界的火車。

「貓之村」是「人應該消失的地方」，人在這裡是異數，就像那些活在日本集體社會中卻適應不良的人一樣。適應不良的人會產生自己不該在這裡，該要消失才對的想法，想回去自己所屬的世界，或是尋找一個有同類的世界，在那裡得到自由。這樣的衝動中，你覺得只要能離開此處就對了，就可以安心了。

「貓之村」故事裡這個人搭上了夢幻列車，載著他離開了討人厭的世界，讓他消失，去到了另一個世界。剛開始那個世界沒有任何一個人，只有遍地的貓，看起來很不錯，然而再待下去卻發現貓竟然也表現出人模人樣的行為，討厭的人不過是改以貓的形式存在罷了。就像歐威爾《動物農莊》裡的寓言，趕走了人之後，豬取代了人的位置，用人的方式在思考在行為。

以為自己逃離了人群到了貓群中應該可以自在了，卻發現事與願違。〈貓之村〉是《動物農莊》的一個投影，即便沒有人所構成的組織系統，這個村莊有著一樣的運作模式，反而因為居民都是貓，讓唯一的人的邊緣性、異質性更加突出，貓群將會循著氣味把人給找出來。

《1Q84》對應歐威爾的《一九八四》，小說中的小說〈貓之村〉則對應歐威爾的《動物農莊》。村上春樹複製了歐威爾的諷刺教訓——一種反體制的烏托邦想法，認為只要擺脫了國家與資本主義，人就不再受到操控了，然而事實是取代國家、資本主義的共產主義轉身就變成了操控人的龐大力量。

一個厭惡讓自己顯得格格不入的集體組織的人，萌生了從這個體系中消失的夢想，於是進入了都是貓的世界，然後失望地發現，這裡由貓組成的社會，和外面的體制基本上是一樣的，在這裡人反而連躲在群眾中不被注意的空間都沒有了。

村上春樹絕對不相信以小組織來反抗大組織對個人壓抑的做法，連結歐威爾小說中的訊息，他顯示了他的批判意見——奧姆真理教或「先驅」教團重演了日本極端左派的歷史，想要藉由武裝革命推翻社會，只會被社會搶先消滅，於是改變方針不直接挑戰大體系，轉而卻建立讓大家可以共同消失的地方，然而只要是形成組織，那就不會是讓個人得以自在發揮生活的環境。尤其是這種組織高度仇視外在體系，使得他們比外面那個令人厭惡的社會還更嚴格集體化，更反對個人與個性。

〈貓之村〉中火車後來不停站，他回不到原來的世界，在那個世界裡他真的消失了。以這個寓言對應現實，我們確實看到了那種對普遍集體環境適應不良的人，去組織了自己的團體，或投身其他的團體，常常是和宗教有關的團體。他們和其他人脫離了關係紐帶，在小團體中將社會視為成員的共同敵人而編結了更緊實的紐帶。

填補空白

村上春樹對於奧姆真理教的信徒感到憤怒：麻原彰晃這樣一個連好故事都說不出來的人，你們竟然也信，就將自己的自由交給這個人，按照他說的去行事？既然你們原本覺得如此受不了日本社會，怎麼會本末倒置選擇以將自由交給教團來解決這個難題呢？

我們可以體會，也能夠尊重村上春樹的憤怒，不過對於這件事我們應該同時看到另一面。那就是吸收對社會適應不良者的團體所發揮的作用，是以「集體的個性」來取代「個人的個性」，那正是麻原彰晃成功之處。

麻原彰晃計畫無差別釋放沙林毒氣行為，來表明奧姆真理教是和日本體制勢不兩立的團體，然而這種「個性」不屬於團體任何一個成員，而是屬於整個團體，凸顯「我們的集體」與「社會普遍集體」絕不相容的態度。如此吸引了大組織中無法適應的人站過來，在組織的集體個性中得到滿足。對他們來說，放在集體中的個性給他們保護，才敢於表現出來，如果是個人的個性，早就被社會吞沒了。

但對村上春樹來說，這些人為什麼不能體會這中間的根本矛盾呢？所以小說中深繪里一再提醒天吾要記得從「貓之村」回來，不要陷落在那裡，要記得實現自我個性的追求，不該為了躲避沒有個性的人群而躲去另一個沒有個性的貓群裡。

在後來寫的《刺殺騎士團長》中，騎士團長說了一段話：「人總是會躲避自己已經知道的事，不願承認自己知道這件事。」這句話可以用來形容已經猜到自己身世之謎的天吾，所以他不斷逃避爸爸，最後終於鼓起勇氣去見他，不是為了得知什麼，而是要逼迫自己面對已知的事實。

小說中真相是靠牛河和那個孜孜矻矻的偵探向我們揭露的，不過天吾本人早就對於造成自己如此孤獨的根本原因心中有數。他認為自己不是爸爸的親生兒子，是在不得已的情況下被領養的，所以他和父親長得完全不像，他小時候成績表現優異時，爸爸也不會感到驕傲、光榮，反而是產生了嫉妒的反感。

天吾終於去到療養院得知答案後，父親就失去了活下去的動力而自我封閉起來，進而化為生靈，去到天吾的住處向待在那裡的深繪里敲門催款，然後又轉去敲青豆隱藏住處的門。天吾從父親那裡得到的答案中有一句關鍵的話：「人生不過就是填補空白，而我是很認真地填補空白的一個人。」

回到〈貓之村〉的故事，那原本是一個沒有人的地方，於是貓就來填補空白，意味著從組織的眼光看去，重點在於不能留空白，有位子就該填滿，至於來填空白的是人還是貓，沒有根本的差異，反正都會在填入之後被組織改造成一模一樣的性質。

從天吾父親的人生經驗看去，所謂組織不過是需要人去填補的一個個空白所構成的，NHK是這樣的組織，組織不會管你到底是誰，要求的是你沒有個性、取消個性地去填補空白，認真地填補空白。

組織改造了天吾的父親，他是一個徹底的填空者，除此之外人生沒有別的意義，也失去了和現實連繫的一切動力，直到生命盡頭。他唯一會做的、也是唯一在意的，就是去敲每一扇門，向那些躲藏起來的人追討電波費，因而在生命盡頭都還因此深刻執念而化為生靈繼續去敲門。此時被他敲門的，是深繪里與青豆，她們的生命情調剛好相反，是堅持個人個性，拒絕組織，所以成了組織的眼中釘，想盡辦法要將她們找出來。

天吾父親接受組織灌輸的意義，造成了他生命的悲劇，也為天吾帶來了徹底的孤獨。

1Q84的世界

深繪里躲到天吾家，天吾卻離開自己的住處前往父親所在的安養院，開啟了他的「貓之村之旅」，在那裡認識了幾位護士。天吾父親去世後，安達護士和天吾有一段對話，顯示出村上春樹的一個核心觀念——人死了會在環境中鑿開一個洞，必須想辦法填起來，不然對周遭的人很危險，一些祕密隨著生命被帶走，徹底消失，形成了對活著的人的威脅，即使他們往往意識不到威脅，卻正因為意識不到而更危險。

這是什麼意思？村上春樹指出了一種存在感，人的生活中有很多知道了不會帶來任何好處的事，然而存在這件事卻必然牽涉到一份直覺衝動，會想要知道這些可以不知道、甚至最好不要知道的事，那是存在責任感的一部分。

村上春樹透過他的小說反覆提醒：人會在完全沒有防備的情況下，突然被這種「知的責任」抓住了，對這樣的事念念不忘，甚至因而失去了正常生活的能力。《挪威的森林》裡直子的姊姊死了，男友キズキ死了，直子無法擺脫想要知道他們為何選擇自殺的執念，付出了自己的生活與生命為代價。關鍵因素就在那兩個人死了，帶走了所有直子覺得非知道不可的祕密，直子無法說服自己反正知道了也不可能改變什麼，對自己沒有任何好處，但她就是無法跨越死亡界線知道答案，這兩者的絕對衝突奪走了直子的青春與愛，奪走了她的一切。

天吾無法貫徹不想知道、不必知道的態度，明明曉得知道了不能如何，也沒有什麼好處，畢竟還是無法阻擋衝動想弄清楚那個爸爸到底是不是親生父親，才刺激他決定去「貓之村」。在那裡臨終前的父親說了一句看似無俚頭的話：「那是不說明就無法了解的事，通常就是說明了也不會了解吧！」但其實，這話是最真切的，指出了我們要探求真相的努力，大部分都是徒勞的，然而作為人活著，我們卻不可能就這樣接受而不去探求、不去尋找說明。

村上春樹在小說中記錄了許多這方面的掙扎。人生中這種考驗常常伴隨著死亡事件出現。人死了會帶來一份驚覺：有些事再也無法問出來了。這個人活著的時候我們沒有那麼積極非去問不可，總覺得還有機會，但當死亡來臨，只有這個人才知道的祕密就跟著他離開世間了。不可能知道了，反而弔詭地讓我們覺得非知道不可，將自己置入了這種充滿挫敗的狀態中。

我們無法自然地就接受有一件事、一個祕密就永遠成謎了。村上春樹告訴我們：即使是要說服自己接受這件事已經是永遠解不開的謎，都需要勇氣與努力，不然就會因為帶走祕密的人死了，而被投擲入那個糾結的洞中，再也出不來了。

天吾必須找到離開貓之村的路。在故事中，火車不再停站了，那個人就再也回不到原來的世界，陷在貓之村裡。天吾也沒有從貓之村回到原來的世界，他進入了1Q84的世界，那是一個和一九八四的世界有著不同運作邏輯的另一個世界。

真實與贗品

1Q84的世界最明顯的表象，是天空中出現了兩個月亮。最先發現兩個月亮的是青豆，後來天吾也發現了，所以前兩冊安排讓他們的視角輪流出現。到了第三冊中，牛河也看到了兩個月亮，他模仿天吾坐在溜滑梯上而看到了兩個月亮，對著兩個月亮發呆，於是到第三冊，就多加了牛河的篇章。

初見兩個月亮，天吾像是見到了自己筆下的景象。深繪里小說原稿中有提到兩個月亮，小松建議天吾以更多細節去凸顯這項會讓讀者感到奇特、不可思議的現象，沒想到竟然在現實的天空中出現了他描述過的景象。青豆曾經盡量不動聲色地問人家有沒有看月亮，但包括Tamaru在內，她問的人都沒有發現兩個月亮，他們看到的天空並沒有異樣。

兩個月亮中，一個是「正常的」，另一個則比原來的月亮更小更醜，因而兩個月亮並存就顯示出鮮明對比。這第二個月亮，可以說是像贗品般的另一個月亮，看到那個月亮帶來的感受是：啊，原來我們擁有「真正的月亮」。月亮的真實性authenticity是在出現了抄襲仿冒品時格外彰顯出來，一個是本真的、原有的，另一個是falsification，兩個月亮之間的關係如此，兩個世界之間的關係亦復如此。

小說中編輯小松曾經一度失蹤，後來重新出現去找了天吾，告訴他自己被綁架的經過，並猜測教團的動機。小松找到了一個方向：也許天吾改寫的小說中寫的都是事實，如果那樣，小說揭露了什麼樣的事實？

在那個教團中，真實個體的母親卻會生出仿造的贗品，贗品試圖模仿、扮演和母親一樣的角色，以至於有時被誤認為母親，然而實質上，就像天空出現了另一個月亮，那個月亮是假的，這裡的母親也是假的。

女兒是由Little People從空氣擷取絲，織成空氣蛹創造出來的。女兒是母親的贗品，形成虛假的母女關係，在真實世界裡，母親通過性關係而有了女兒，在教團中，性與生育間的關係卻倒過來，是倒錯的。性是人之所以形成的關鍵欲望，帶來了肉體上的歡愉，進入無可取代的狂喜狀態，然而教主深田保只有在身體最疼痛時才得到性興奮，而且和三名巫女交合，但巫女根本沒有子宮，怎麼可能懷孕生育？

這種關係呈現的是雙重倒錯：肉體交合依賴最深刻的痛苦，而且對象是沒有子宮的巫女，這樣的性行為當然是假的，或說，是原本性行為的贗品、虛造。

在第一部中，女孩小翼被送到柳宅夫人的庇護所，因為她在初經未到前就被迫性交，是可憐的受虐兒。不過後來小翼失蹤了，小說也沒有交代她的去處，那是因為在一九八四年世界的暴力、傷害、虐童的概念無法完全理解發生在小翼身上的事，必須要放在1Q84世界的邏輯中才能說明。小翼和深繪里都是巫女，她們是假的母親，就像天空出現的另一個月亮，她們帶著殘缺，具備了雙重的贗品性質，她們不是透過正常生育手段來到世界中，是被從「空氣蛹」裡生產出來的，她們沒有子宮，卻在這個世界裡主要擔負性行為，假裝為了懷孕而進行的活動，前提是痛苦，結果是徹底空虛。

性愛與真愛

和虛假的性對照的，當然就是「真實的性」。村上春樹為了凸顯帶有高度浪漫理想色彩的「真實的性」的價值，不只去創造了逆反的虛假的性，還創造了青豆和天吾間非現實的隔空交合。這種浪漫信念在後來的《刺殺騎士團長》中有更清楚的描述——「性」是兩個人之間最深刻的溝通，「性」應該要在雙方極度彼此信任的模式中產生。村上春樹極度看重這種「由愛而性」的結合。既無愛情也無溝通的「虛假的性」因而是最可怕的關係。

回頭看《挪威的森林》，困擾直子最深的痛苦，也就在於她無法和キズキ、也無法和渡邊徹建立那樣的愛情信任溝通關係。她無法理解為何一生中只有二十歲生日那晚接受了渡邊，只有那麼一次深刻的愛，對於自己無法進入那樣的愛的境界，直子始終無法釋懷。相對地，小說中永澤不斷在經歷無愛、無溝通的性，那麼不管他多聰明優秀，在人際上他就成了最大、最可怕的災難製造者，終於將那麼善良、那麼好的初美逼上了絕路。

Little People透過空氣蛹，缺乏真實的愛，也沒有正常生育程序創造出的「女兒」，她們的功能就是作為perceiver（感知者）這種「工具」，接收Little People的聲音傳遞給receiver（接收者），讓接收者擁有接受天啟的特殊權威並成為教主。

《1Q84》故事的起點是深繪里纏捲在這種關係中成了「感知者」，不斷接收聲音傳遞給「父親」深田保，逐漸地深繪里無法忍受被Little People的聲音控制，不能忍受自己的存在意義就只是扮演感知者的角色，她想要擺脫這種不堪的處境因而去寫了〈空氣蛹〉這篇小說。

深田保和深繪里是父女，深繪里來自深田保，深田保的教主權威又來自Little People；反向來看也就是Little People控制深田保、深田保控制深繪里，然而在處於雙層控制下的深繪里，卻產生了反抗Little People的動機與力量。

深繪里將所見、所經歷都寫下來，那是一個充滿奇異性質的故事，有很多不可置信的情節，然而那份內在的寫實性感動了具備豐富小說經驗的小松和天吾。深繪里缺乏寫小說的技巧，不過小松和天吾有足夠的能力可以從中辨識她寫出的內在真實性，經過天吾協助改寫，這些經歷取得了敘事中的高度鮮活力量。

這背後是村上春樹對於小說的信念。藉由書寫小說，可以讓因各種理由而形成的、不符合一般常識認知的現象被建構成讀者願意接受的另類事實，於是原本常識中所認定的現實就受到了比對挑戰，不再那麼理所當然，從而使人得以離開對於常識現實百分之百的信任與依賴。

沒有小說的話，人就只會活在單一的現實中，完全依賴這個現實來安排生活，小說將不符合現實的事物建構為另類敘事，讓人體會有另外那樣一種世界存在的可能性，甚至相信有那樣一個世界的存在。

深繪里講出了那樣的故事，小說內容被眾多讀者接受，引發了先驅教團和Little People的騷動。

從「報復者」轉型「保護者」

青豆懷孕後躲了起來，有一天她做了一個夢，突然對自己和上帝間的關係有了領悟，讓她意識到自己仍然相信神的存在。她回想小時候如此孤獨、那麼痛苦，因為身為「證人會」成員的父母堅信上帝，所以激發她相反地希望這個世界沒有上帝，如果沒有上帝，她就不會被迫表現那些妨礙她融入正常生活的古怪行為了。上帝是使得她如此受折磨的源頭因素。

然而對於上帝的強烈抗拒與厭惡，反而在青豆心中形成了無法磨滅的烙印，她再也不可能遺忘上帝、擺脫上帝。此時上帝從無意識中被叫喚出來，藉由夢境而給予她新的生命領悟。

在夢中青豆赤身裸體，有一個女人從高級車上走下來，將外套大衣蓋在她身上，對青豆來說，那就是上帝的形象。這等於是她重新認識了上帝，不是她父母在「證人會」中所理解的、所信奉的那個上帝。上帝不是擬人的形象，也不是掌管誰上天堂、誰下地獄的至上權威；上帝也不是「偉大的鐘錶匠」，不是純粹的自然規律或最終的造物者。上帝是抽象的公平，祂照顧弱者，給予協助與保護，這是上帝最主要的性質。

青豆如何得到這樣的認知，而能和她記憶中那麼討厭的上帝和解？有一段伏筆藏在她和柳宅女主人的對話中，青豆說可以感覺到自己內心的憤怒在消退，老太太的回應是：因為她體內產生了某種東西取代了憤怒。體內的某種東西是她所懷的孩子，這項改變平息了她的憤怒。

她不再那麼憤怒，因為多了必須保護的對象，之前經歷大塚環事件的那個「報復者」青豆，正在轉型為「保護者」。她因為無力保護大塚環，之後又來不及救出Ayumi，於是她的遺憾轉化為報復的憤怒。但到這時，青豆確切知道自己正在扮演保護者的角色，於是投射將上帝視為終極的保護者，也是青豆自己的理想形象，她要參與上帝的終極性質，以保護者的身分成為上帝的一部分。

上帝的贗品

要弄清楚歐威爾《一九八四》與村上春樹《1Q84》在對待威權上的論理連結，有另一本經典值得參考，那是漢娜．鄂蘭的《極權主義的起源》。

從書名上就顯示了鄂蘭的一份強烈立場，她主張「極權主義」是特殊的歷史現象，起源並形成於二十世紀。這個立場挑戰當時西方世界對「極權主義」的普遍看法，將像史達林在蘇聯建立的共黨統治，看作是普遍政治權力運作的一個案例，和追溯到俄羅斯的沙皇和「恐怖伊凡」歷史前例。鄂蘭要強調凸顯這種「極權主義」統治方式是空前的，起源於二十世紀、也只存在於二十世紀。

我能理解鄂蘭的用心，卻不得不站在歷史專業本位上挑戰她的主張。「極權主義」當然有其歷史淵源，我們當然應該對「極權主義」進行歷史溯源的探究，並從中得到重要的認識。

例如「極權主義」與上帝觀念間的糾結關係，和更精確地說，「極權主義」如何和上帝權威瓦解帶來的普遍危機間，有著因果互動。

上帝地位下降，其他權威取代了上帝而升起，是西方從傳統進入現代的轉型關鍵。人不能再依賴上帝，從而必須承擔遠比之前多的責任，那是「現代意識」很重要的基礎。

原本上帝是全知全能、無所不在也無所不知的，讓人對之有了根深蒂固的恐懼，限制了人的行為，甚至限制了人的動念。上帝必然知道一切，形成了對基督教世界中每一個人的恆常監視，上帝永遠看著你，你的所有的行為都必須對上帝負責，都在全能上帝那裡既被記錄又被評判。上帝以及代表上帝的教會因而滲透了每一個人的生活，層層綑綁每一個人，必須在如此被監視的前提下作出生活上的所有決定。

上帝及教會權威不斷陵夷下降，到十九世紀徹底瓦解，必然讓西方人產生了心靈上的空洞，也給社會規範帶來了巨大挑戰。沒有上帝全知全能的保證，每個人可以躲起來做只有自己知道的事，也可能破壞了規範卻永遠不會被揭發受到懲罰，那麼人還如何信任別人、甚至如何信任自己？

原先罪與罰之間的正義安排是由上帝保證的，此時就出現了可怕的漏洞。之前有末日審判的信仰，見到惡行或惡徒，人們總認為反正到了審判日上帝終究會給予適當的懲罰；但現在上帝不在了，人可能做了壞事卻徹底不必付出代價。

從這裡有了極權主義出現的重要契機。歐威爾所描述的「老大哥」不就是上帝的降級替代嗎？人們接受「老大哥」的一項底層原因在於無法忍耐一個完全不受控制的世界，沒有更高的權威來執行正義感覺上很可怕，寧可由「老大哥」取代上帝來管理秩序。

「老大哥」是人，等於是假裝的上帝，也就是上帝的贗品，連上帝都被推翻了，難道「老大哥」能夠一直存在？不會的，到村上春樹寫《1Q84》時，極權主義的「老大哥」已經隨著冷戰而垮台了，那麼接著還剩什麼，或由什麼來進行人們所期待的控制呢？

村上春樹說：那就只剩下Little People，下一個階段的退化版、贗品了。「老大哥」堂而皇之地隨時監視，Little People卻有著迂迴的運作形式，先控制「感知者」來接收神祕訊息，再由「感知者」將聲音傳遞給「接收者」，賦予「接收者」教主權威，去管轄、控制其他人。

老大哥與Little People

這過程是一層一層的墮落造假。身為小說家，村上春樹敏銳地察覺了今天的環境中充滿了各種「故事」，人們依照故事的誘惑、指引行事，有些故事叫你拿出錢來消費，有些故事讓你將選票投給特定的政黨或候選人，故事如此重要，尤其是將故事打造成具備行動影響力，變成了群體社會運作的關鍵。

然而作為傑出的小說家，村上春樹又感慨今天有那麼多粗製濫造的故事，連麻原彰晃編的那麼糟的故事竟然都足以控制信徒，釀造出那麼大的災難。他因而創造了比奧姆真理教更像樣的「先驅」教團，來表達對這種控制模式的強烈質疑。那是虛構假造超越聲音而遂行的人對人控制，更是從上帝到「老大哥」不斷降級的想像權威，顯現出荒謬、滑稽的模樣。

Little People從空氣中搜集絲線，用一條條絲線慢慢集合成「空氣蛹」。叫「空氣蛹」，因為看起來是用空氣中的材料編織而成的。這裡的隱喻是：降級後的權威是無中生有、自己編出來的，如此僥倖、瑣碎的說法，竟然能夠在組織裡賦予教主權威、變成一種依據，從這個角度來看，所有教團都是虛假的。

而這種教團能在日本社會生存，因為日本是著重多數、歧視少數的社會，其成員會害怕成為少數而無法維持獨立判斷與獨立尊嚴，在威嚇恐懼中，使得具備少數異質性的人容易被那樣的故事吸引。反過來看，那種環境裡的多數，也必然缺乏個性而談不上獨立尊嚴。這是強調多數優勢造成的結果。

在教團中為了維持不像樣的控制，只能靠隔絕、封閉。不讓其他人探知內情，教主才能保有不稱頭的謊言撐持起來的權威。寫完了《1Q84》後，村上春樹接著寫了《沒有色彩的多崎作和他的巡禮之年》，就是延續了對於隔絕環境與霸凌少數兩種現象互動的探討。

在這樣的社會中，作為少數有什麼選擇？小說中顯現的：第一種選擇是取得教團的保護，但必須付出犧牲自由與個性的代價。第二種則是由青豆和天吾所代表的，堅持自己的個體獨立性，寧可忍受少數的孤寂，甚至刻意選擇不離開孤寂。

延續到《沒有色彩的多崎作和他的巡禮之年》，村上春樹呈現了多數霸凌少數、少數因而壓抑個性，會帶來多麼深刻而長遠的傷害。標題中之所以在多崎作名字前面多加了「沒有色彩的」，凸顯了霸凌帶來的效果，他失去了個性，也失去了色彩。而那「巡禮之年」也就是終於決定出發去尋找答案，找到答案了才能解開他害怕有個性、拒絕有色彩的困擾。

我知道你在那裡

《1Q84》進入第三部，最醒目的是出現了牛河這個角色，甚至將他抬高到和青豆、天吾均分篇章標題的地位。在此之前，第一、二部由青豆、天吾觀點分別敘事，小說逐漸聚焦在兩人的愛情上，而這兩個人愈來愈迷人，到了甚至連他們的缺點都發散光采的程度。

這兩個人十歲就發現了真愛，甚至決定了自己的人生意義。天吾雖然因父親職業的關係而與同學疏離，但他數學很好、運動也很好，非但不會被同學霸凌，甚至還被青豆辨識為保護者而去牽起了他的手。這兩個人雖是環境中的少數，卻不是典型、可信的受霸凌、迫害角色。

現實中真正會被霸凌的，是像牛河這樣的小孩，光是外表就足以引來歧視。這是一個又醜又卑微的人，看起來像是可笑的反派。然而繼續讀下去，我們發現村上春樹有不同的計畫。他先是誘引我們用社會多數的眼光嘲笑、鄙視牛河，進而提醒我們如此站到社會多數那一面，可能、甚至必然犯了的錯誤。

牛河是一個混在多數間的少數，他如此醜陋卑微，正因為醜陋卑微而無法真正融入多數，不論如何積極服務多數，都仍然保留了最明顯的少數性質。小說中他架了相機監拍天吾公寓進出的人，有一天深繪里轉過頭來望進鏡頭中，牛河有了很奇特的感覺，覺得這女孩穿透了鏡頭、看見了在鏡頭後面的他。而且那不是嚴厲的眼光，只是表示了我知道你在那裡。

牛河感動了。因為平常他出現時，人家給他的都是難堪、不正常的眼光，深繪里卻以平靜、平淡、直接的方式承認他的存在。從深繪里的眼光中，牛河發現了自己的個體性，於是得到了突破，接著他就看見天空中的兩個月亮了。

變得和青豆、天吾一樣。不過這件事其實也並不奇怪，因為他們都是最孤獨的人。之後村上春樹安排了牛河的悲慘結局，又連繫到新的空氣蛹。Little People知道了青豆和天吾要離開這個世界，所以只能利用牛河來製造新的領導者。

教團的運作中，其實使用權威的是教主，但他必須去製造出更高的來源，讓別人認為有那樣的聲音訊息神祕地傳過來。就像我們看到的「三太子扶乩」，一個人起乩畫沙盤，要有另一個人看著那鬼畫符的筆劃解讀其意義。為什麼要那麼麻煩由兩個人來進行儀式呢？為了要使得那訊息顯得更神祕，阻絕別人的懷疑。去問任何一個都不會得到訊息的完整答案，更不容易洩漏這中間運作的祕密。

而且最好讓訊息通過最孤獨的人、最少和外界溝通，甚至根本無力和外界溝通的人。一來這樣的人在孤絕中可能聽到奇異的聲音，二來別人很難從他們那裡探問出教主權威來源的祕密。

透過深田保的故事，村上春樹另外要顯現的，以這種方式建立權威，其實對教主自身也是折磨，他也必須付出相當代價。必須維持許多儀式，被儀式包圍著才能保有那份神祕，從中得到權威。既要人們相信有超越訊息的存在，又要讓他們絕對無法自己解讀訊息，必須祈求教主的解釋。這過程中教主的人格與生活也被扭曲了。

村上文學的核心價值

從《地下鐵事件》、《約束的場所》到《1Q84》，村上春樹清楚地表達了小說家的立場，小說與報導的根本區別，以及從中顯現小說的必要性、不可取代之處。

他自己也寫了報導，然而報導終究以現實為對象，再如何深入、精采，不可能離開現實、更不可能超越現實。小說是以很不一樣的方式來映照現實，寫出了另一個世界，藉出那個世界和現實的差異讓人們認知、體驗現實。小說將我們帶離現實，創造了一個足以亂真的世界引我們進入，彷彿在那樣的世界活過了之後，我們回頭看現實，必然不再將之視為如此理所當然，會對過去忽視的某些面向重新認識，或產生了過去沒有感受到的不滿。

例如有了在小說中擔任殺手的青豆，對照提醒了這個現實裡的女性身分。作為「新世代文學旗手」，村上春樹寫出了很不一樣的女性形象，一種只存在於小說中，卻帶有真實迷人魅力的女性。

這種女性強悍、有個性，具備高度自我意識與自我追求，由內而外展現了特殊的風采。這樣的角色塑造，從小林綠到青豆，為村上春樹召喚來了大量女性讀者，尤其是年輕女性讀者，才足以創造出那樣的社會閱讀事件。

在這方面，村上春樹回應了八〇年代以降的全球性潮流。那是性別意識不斷升高，對於性別權力分配格外敏感的時代。我們可以借用流行的「身分政治」理論來解讀村上春樹所有的女性角色，進行正面或負面的評價，然而我更想強調的，是村上春樹創造的世界對一般讀者的影響。他提示了另一種生命的可能，將另一種存在寫得如此活靈活現，乃至連冒險、危難都如此迷人，必然會使得原本困在多重拘束中的讀者，得到了一些刺激啟發，鼓勵他們對照現實，形成不再必然接受現實的鬆動態度。

這是村上文學的核心價值，也是小說作為人間經驗，最主要的意義與貢獻。

村上春樹年表

一九四九年	出生	出生於京都市伏見區，雙親皆為中學老師，村上春樹為家中獨子。出生不久後，搬家到兵庫縣的西宮市。
一九五五年	六歲	進入西宮市立香櫨園小學就讀。
一九六一年	十二歲	進入蘆屋市立精道中學就讀。雖然家長鼓勵他閱讀日本古典文學，但村上對此興趣不大，反倒埋首於父母訂閱的河出書房《世界文學全集》與中央公論社的《世界文學》、《世界歷史》，整套書籍反覆閱讀，成為了他對外國文學世界的第一扇窗口。
一九六四年	十五歲	進入兵庫縣立神戶高中就讀。在此時期開始大量接觸外國文學，當時閱讀了蕭洛霍夫的長篇名作《靜靜的頓河》、也開始接觸美國的爵士樂文化。
一九六七年	十八歲	高中畢業後報考法律系落榜，遂當了重考生一年。長時間待在圖書館內沉浸在閱讀的世界中，更加確認自身的興趣是文學而非法律。

一九六八年	十九歲	進入早稻田大學第一文學部主修戲劇系（演劇專修），認識高橋陽子並與之交往。他就讀大學時期，正值日本安保鬥爭學運風潮，村上春樹雖然受到反叛思潮的影響，但始終保持著外圍旁觀者的距離經歷了這場學運，也將部分經歷與觀察寫進了《挪威的森林》。
一九七一年	二十二歲	尚未大學畢業的村上春樹，不顧家人反對休學一年，與交往中的女友陽子結婚。同年十月，搬到位於文京區的岳父母家居住。
一九七四年	二十五歲	在國分寺開了一間爵士咖啡館Peter Cat，店名是他過去所養的貓。在店裡白天賣咖啡，晚上變酒吧。
一九七五年	二十六歲	從早稻田大學畢業，畢業論文的題目為〈美國電影中的旅行觀〉加上休學時間，總共歷經了七年的大學生涯。
一九七七年	二十八歲	因原店址房東另有擴建計畫，於是村上春樹將爵士咖啡館搬到千駄谷。
一九七八年	二十九歲	四月時，村上春樹在明治神宮球場看棒球，躺在外場的草坪上喝著啤酒看比賽之際，萌生寫小說的念頭。於是開始一邊經營咖啡館，打烊後就執筆開始創作他的首本小說《聽風的歌》。耗費約六個月的寫作時間完成，投稿文學雜誌《群像》。

一九七九年	三十歲	以長篇小說《聽風的歌》獲得群像新人獎，並刊登於《群像》雜誌六月號，同年七月由講談社出版單行本，正式開啟他的寫作生涯。同年《聽風的歌》亦入圍「芥川龍之介獎」、「野間文藝新人獎」。
一九八〇年	三十一歲	出版長篇小說《1973年的彈珠玩具》，並以此作入圍「芥川龍之介獎」、「野間文藝新人獎」。
一九八一年	三十二歲	決定要成為職業作家，將咖啡館頂讓。搬到千葉縣船橋市，同年翻譯出版史考特・費滋傑羅的作品集《我所失落的城市》。《聽風的歌》改編成電影。
一九八二年	三十三歲	出版《尋羊冒險記》，以此作獲得野間文藝新人獎。
一九八三年	三十四歲	出版首部短篇集《開往中國的慢船》。與插畫家安西水丸合作，出版散文集《象工場的HAPPY END》。
一九八四年	三十五歲	將《日刊打工新聞》上發表的專欄散文集結，出版散文集《村上朝日堂》，再度與插畫家安西水丸合作。後來《週刊朝日》請村上延續該型態的專欄，持續集結推出「朝日堂」系列散文集。同年出版短篇集《螢火蟲》。
一九八五年	三十六歲	出版長篇小說《世界末日與冷酷異境》，並以此作獲得谷崎潤一郎獎。同年出版短篇集《迴轉木馬的終端》。

一九八六年	三十七歲	前往歐洲長期旅居，包括義大利、希臘、英國等。開始執筆《挪威的森林》。同年出版散文集《村上朝日堂反擊》、《蘭格漢斯島的午后》、短篇集《麵包店再襲擊》。
一九八七年	三十八歲	出版長篇小說《挪威的森林》，村上春樹親自參與了書封設計，以紅綠兩色區分上下冊，並在書腰文案上自行將之定位為「百分之百的愛情小說」。至二〇〇九年數據統計，在日本銷售已突破千萬本，是村上春樹最具代表性的作品之一。同年推出散文集《日出國的工場》
一九八八年	三十九歲	出版《舞・舞・舞》，為《尋羊冒險記》的續作。同年出版散文集《村上朝日堂嗨嗬！》。
一九八九年	四十歲	《尋羊冒險記》英文版出版。
一九九〇年	四十一歲	出版紀行文學《遠方的鼓聲》、《雨天炎天》以及短篇集《電視人》，並《電視人》入圍第十七屆川端康成文學獎。同年《電視人》的短篇被翻譯刊載於美國《紐約客》雜誌，以此為起點，持續刊載村上的短篇小說，為他登上國際作家之路，奠定基礎。
一九九一年	四十二歲	應邀到美國普林斯頓大學擔任訪問學者。旅美期間開始構思寫作長篇小說《發條鳥年代記》。

一九九二年	四十三歲	出版長篇小說《國境之南．太陽之西》。
一九九三年	四十四歲	轉至美國的塔夫特大學授課。
一九九四年	四十五歲	出版長篇三部曲小說《發條鳥年代記（一）──鵲賊篇》、《發條鳥年代記（二）──預言鳥篇》，同年將他於美國普林斯頓大學任教時的生活隨筆散文集結出版《終於悲哀的外國語》。
一九九五年	四十六歲	三月日本東京發生沙林毒氣事件，村上春樹五月自美國返回日本後，決定首度嘗試紀實報導的文學形式，針對該事件受害者與見證者等人進行採訪。同年出版長篇三部曲小說《發條鳥年代記（三）──次鳥人篇》、極短篇小說集《夜之蜘蛛猴》。
一九九六年	四十七歲	以《發條鳥年代記》獲得讀賣文學獎。將在美國塔夫特大學授課時的生活隨筆散文集結出版《尋找漩渦貓的方法》，被視為《終於悲哀的外國語》的續集。同年出版短篇集《萊辛頓的幽靈》。
一九九七年	四十八歲	出版紀實報導文學《地下鐵事件》、散文集《村上朝日堂是如何鍛鍊的》，並與知名插畫家和田誠合作出版《爵士群像》。
一九九八年	四十九歲	出版紀實報導文學《約束的場所：地下鐵事件II》。同年出版紀行文學《邊境．近境》以及長篇小說《人造衛星情人》。

一九九九年	五十歲	以《約束的場所：地下鐵事件II》獲得桑原武夫學藝獎、以《發條鳥年代記》入圍國際IMPAC都柏林文學獎。出版紀行文學《如果我們的語言是威士忌》。
二〇〇〇年	五十一歲	出版短篇小說《神的孩子都在跳舞》。
二〇〇一年	五十二歲	出版紀行文學《雪梨！》、再度與和田誠合作出版《爵士群像2》。同年將其在《anan》雜誌連載專欄集結成《村上收音機》。
二〇〇二年	五十三歲	出版長篇小說《海邊的卡夫卡》。
二〇〇三年	五十四歲	翻譯沙林傑的《麥田捕手》。
二〇〇四年	五十五歲	出版長篇小說《黑夜之後》。
二〇〇五年	五十六歲	《海邊的卡夫卡》英譯本被《紐約時報》評選為「二〇〇五年十大最佳圖書」，村上春樹的國際知名度日益提升。同年出版短篇小說《東京奇譚集》、散文集《給我搖擺，其餘免談》。
二〇〇六年	五十七歲	獲法蘭茲·卡夫卡獎、弗蘭克·奧康納國際短篇小說獎、世界奇幻獎，以及日本的朝日獎。

二〇〇七年	五十八歲	獲得早稻田大學坪　逍遙大獎，並以《盲柳睡女》獲得桐山環太平洋文學獎。同年出版散文集《關於跑步，我說的其實是……》。短篇小說《神的孩子都在跳舞》被美國導演羅伯特．羅吉法爾改編成電影。
二〇〇八年	五十九	獲得普林斯頓大學的榮譽博士學位。
二〇〇九年	六十歲	獲得耶路撒冷文學獎、榮獲西班牙藝術與文學勳章。同年出版長篇三部曲小說《1Q84》（BOOK 1）、（BOOK 2），為當年度日本「年度最暢銷圖書」第一名，並以此作獲得每日出版文化獎。
二〇一〇年	六十一歲	出版長篇三部曲小說《1Q84》（BOOK 3）。《挪威的森林》改編成電影。
二〇一一年	六十二歲	出版散文集《村上春樹雜文集》、《村上收音機2：大蕪菁、難挑的酪梨》，並以此作獲得《達文西》雜誌當年度散文類選書第一名。
二〇一三年	六十三歲	出版長篇小說《沒有色彩的多崎作和他的巡禮之年》、散文集《村上收音機3：喜歡吃沙拉的獅子》。同年以《1Q84》獲得雅典文學獎、入圍國際IMPAC都柏林文學獎。
二〇一四年	六十四歲	出版短篇小說《沒有女人的男人們》。同年獲得德國《世界報》文學獎。
二〇一五年	六十五歲	出版散文集《身為職業小說家》、紀行文學《你說，寮國到底有什麼？》。

二〇一六年	六十六歲	獲得加泰隆尼亞國際獎、丹麥安徒生文學獎。
二〇一七年	六十七歲	出版長篇小說《刺殺騎士團長》。
二〇一八年	六十八歲	獲得法國藝術與文學勳章。
二〇二〇年	七十一歲	出版散文集《棄貓：關於父親，我想說的事》、《村上T　我愛的那些T恤》、短篇小說《第一人稱單數》。
二〇二一年	七十二歲	《沒有女人的男人們》中收錄的同名短篇改編成電影《在車上》，獲第七十四屆坎城影展最佳劇本獎、第七十九屆金球獎最佳外語片。並獲得奧斯卡金像獎四項大獎提名，成為首部入圍最佳影片的日本電影。
二〇二二年	七十三歲	獲得法國奇諾・德爾杜卡世界獎（Cino Del Duca World Prize）。

GREAT! 7212

以愛與責任重建世界：楊照談村上春樹

日本文學名家十講10

作者	楊照
封面設計	莊謹銘
協力編輯	陳亭妤
責任編輯	徐凡
國際版權	吳玲緯
行銷	闕志勳　吳宇軒　陳欣岑
業務	李再星　陳紫晴　陳美燕　葉晉源
總編輯	巫維珍
編輯總監	劉麗真
發行人	凃玉雲
出版	麥田出版 地址：10483台北市中山區民生東路二段141號5樓 電話：(02)2500-7696 傳真：(02)2500-1967
發行	英屬蓋曼群島商家庭傳媒股份有限公司城邦分公司 地址：10483台北市中山區民生東路二段141號11樓 網址：www.cite.com.tw 客服專線：(02)2500-7718｜2500-7719 24小時傳真專線：(02)-2500-1990｜2500-1991 服務時間：週一至週五09:30-12:00｜13:30-17:00 劃撥帳號：19863813 戶名：書虫股份有限公司 讀者服務信箱：service@readingclub.com.tw
香港發行所	城邦（香港）出版集團有限公司 地址：香港灣仔駱克道193號東超商業中心1樓 電話：+852-2508-6231 傳真：+852-2578-9337
馬新發行所	城邦（馬新）出版集團【Cite(M) Sdn. Bhd.】 地址：41-3, Jalan Radin Anum, Bandar Baru Sri Petaling, 57000 Kuala Lumpur, Malaysia. 電話：+603-9056-3833 傳真：+603-9057-6622 讀者服務信箱：services@cite.my
麥田部落格	http://ryefield.pixnet.net
印刷	前進彩藝有限公司
初版	2023年2月
初版三刷	2023年9月
售價	420元
ISBN	978-626-310-355-9

國家圖書館出版品預行編目(CIP)資料

以愛與責任重建世界：楊照談村上春樹（日本文學名家十講10）／楊照著 -- 初版. -- 臺北市：麥田出版：家庭傳媒城邦分公司發行, 2023.2
面；　公分. --（(Great! ; RC7212）
ISBN 978-626-310-355-9（平裝）

1.CST: 村上春樹　2.CST: 傳記　3.CST: 日本文學
4.CST: 文學評論

861.57　111017894

城邦讀書花園
www.cite.com.tw

Printed in Taiwan.

本書若有缺頁、破損、裝訂錯誤，請寄回更換。